W0320955

Paul Eugène BRUANT

FARIOLO

ROMAN

Les Presses du Midi

© Éditions les Presses du Midi
Impression PDM

121 avenue d'Orient - 83100 Toulon
Tel. : 04 94 16 90 20 - Fax : 04 94 16 90 29
Dépôt légal octobre 1999
ISBN : 2-87867-212-7

PRÉFACE

Un petit village de Provence, au pied du Lubéron, avec sa Grand-Place plantée d'arbres, sa fontaine où les lavandières cancanent, son école mixte où les bandes rivales s'affrontent sous les yeux de fillettes à longues nattes, son église pour la messe du dimanche à la sortie de laquelle se nouent les idylles, son bal, « chez Fraissin » où les gars se disputent les belles.

Une jeune fille, Miréio, prise entre les rêves qui ont hanté son enfance et les dures réalités de la vie. Un jeune homme Fariolo, le dernier d'une lignée de cultivateurs qui, à force de travail, ont su s'assurer une place au soleil.

Au second plan, Fermin, le camionneur, amoureux de Marinette, qui lui préfère, pour des raisons connues d'elle seule, Luigi le Malfoutu. Et puis, les comparses : la « Choise », vieille commère médisante; Justin, le « Fada », peut-être pas aussi inoffensif qu'on le croit; Antoine Corniglion, le forgeron, qui se goberge pendant que sa femme le trompe; Agnès, la pure jeune fille dont le cœur s'éveille à l'amour, et enfin, Charles, l'étranger, qui sera l'instrument du destin.

L'auteur a su donner une vie intense à ces personnages, tous attachants, dont les réactions, les paroles et les gestes sont reproduits avec une vérité qui va parfois jusqu'à la crudité. Dans un style simple, mais lumineusement poétique, il découvre pour nous les secrets d'un de ces villages provençaux qui, bercés par le chant des cigales et le murmure de la rivière, semblent dormir sous le soleil du Midi et dissimulent au passant la vie profonde qu'ils abritent.

L'Aigue-brun, ayant prêté ses eaux claires aux lavandières de Buoux qui le domine, coupe le Lubéron en son mitan. Après avoir raviné ses bords croulants et arides, et, roulé en tourbillons et cascatelles, il découvre, après la combe de Lourmarin, le Gai Village parmi les derniers plans et plateaux calcaires de la chaîne.

Posé sur le flanc d'un large mouvement de terrain, un mas blanc fait sa grasse matinée à porte close. À égale distance du village et d'un bois, il goûte, hors les murs vieillots de l'agglomération, à un paisible isolement. Un chemin esquisse un coude devant le portillon de son enclos, puis dans l'ourlet inégal de ses buissons et clôtures, il se perd dans les gras pâturages et les godrons de ses labours.

Avec du soleil plein la Provence stridulant dans les oliviers tortus et argentés, avec sa rivière transparente et vive, sa route poudreuse bordée de mûriers noirs, reliant par un pont moussu le bois au village, cette quiète demeure représente le royaume de Miréio. Mais, son château de rêve est « son » bois : le Bois Bleu, de ce bleu indéfinissable des crépuscules aux brumes légères dont il s'entoure avec mystère aux temps chauds.

Miréio en connaît tous les grands arbres, tous les sentiers, et sa diversité enveloppe sa propre richesse intime et enthousiaste.

Ses yeux s'étaient ouverts un jour sur lui. L'image d'abord lointaine et floue comme un beau songe qui se lève, s'était rapprochée, et le temps la coloriait et la transformait au gré des saisons. Un chemin, dans une courte rampe, coupait la masse noire du Bois face à sa fenêtre. Par là passait le bûcheron sa cognée sur l'épaule et aussi l'enfant ou le vieillard ramassant le bois mort. Parfois encore un troupeau de moutons s'entourant en brouillard de la poussière du chemin s'y enfonçait.

Un homme en houppelande brune, un gros bâton à la main, les menait. Ils devaient aller bien loin dans les grands arbres car on ne les revoyait de longtemps tandis que l'homme à la cognée, l'enfant et le vieillard ployant sous leur fardeau repassaient bientôt sur l'ocre du chemin. Un jour, le cœur battant de curiosité et de crainte, Miréio traversa celui-ci qui lui mit de l'or rouge sur ses bottines.

Elle aborda le Bois Bleu et resta figée par la grandeur et la magnificence de ce palais aux mille chemins. Elle revint bien vite au logis toute remplie de sa découverte. Dès lors, le souffle de l'esprit apporta au Bois Bleu le mystère d'un univers vivant que les légendes de l'enfance, bénie et généreuse peuplent d'êtres issus du Merveilleux.

Blanche-Neige et les Sept Nains, la Belle au Bois Dormant, la fée Viviane et l'enchanteur Merlin y avaient élu domicile. Le petit Chaperon Rouge l'avait traversé.

La Fontaine y avait écrit ses fables.

Mireille devenue jeune fille n'avait osé chasser ces personnages du Bois Bleu. Ce sont eux qui l'ont façonnée. Ils sont devenus les formes-pensées de ses sentiments et portent toujours leurs superbes habits de légendes ; ils sont encore ses confidents généreux parlant à son esprit et touchant à son cœur.

Secrètement, elle joue encore avec ces marionnettes de l'enfance dorée parce que la vie ne l'a pas encore brûlée d'une désillusion. Elle ne s'y arrache pas, elle ne les sacrifie pas à la raison. Elles se mêlent aux santons du terroir auquel Miréio appartient tout entière depuis que ses yeux d'enfant ont su en voir les horizons qui le limitent.

Le soleil, par ce matin frais, lance un premier rayon oblique. Un dernier souffle de la brise nocturne soulève par vagues l'herbe drue vert foncé de la prairie, reléguant dans les profondeurs du bois les dernières brumes accrochées aux buissons.

Le soleil, presque soudainement, étend ses rayons, et, dans les enluminures matinales de mai, un bruit de sonnailles monte du village. Une charrette roule en grinçant et cahote dans un chemin creux. Les gros souliers cloutés des paysans buttent et crissent sur les cailloux sonores. Un labrit, à l'avant-garde d'un troupeau, apparaît sur un rocher et aboie dans le vent. Dans un pépiement multiple, une écharpe d'oiseaux, jaillissant des futaies, s'élève dans les airs, s'allonge, se noue, volute et se déploie triomphalement avant de revenir et de disparaître dans un cri. La nature s'émeut et s'éveille dans sa puissance de création perpétuelle.

Le jour filtrant éclairant le visage endormi de Miréio, l'a tirée de son sommeil. Elle demeure quelques instants les yeux mi-clos, puis elle les a ouverts en grand avec lenteur pour faire paisiblement le tour de la chambre avant de se fixer sur la baie de lumière.

La jeune fille s'étant étirée, repousse ses couvertures et saute du lit.

À pieds nus, ses longs cheveux noirs ondulés retombant sur son pyjama de finette, elle va à la fenêtre qu'elle ouvre à deux battants et pose ses coudes sur l'appui.

Son regard se porte vers le Bois Bleu qui éveille ses hôtes d'une fausse voix grondeuse, et, glissant alentour, frôle les coteaux proches et la plaine majestueuse qui rejoint l'horizon.

Elle a reconnu son domaine, alors, elle aspire à pleins poumons le matin frais, s'étire encore en bâillant et repose ses coudes. Elle écoute maintenant les bruits de la maisonnée.

Madame Vermandois, sa mère, s'éveille chaque matin au chant de l'alouette. Ce n'est que bien plus tard et pour ne faire aucun bruit qu'elle ouvre la porte d'entrée du mas.

En gestes précis et rituels, elle allume le feu, donne un premier coup de balai rapide, reçoit le jeune livreur de pain, fait bouillir le lait, et gare à qui se hasarde à l'encombrer de sa présence avant que les bols fumants du petit-déjeuner ne soient sur la table !

Monsieur Vermandois, qui a contrevenu à cette consigne immuable depuis des années, a été prié sans ménagements de vider les lieux.

Il s'ensuit un échange de réparties drôles entre les époux qui mettent à fleur de lèvres la gaieté de Mireille à l'écoute. Son père a obtempéré et il fait son apparition sur le seuil de la porte la pipe aux dents et les mains derrière le dos. D'en haut, sa fille l'interpelle :

- Ohé, papa… Bonjour !…

Et il reçoit à plein visage son rire chaud. Il lui sourit :

- Bonjour, toi. Je te conseille de descendre bien vite, paresseuse !…

Ta mère est mal levée. Elle est d'une humeur exécrable. Si tu ne viens pas vite, nous en aurons pour la journée…

Une protestation rieuse part de la cuisine. Mireille rentre à nouveau dans sa chambre, se donne un coup de peigne hâtif puis rejoint sa mère au rez-de-chaussée.

- Qu'as-tu fait de papa ?… demande-t-elle gaiement après l'avoir embrassée.

- Je l'ai mis à la porte !… Qu'il ne s'en plaigne, je l'avais prévenu… Impossible de faire quoique ce soit de bien quand un homme se tournant les pouces est au milieu… Va l'appeler maintenant tout est prêt ! La vie au « Paradou » n'était qu'exceptionnellement morose.

C'est au cours d'un bref séjour qu'il fit au village, peu avant son premier départ Outre Mer, que le jeune Administrateur, Henri Vermandois, nouvellement promu, fit la connaissance de celle qui devait devenir la mère de Mireille. Pendant les deux ans que dura leur séparation, les jeunes gens eurent tout le loisir de correspondre et de préciser leurs sentiments. Le mariage eut lieu à Montbazon, en Touraine, pays natal du jeune fonctionnaire.

Les jeunes époux partagèrent le temps de leurs congés qui les ramenaient périodiquement en Métropole, entre les familles de Touraine et de Provence. Le climat et le calme du pays de sa femme déterminèrent le fonctionnaire à s'y fixer définitivement au moment de la retraite.

Madame Vermandois qui n'avait jamais laissé se relâcher les liens nombreux qui l'attachaient au village, s'y retrouvait pleinement chez elle.

Mireille y était née et les enfants du pays furent ses compagnons d'enfance et prirent l'habitude de l'appeler Miréio. Les plus précieux souvenirs de la jeune fille portent des noms d'amis, Marinette, la pétulante fille des Fourlassou, Fariolo, son « chevalier servant » de jadis, tous deux enfants de paysans.

Fermin, un peu plus loin dans ses affections est le fils du cordonnier. Franc comme l'or et bon compagnon, il demeure pour ceux de sa génération « le corsaire ». Tous aujourd'hui sont lancés dans la vie avec comme point d'attache ou de ralliement le clocher de leur village. Ayant fait bâtir le « Paradou » sur le coteau verdoyant proche du « Bois Bleu », Monsieur Vermandois abandonna la maison natale de sa femme à une vieille tante de celle-ci.

Ils occupèrent leur mas alors que Miréio n'avait pas encore deux ans. Depuis la mise à la retraite du chef de famille, l'existence au Paradou a pris un tour paisible et régulier. Mireille, demeurée fille unique, reste l'enfant choyée à qui ses parents laissent, par habitude, un peu de cette liberté confiante qui est abandonnée aux petits.

Son éducation ne fut pas pour autant négligée, bien au contraire. Les éléments du savoir lui furent donnés à l'école du village, où, dans un milieu qui est leur, les enfants d'une même communauté s'éveillent à une vie de société intense qui ne les dépayse pas.

Ce fut après, pour la toute jeune fille l'entrée en qualité d'interne dans un collège en Avignon, ville privilégiée au passé riche et lourd où la tradition provençale est conservée jalousement sous une apparente austérité. Mireille chercherait en vain le souvenir des premiers jours déconcertants que subit tout jeune pensionnaire plié à une discipline constante.

Son caractère sérieux, son appétit de savoir, de découvrir la logique et le lien de tant de choses pressenties, lui firent vite sécher les larmes du prisonnier. Très bonne camarade par surcroît, elle eut tôt fait de trouver avec aisance un nouveau rythme de vie.

Elle ignora délibérément les liaisons dangereuses souvent équivoques qui corrompent souvent les natures les plus saines quand elles montrent quelques faiblesses.

Elle sut percer la sévérité des études, et, la musique spontanée de ses premières années prit forme, se développa, s'apparentant à la poésie, aux chants du Félibre.

Et tout ce savoir acquis d'enthousiasme se reportait sur son cher royaume, le peuplait encore et lui enseignant la valeur des détails, lui donnait la portée réelle de son harmonie d'ensemble. Quand les vacances la ramenaient la joie au cœur au village, elle emportait toujours ses chers livres, et, dans le calme du Bois Bleu, au milieu de ses compagnons d'enfance, elle identifiait dans leur atmosphère, les personnages immortels que Mistral, Roumanille, Aubanel et autres félibres avaient extraits des glèbes et des cieux de Provence et de leurs cœurs qui en étaient pleins.

Un jour, enfin, ayant donné toute son empreinte latine à cette âme d'élite, le collège n'eut plus rien à lui apprendre qu'elle ne sut déjà. Les portes de l'institution se refermèrent sans elle, ne montrant plus aux passants que sa façade sévère de couvent. Elle y laissa ses professeurs et une bonne amitié, Arlette Jégu, qui s'efforça en vain de l'arracher à son cher petit royaume pour l'entraîner vers la grande ville où la chance se joue.

Pour Mireille, Arlette était d'un autre monde pour lequel elle n'avait aucune curiosité, elle fut l'amitié sacrifiée à son âme exclusive. Elle n'entre d'aucune façon dans son destin et son image s'estompa petit à petit, se perdit à un échange de correspondance de plus en plus délié et indifférent.

Mireille revenue au « Paradou » retrouva sa liberté dans le cadre prédestiné de son enfance heureuse. Elle demeure simple, près de la vie, au milieu de gens simples que le souci du pain quotidien pourrait aigrir. Elle reste Miréio pour tous, un ciel pur et serein auquel on ne saurait reprocher le moindre nuage. Le temps a blanchi les tempes de son père et le front de sa mère, comme une première neige paisible et douce d'un début d'hiver. Leurs regards se sont adoucis de la connaissance et de la fréquentation des modestes.

Tout respire en eux cette satisfaction d'une vie bien remplie, comme une détente, au seuil, par eux non redouté de la vieillesse. Insensiblement, Mireille décharge maintenant un peu plus chaque jour sa mère de travaux de maison que l'âge de celle-ci rend plus pénibles.

Ainsi, petit à petit la jeune fille apprend son métier de femme sans que la vie n'y ajoute l'impératif brutal d'une nécessité. Mais il lui reste toujours dans sa journée de longs moments précieux pour lire et rêver, demeurer en contact étroit avec tout ce qui a fait sa « personne ». C'est en cela que Mireille demeure une privilégiée.

Sa tâche essentielle le matin est d'aller au village faire les emplettes. C'est dans ce but, après un substantiel petit-déjeuner en famille, qu'elle pousse le portillon de l'enclos avec un filet à provisions roulé sous le bras. Son corsage de fine toile blanche et sa jupe aux larges rayures bleues ajoutent encore à la gaieté des chemins. Elle franchit bientôt le petit pont enjambant l'Aigue-brun et passe les premières maisons aux tuiles creuses de l'agglomération. Les hommes sont aux champs déjà penchés sur la terre. Ici, un couple de bœufs sous le même joug attend sans broncher. Plus loin une charrette tirée par un cheval bai à la musculature puissante est suivie par un jeune paysan à chemise blanche sifflant une rengaine. Mireille échange avec lui un geste d'amitié. Bientôt elle se trouve au cœur du village, sur la place entourée d'arbres et au milieu de laquelle est érigée la fontaine aménagée en lavoir. Là est le rendez-vous presque obligé des ménagères qui échangent les dernières nouvelles et les menus potins du lieu.

Mireille y fait généralement une halte.

Quelques villageoises de tous âges y font la causette, et, cependant qu'elles parlent, souvent en même temps, les récipients de grès ou d'émail cascadent leur trop-plein. Subitement les conversations tombent et les visages se tournent vers le même point :

Monsieur « l'étranger » passe. Le seul « estivant » du village fait un peu figure de phénomène car les gens de la ville viennent ordinairement et en nombre pour les grandes vacances de juillet et d'août. À cette époque il y en a partout. Ils louent n'importe quoi à n'importe quel prix et quand ils s'en vont les poches vides, ils sont heureux et hâlés et les femmes en tenue de ville embrassent les mioches et laissent souvent derrière elles des amitiés de passage.

On n'a pas alors le plus souvent le loisir d'en « disséquer » un dans le village : ils sont traités en série. Mais celui-là, qui est venu au printemps avec les hirondelles, on s'en occupe forcément entre commères plus que de raison.

Le silence et l'attention qui soulignent son passage amènent celui-ci à faire poliment un léger salut de la tête, sans que la curiosité dont il est l'objet paraisse l'embarrasser le moins du monde, et, il disparaît en promeneur dans une ruelle qui de la Calade mène au bord de la rivière. - Il est chez les Castelli, prélude une lavandière qui énonce cela à coups de battoir pour en apprendre davantage, étant donné que nul ignore depuis le premier jour de son arrivée où il prend pension et ce qu'il y fait ou n'y fait pas. Mais l'amorce est bonne et chacun lance la sienne :

- Il s'appelle Charles Lesueur.

- C'est un monsieur de Paris... Un étudiant. Il vient en convalescent.

- Peuchère ! « Au jour d'aujourd'hui » il faut en apprendre des « choses » pour devenir quelqu'un.

- C'est une chance qu'ils n'en deviennent pas tous fadas avec leur instruction.

- Ils n'en deviennent pas tous fadas, peut-être, dit aigrement une pucelle en relevant son menton pointu, mais ce qui est sûr, c'est que beaucoup d'entre eux en arrivent à ne plus regarder le pauvre monde... À croire qu'ils sont tous un peu Dieu le Père !

- Je l'ai croisé l'autre jour le « Parisien », relève une vieille... Je portais mon broc à eau. Il me paraissait même plus lourd que d'habitude. Il s'est arrêté, le Monsieur de Paris, il m'a pris ma charge et m'a dit dans un grand sourire tout jeune : « Où habitez-vous, grand-mère ? » Comme je n'ai pas l'habitude de la politesse j'étais un peu surprise :

« Oh ! Je ne vais pas loin ! » lui ai-je répondu sans trop réfléchir. Je n'étais, c'est vrai, qu'à quelques pas de ma porte, mais le broc plein me tira davantage sur l'épaule et semblait me dire : « laisse-toi faire la vieille... Ca n'arrive pas si souvent » L'étudiant le prit et marcha doucement à mes côtés : « Cela vous permettra de respirer un peu » fit-il... Et bien « capouno », si tu n'avais pas honte de le regarder de plus près tu aurais vu qu'il était moins fier que toi quand tu te mets en dimanche à la messe pour que les garçons te regardent... Tu me l'as souvent porté mon broc à eau quand il était plein ?... interroge la bonne femme avec un sourire indulgent parce que la fillette rougit de ce qu'elle vient de relever.

- On n'y pense pas à ces choses-là et on ne me l'a jamais appris ! répliqua un peu brusquement la jeunette.

- Si, si, on te l'a appris, comme à moi, mais, comme moi aussi tu as eu le temps de l'oublier… et plus vite !

L'intervention de la vieille a l'heur de plaire secrètement aux autres jeunes personnes et une brunette relança le sujet sur le thème favorable :

- Moi, dit-elle, je me suis arrêtée chez les Castelli le lendemain de son arrivée, exprès pour le voir lui… Il parle comme un livre !

- Té ! pardi, il en a toujours un sous le bras… Il doit l'apprendre par cœur !

- S'il en avait qu'un, ça ne serait rien, mais il paraît qu'il en a toute une valise et des gros à faire pâlir le bon Dieu !

- Il veut être avocat !

- Il va habiter Aix ?… dit une fille, et les autres de rire.

- Hé, la bonne blague ! Il y en a partout de la chicane, ma pôvre !

- Je ne sais pas, moi… Mais quand je suis allée à Aix, il y a quatre ans, les « gens » de là-bas m'ont dit que la moitié de la ville était montée en juges, avocats, avoués et gendarmes…

- Ils doivent passer leur temps à se juger entre eux !

- Je les plains, les « gens » d'Aix, avec tous ces hommes de loi coupeurs de cheveux en quatre.

- S'ils existent, c'est qu'il en faut !…

Et la conversation de dériver :

- On dit que les Castelli se font faire leurs papiers par le parisien… Ils vont reprendre leur affaire contre les Trotabas !… Vive comme un poisson de l'Aiguebrun et franche comme un linge blanc passé à la lessive, Marinette éclate.

- Ça fait bien dix ans qu'ils se fatiguent le sang avec leur foutu mur mitoyen !

- Té !… Tu en as de bonnes, toi !… Chacun voit ses affaires ! réplique la première.

- Bien sûr. Amélie, et, ces histoires de vieilles pierres qui tombent quand le mistral y souffle dessus ne sont pas les miennes… Elles nous font tristes !… C'est pas avec une garouille farfelue comme celle-là que j'escagasserai « mon Parisien » et, elle enchaîne en savonnant le linge, la tête haute et en riant,

... Surtout un beau garçon comme lui, on peut lui donner à penser autre chose, n'est-ce pas Miréio ?... et, la compagnie de s'amuser. Une femme, de celles qui préfèrent un cancan à une plaisanterie, appuie en relevant le nez de dessus sa savonnade :

- Comme tu dis, et ce n'est pas la fille des Castelli avec son ombre de moustaches et ses fesses plates qui lui donnera des idées de printemps !

Marinette ne paraît pas avoir entendu cette méchanceté inutile et elle poursuit en jetant une œillade complice à Mireille : - Il est aussi beau que Fariolo, Miréio... Et aussi blond !... J'ai toujours rêvé d'un héros blond comme amoureux...

Ca change un peu avec ceux de chez nous !

Avec Marinette on est sûr de se donner du bon temps et elle ne le perd pas. Tout en causant, elle frotte, trempe, tord son linge, les manches relevées très haut. La mousse blanche couvre ses avant-bras bronzés, éclabousse parfois sur son visage qu'elle essuie d'un mouvement rapide. Des bulles de savon irisées courent dans un ruisselet pour se perdre dans la grille d'évacuation faisant couronne à la fontaine. - Moi, je n'ai pas d'amoureux ! répond doucement Mireille en riant.

- Allez ! Vaï... et Fariolo ?... Il n'est pas amoureux de toi ?

- Fariolo ? et le sourire de la jeune fille s'atténue, c'est un brave garçon... mais ce n'est pas mon galant... Je ne peux pas lui interdire d'aimer qui lui plaît...

- Même si c'est toi ! Marinette n'insiste pas davantage sur ce point.

- Tu as peut-être raison, glisse-t-elle... Si j'étais belle comme toi, et avec l'instruction que tu as, je me laisserais courtiser par le monsieur des Castelli... Je m'en ferais faire des robes, et payer des bijoux et une voiture du tron de l'air... Il doit avoir de l'argent à ne savoir qu'en faire !

Une seule ne fait pas chorus dans le concert d'exclamations joyeuses qui orchestrent les réparties de Marinette. C'est la vieille Françoise, dite la « Choise ». Une peau antique qui, de son temps, se faisait sauter par les garnements du pays. Elle est la plaie du village. Clabaudeuse invétérée, elle fut l'origine consciente de beaucoup de discordes souvent inapaisées. La famille de Marinette en a souffert parmi tant d'autres. Quand les rires se furent calmés la « Choise », qui a pris son temps pour mieux se faire entendre, apprécie entre haut et bas : - Elle est propre, la jeunesse de maintenant... De mon temps, on aurait eu vergogne de parler de la sorte ! Et, sa cruche pleine, elle s'en va le dos rond, pas assez vite cependant pour ne pas entendre la riposte de Marinette, qui sait à l'occasion envoyer le berger paître avec ses moutons :

- Elle peut en parler de sa jeunesse, celle-là !... Mon grand-père et elle s'en sont donnés de joyeuses de leur temps... comme elle dit ! Et tout le monde de rire, bien qu'il ne soit personne pour ignorer les fredaines des lointaines années.

- Il disait, mon grand-père, que le pauvre mari de la « Choise », un grand couillon de Lauris, portait des cornes bien plantées qui se voyaient de la Bastide à la Calade. ça faisait rire tout le monde... Les gens qui sont méchants avaient pris l'habitude de dire : « Cette vache a des cornes à la Jules !...»

C'était un compliment pour la vache, et ce niguedouille, on ne le fréquentait guère... On n'arrive pas se faire à l'idée qu'on peut être à la fois cocu et honnête homme, et pas plus bête que les autres et aussi bien fait... ça lui a fait du tort au drôle qu'on appelait Jules pour ne pas l'arranger ! Le père Loustalet, quand il a bu un coup de trop, ce qui lui arrive chaque fois qu'il a quatre sous, ne se fait pas prier pour redire que la « Choise » lui doit un des murs du bastidon qu'elle s'est fait bâtir au Valsec avec l'argent de ses sauteurs.

- On s'est bien aperçu qu'elle a porté au moins trois fois le melon de Cavaillon dans le ventre après la mort du cocu... Personne ne sait où elle est allée les vendre et jamais on ne l'a vue avec un « drôle » dans les bras !

... Et cependant la « Choise » a un fils, et, ce fils sorti de l'anonymat de l'Assistance Publique, en même temps que le nom de sa mère décrépite, apprit à connaître la Loi « que nul n'est censé ignorer ». Cette ménade qui ne se sentit aucune obligation quand il était enfant, être que l'amour maternel doit façonner, lui fit éprouver durement le poids des obligations imméritées.

La « Choise », à cet appui involontaire offert à sa hargne, dès le temps de ses premières ruines et de ses dernières étreintes, se vengea sur lui de sa vieillesse impréparée, inacceptée.

Elle poursuivit sans pitié, avec les armes que lui offrait la société, ce témoignage de ses amours de rencontre, victime effarée de la faillite honteuse et totale de sa vie.

L'assisté devint le condamné, sans cesse relancé dans sa morne vie d'homme plus accablé qu'un sans famille. Il ne se manifesta qu'une fois au village. C'est un homme de forte stature, étrange et renfermé. Seul, monsieur le maire sait qu'il est dans l'Hérault et travaille à la ferme...

... C'est bien surtout à cause des enfants que Marinette garde une dent à la « Choise ».

C'est une vaillante, la fille Fourlassou. Elle aime la vie dans le travail et la danse. Quand elle aura mari, il est probable qu'elle ne se privera pas davantage d'amour ; c'est trop bon !

Et quant aux drôles, elle en aura, tout son content !

Sur les propos de Marinette, personne ne rit plus. Qui vient, qui va, charriant de l'eau, essorant le linge, lavant un marmot braillard en ménagères pressées qui veulent rattraper un temps perdu. Mais Marinette a raison : la « Choise », que le temps n'a pas rendue moins mauvaise, tant s'en faut ! n'est pas la fleur de pois.

Elle fut une belle garce, une méchante maintenant, menant sa vieillesse malveillante, envieuse, vaille que vaille, vivant un peu de rien et un peu de la générosité d'autrui. Il fera deuil à Saint-Pierre, le grand portier du ciel, de l'y recevoir si un jour, gueusant son salut, elle paie à confesse, en monnaie de singe, tout le mal qu'elle a fait aux chrétiens du village et autres clochers, et dont plus d'un sont inscrits chez le diable cornu parce qu'ils s'en sont laissé conter par elle au temps où l'impertinence de sa cuisse innombrable se portait jusqu'aux foyers les plus paisibles et les moins chauds pour l'accueillir. Marinette a déjà oublié la « Choise » et sa colère et s'en donne à pleins bras pour terminer sa lessive. Soudain elle lève la tête :

- Té ! le voilà, mon calignaïre... Tu arrives au bon moment, Justin... Prends le bout de ce drap. Et l'homme qui arrive, en se balançant comme un pirate sur son lougre, se met silencieusement à tordre les grosses pièces avec la jeune fille. Justin, dit le « Fada », est un grand sifflet, sec comme un sarment, muet comme une carpe et robuste comme pas un. Sans métier défini, il est certainement l'homme le plus occupé du village. On l'appelle pour n'importe quelle tâche et il s'en tire toujours honnêtement.

- Hé ! Justin... Viens à la forge ; j'ai une bricole à te donner à faire, lui dit le forgeron.

- J'ai des sacs de farine à trimballer ! lance le boulanger.

- J'ai un bœuf à mettre au travail, fait le maréchal-ferrant, ses tricoises en main.

... Et celui-là lui fait conduire une charretée de foin, cet autre lui fait épandre le fumier, abattre une bête. Justin est hotteur aux vendanges, faucheur et batteur à la moisson.

Il souffle la forge, bat l'enclume chez Antoine. Se fait, sans effort apparent Pierrot sous les sacs de farine, ou fumiste chapeauté de suie. Il arrime les bêtes à ferrer, conduit les charrettes, étend le fumier, laboure, abat les arbres, moissonne, vendange avec la même ardeur têtue et muette pour le compte d'autrui qui le fait manger, boire et le vêt. Justin a-t-il été une seule fois habillé à sa mesure?...

Tout un chacun au village dirait « Non ». Il porte une veste en lustrine luisante effilochée aux poignets qui fut celle du maire au temps où celui-ci n'avait pas l'inconfort de sa bedondaine : ce qui n'est pas de la dernière lune!

Ses pantalons rapiécés et trop courts, montrant ses chevilles velues, furent ceux de Tarrigue le charpentier, l'avaricide qui lui avait fait transpirer à sang et eau ce vêtement usagé de mauvaise laine maintes fois rapetassé, mais les pièces sont bonnes : elles tiennent l'ensemble. La casquette crasseuse à visière de cuir était du rémouleur défunt qu'il avait aidé à mettre en terre. Il l'avait prise, semble-t-il, par mégarde chez le défunt le jour de la cérémonie. La famille n'avait pas osé lui réclamer cette relique qui fut un peu son salaire de croque-mort.

Chaque soir, les mains dans les poches, grande silhouette dégingandée, il va de son même pas nonchalant, s'étendre tout vêtu dans la grange des Fourlassou, les parents de Marinette, et, le regard perdu dans le vague, avant que ne vienne le sommeil, il dérange d'une main distraite les puces qui lui courent par le corps : s'il en tua une, ce fut bien pur hasard. Il n'y met vraiment aucune conviction.

En fait, parler et se laver sont contraires à sa nature spéciale. On peut lui demander par contre de toucher à tous les métiers, de faire de l'ouvrage plus que quiconque au moindre salaire, pour une croûte de fromage, un verre de vin ou quelque harde, là, il ne rechigne pas : il y va franc du collier. Il n'a jamais eu certes l'inquiétude du lendemain. Il dort tout son soûl, comme un brave, car il sait que le travail d'occasion l'attend le matin par le village ou par les champs où il suffit de se montrer pour trouver l'embauche.

- Pas si fada que l'on veut bien le dire! dit ce finaud de garde champêtre dans ses longues moustaches grises, en promenant sa retraite sous sa casquette de gardien de la Loi satisfait et respectueux dans un pays sans histoires, où les plus grands « bandits » sont les braconniers.

- C'est un philosophe…

L'homme le plus heureux de ma commune, apprécie le maire bedonnant en passant ses pouces sous son gilet dans un geste familier, démocratique et bon enfant. Mais le village, qui tient à son Justin tel qu'il se l'imagine, donc tel qu'il doit être, réplique :

- Allez, vaï ! C'est bien un fada !… le Fada de Cavaillon !…

… De Cavaillon parce qu'il s'entête à dire :

- Moi, je ne suis pas du village, je suis de Cavaillon. Fada ou pas fada, Justin, qui fait un peu partie des « biens » des Fourlassou, parce qu'il dort chaque nuit dans leur grange, est amoureux de Marinette.

- C'est mon galant ! dit-elle en riant avec une nuance de protection et une lueur de malice dans ses beaux yeux noirs. Il ne répond toujours rien. Il est amoureux, amoureux à la seule façon qui lui soit permise : pour sentir Marinette près de lui, et sitôt qu'il est de loisir, il va la retrouver :

- As-tu besoin de moi ?

- Tiens… Fais ceci, fais cela ?… Elle ne le déçoit jamais parce qu'elle sait qu'il a plaisir à sa compagnie et à travailler pour elle, et, encore pour ces raisons suffisantes qu'il y a toujours quelque ouvrage à sa convenance et qu'il est utile, adroit et fort. Mais quand par exemple Marius, le marchand de vin, montre sa trogne violacée dans l'encadrement de la porte et dit :

- Justin, quand tu auras une minute, viens décharger mon camion, j'ai besoin de bras.

Alors le fada laisse là le travail de complaisance de Marinette et s'en va rouler la lourde futaille. C'est un pacte immuable et tacite entre Justin, Marinette et le village. Ce qui plus est, le fada n'est pas méchant. Il se laisse placidement moquer par les gamins qui n'insistent pas trop, d'abord parce qu'il ne leur donne aucune prise, et que son silence rend illusoire leurs moqueries et sa nonchalance paraît leur retourner.

Mireille a fait ses emplettes au village et s'en revient lentement au « Paradou ». Bien qu'elle reconnaisse à Marinette d'honnêtes raisons à ses propos à l'encontre de cette notoire margot qu'est la « Choise », les répliques de son amie, faisant un sort à la réflexion de la vieille coureuse, l'ont embarrassée comme une violence superflue.

Mireille s'en est allée dès les premiers mots de Marinette à ce sujet. On sait fort bien au village que les Vermandois ne se sont jamais mêlés, de près ou de loin, aux affaires de quiconque : ils ont apparemment l'estime de tous et s'en suffisent.

Toutefois Mireille est convaincue que Marinette n'aurait jamais pris l'initiative de dire ses quatre vérités à la « Choise » si celle-ci avait pu tenir sa langue de vipère. Très impulsive, elle n'est pas fille à supporter la moindre parole de malveillance et elle est trop du village pour pouvoir comme les Vermandois se maintenir dans une réserve confortable. Fariolo, dont le nom a été évoqué par Marinette, est aussi un « enfant du pays » et il est bien pour Mireille le plus constant des amoureux sans toutefois s'être déclaré ouvertement.

-... Je t'aime bien, Fariolo, mais pas pour te « fréquenter », voilà ce qu'elle lui avait déclaré un jour. Il n'avait rien dit, mais dès lors, il n'avait pu demeurer le compagnon d'enfance joyeux et libre qu'il fut. Depuis, ils avaient encore grandi, chacun conservant une vision différente de ce qui est leurs souvenirs communs. L'amour non partagé qu'il lui voue en silence attriste la jeune fille comme une terminaison déplorable d'une bonne amitié pure.

Ce compagnon d'enfance est demeuré réservé et travailleur. Il est devenu maintenant un jeune homme fort d'une beauté virile.

Il appartient à la terre qui lui a donné sa noblesse en fortifiant en lui, qui en était digne, les convictions enthousiastes de son enfance et le sentiment de grandeur qu'elle procure à ceux qui l'aiment et la transforment à leur gré.

La famille de Fariolo possède des biens qui la font une des plus cossues de la région. Par la puissance de travail de nombreuses générations, elle est une de ces cellules paysannes aisées de Provence qui puise sa pérennité dans une tradition éprouvée qui sait ne pas ignorer le progrès. Fariolo aime Mireille depuis qu'il se sent vivre, sans éclat, avec persévérance et il ne donna aux paroles de la jeune fille qu'une valeur occasionnelle. Il s'obstine en silence :

« Non » est encore peut-être pour lui… Il saura attendre, un an, deux ans, le temps qu'il faudra : les jeunes filles qui sont seules résistent peu au temps. Elles sont comme la lande inculte et rebelle : en les travaillant, avec de la patience, de la douceur, on en vient à bout. « J'ai fait venir de la belle vigne sur l'herbe rare… Miréio s'apercevra bien un jour aussi que je suis capable de la rendre heureuse avec une existence bien solide. » Voilà ce qu'il se dit parfois en se penchant sur la terre. Il demeure confiant car il lui paraît inconcevable que Mireille puisse un jour quitter le pays. Elle y est trop attachée. Elle ne connaît que celui-là par les yeux et par le cœur. Il aime à se rappeler leurs promenades à deux par la campagne et le Bois Bleu qu'elle a enchanté. Il la suivait sans mot dire, il taillait prestement une branche dont il ne conservait que quelques morceaux soigneusement choisis et façonnés tout en écoutant sa compagne.

Elle parlait tout haut à son peuple imaginaire, et Fariolo, témoin silencieux, agençait ses bûchettes. Quand l'heure de la séparation venait, elle lui laissait un souvenir candide et lumineux dont la matière, faite du cristal de son imagination, recevait le souffle chaud de son âme qui lui donnait les formes somptueuses de ses rêves délicats. Miréio recevait en échange de son compagnon un petit objet de bois qu'il avait créé en l'écoutant.

Toutes ces miniatures singularisant ces longues promenades, comme autant de jalons, ornent encore sa chambre de jeune fille. Voici comment ces belles journées d'antan furent subitement interrompues.

C'était un été de vacances par un bel après-midi. Après une longue course de coteau à vallon, ils avaient fait halte sous la fraîche frondaison de la lisière d'une forêt loin du village. Miréio tournait le dos au sous-bois sombre et le soleil éclairait ses cheveux blonds et ses grands yeux. Elle était assise les genoux serrés pliés sur le côté; les mains posées en appui sur l'herbe, un peu en retrait, tendaient son corsage clair.

Fariololo, en chemisette blanche, recevait la chaleur du ciel bleu sur sa nuque et ses épaules. Il était allongé sur le côté et tout en prêtant l'oreille au conte de son amie, il poursuivait la confection d'un petit personnage de bois. Devant lui, sur un mouchoir à carreaux, il avait étalé ses bâtonnets pour faire les membres et le cou, un morceau d'écorce épaisse et rude pour les souliers, deux marrons : un petit pour la tête, un gros pour le ventre, ainsi que de la barbe de maïs pour la chevelure. Il avait ainsi glané tous les éléments de sa création.

Et il pensa :

« D'un coup d'aiguille et d'un chiffon clair, Miréio fera le bonnet ou le fichu. »

Mais ce jeu d'adolescent lui paraissait ce jour-là malaisé. Il se sentait les doigts gourds. Il était distrait de son ouvrage. Soudain, il déposa son couteau dans l'herbe.

Rompant ainsi un pacte d'habitude, il regarda longuement pour la première fois Miréio raconter ses êtres mystérieux vivant en elle. Il la regardait avec tant d'émotion qu'elle en fut brusquement troublée. Ces yeux qui la fixaient paraissaient la découvrir. Étonnée, elle le fixa à son tour et se tut. Il était à la même place et pourtant il donnait l'impression de s'être rapproché. Il était devant elle le souffle court et la bouche entrouverte, ses mains habituellement placides étaient figées devant lui. Ils restèrent ainsi immobiles un long moment.

Quelque chose venait de se passer entre eux. Ils avaient grandi et l'espace d'un court moment leur en apporta la révélation inattendue. Miréio pressentit presque aussitôt que Fariolo ne pouvait plus être son confident, qu'elle n'aurait plus désormais la liberté de découvrir devant lui ses plus secrètes et innocentes pensées.

Elle en eut comme une angoisse, et elle dut faire un effort sur elle-même pour se lever :

- Nous partons, avait-elle dit brièvement. Et lui s'était levé à son tour. Il avait repris son couteau et son mouchoir, abandonnant sur l'herbe son petit bonhomme aveugle, inachevé, fais de bois, de marrons et de barbe de maïs. Fariolo était déjà un homme, et cet homme ne se contraindrait pas au rôle privilégié que Miréio lui avait assigné. Elle n'en concevait point d'autre pour lui dont les yeux, ce jour-là, disaient tout l'amour qu'il lui vouait.

Ils s'en étaient revenus silencieux, désenchantés et, spontanément, avec la rigueur de ses seize ans, elle lui dit ces mots qui suspendirent leur confiante affection :

- Je t'aime bien, Fariolo, mais pas pour te fréquenter !

Il était trop loyal pour nier. Elle était partie alors en courant sans se retourner tandis qu'il demeurait un long moment sur place à la regarder disparaître. Puis il était revenu lentement. Elle ne l'avait dès lors plus appelé pour aller ensemble rendre visite à ses personnages et les faire vivre.

Miréio en était bien arrivée elle aussi à la limite du premier stade de sa jeunesse. Le regard de Fariolo le lui avait fait comprendre. Mais il l'avait brûlée à l'instant où son être tout entier, déjà formé au beau de l'âme et de l'esprit, devait prendre conscience par lui-même, pour poursuivre sa croissance harmonieuse, de la personne physique de sa jeunesse saine, comme peut l'être à une allégorie son application humaine. Cette prise de conscience brutale, ce regard ardent l'avaient effarouchée, comme une intrusion violente d'un élément étranger dans un monde charmant auquel elle voulait demeurer fidèle exclusivement dans sa première réaction, sans vouloir comprendre encore que le merveilleux est un refuge aléatoire, une inanité si on n'accepte pas, au temps venu, son doux et chaud complément humain.

De longues années durant, Fariolo avait suivi Mireille dans ses rêves. Le lien qui l'attachait d'abord à la fillette, puis à la jeune fille, avait forci dans son cœur. Mais la quiétude, l'assurance inconsciente d'une pérennité, la clarté de leur âme n'avaient pas donné de nom à ce lien. Il avait fallu à Fariolo cet instant brutal, où son regard, brûlant malgré lui, avait rompu, l'apparence d'une amitié impersonnelle.

Mireille lui avait révélé brusquement son propre sentiment à lui.

- Je t'aime bien, Fariolo, mais pas pour te fréquenter !

C'est elle qui s'était aperçue avant lui de son amour. Elle était femme déjà par sa riche féminité et elle venait de lui dire en même temps qu'il était devenu un homme par la puissance d'aimer. Fariolo ne l'a jamais trahie et il est encore le seul à partager ses secrets. Il sait qu'elle est, comme lui, fortement attachée à ce coin de Provence où son être s'est formé. Il la voit de loin maintenant retourner au Bois Bleu qui demeure malgré tout entre eux un gage de continuité affective matériellement inaltérable. Miréio, revenant du village, s'est rappelé longuement Fariolo, puis involontairement, sa pensée retient à l'instant l'image du citadin. Elle en éprouve un certain agacement.

Charles Lesueur, en bras de chemise et tête nue sous le soleil, est accoudé au garde-fou du ponceau qui enjambe l'Aigue-brun dont les berges d'ajoncs roux et de buissons, de plages minuscules et de touffes d'arbres aux feuillages encore tendres, s'ennoblissent plus loin de quelques peupliers géants. Le lit de la rivière transparaît sous l'eau limpide qu'une brise légère ride par instant, faisant du ciel qui se reflète un mirage bleu-rose. L'étudiant se laisse surprendre à la vue de ce chatoyant et bruissant tableautin de la campagne provençale. Un gamin venant du village se ralentit :

- Bonjour, M'sieur.

Le jeune homme, surpris, se retourne et sourit au curieux. À ce sourire de bon accueil, l'enfant, dont les jambes sont bottinées de la poussière sèche du chemin, s'arrête à deux pas de l'étranger. Sur une aimable question qui lui est posée, l'enfant se rapproche encore de lui, et ils ne tardent guère à se découvrir bons amis.

Enfin, le citadin le soulève et l'installe à ses côtés sur le parapet de pierre, puis le maintenant par la taille, il se fait citer les points remarquables qui singularisent cette partie du vieux pays cavare. De Lourmarin, l'Aigue-brun turbulent des plateaux et monts à lavande prend ses aises et paresse parmi les vignobles et bonnes terres vers le doux couchant des amandiers avant de s'abandonner à la Durance aux îlots de sable blond grossie par son voyage en Haute Provence.

Dans la vallée, veinée de chemins battus, traversant de riches cultures, les clochers de Lauris et de l'antique oppidum de Cadenet dominent les toits aux tuiles creuses qu'ils rassemblent et les bois de pins. Ici, juchée sur un morne, est une tour sarrasine, presque intacte et mi-vêtue de mousse et de plantes grimpantes ; une grande châtaigneraie fait couronne à l'éminence.

La tour a encore fière allure dans le panorama.

Elle est maintenant le haut lieu de la marmaille batailleuse des alentours qui se la dispute par clan à la petite guerre depuis déjà de nombreuses générations. Plus près, la longue façade ocre de l'école fait une tache claire au milieu des platanes de sa cour donnant sans clôture sur le chemin. Les vieux, seuls, ceux qui portent bâtons et recherchent la chaleur du soleil sur les bancs de pierre, peuvent dire, à l'à peu près, l'année où elle fut bâtie. Plus loin, hors du village, médite le cimetière entouré de son mur inégal de pierres sèches. Dans une direction opposée, le Bois Bleu fait un premier plan sombre au Lubéron brasillant qui dentelle le ciel de sa chaîne. Soudain, ayant porté à nouveau son regard vers le village, le jeune compagnon de l'étudiant suspend ses explications et annonce familièrement :

- Té ! voilà Miréio qui remonte chez elle... Connais-tu Miréio, Monsieur ?

- Non !

- Elle habite le mas tout blanc que tu vois sur la pente... C'est le « Paradou »... la plus jolie maison village.

L'étudiant regarde la jeune fille qui s'avance et il apprécie à mi-voix :

-... Et voilà probablement sa plus jolie fille !

Le marmouset ayant saisi cette exclamation au vol le dévisage d'abord avec surprise, puis part d'un éclat de rire sonore. Sautant prestement à terre, il corne en déguerpissant !

- Eh ! Miréio ! Miréio ! Il a dit que tu es la plus belle fille du village, la plus belle ! La plus belle et son rire malicieux se fait encore entendre alors qu'il a déjà disparu au premier coude du chemin que cache un massif de genêts couvrant le remblai. La jeune fille, d'abord étonnée, rougit un peu du compliment révélé et passe sans affectation.

- Ce garçon est maladroit, relève l'étudiant à son adresse. À la fois confus et amusé, il ajoute galamment à voix un peu moins haute :

- J'avoue toutefois qu'il a bien crié ce que je ne voulais pas qu'il entende... Bonjour, Mademoiselle Mireille !

- Bonjour, Monsieur ! fait-elle sans embarras en le regardant pour le saluer d'une légère inclination de tête et elle s'en va du même pas. Charles Lesueur la suit de ses yeux clairs jusqu'à ce qu'elle ait disparu.

- Béni soit l'impertinent gamin ! se dit-il, et il sourit à cette gracieuse et vive révélation. Pour lui le clocher venait de livrer une âme. Le village s'était repeuplé. Il avait pour l'étudiant, en saine vadrouille une belle raison de serrer ses maisons en couverture de tuiles canal rougeâtre et jardins autour de sa flèche. Ses vacances prenaient du sentiment et des couleurs. Il était du village innomé pour un court temps d'été.

Tout, soudain, fleurait la jeunesse et la chantait avec des oiseaux, gazouillant, fredonnant et autres glougloutant, pépiant, cacardant, caquetant et autres cris de bêtes et bestioles. les chiens, amis de l'homme familier, bâtards de tous poils, déféquant à l'envi, clabaudant à tout va. Quelques-uns errant par les voies sans laisse, ni muselière, ni collier flairent et lèvent la patte partout où un congénère a déjà lâché de l'eau. Vagabonds, ils s'en reviennent à la soupe au logis grognent, rappent, rongent et lampent les restes des maîtres. Des grands vagabonds sont Médor, le chien de l'épicier sans imagination, Pépère de chez Fraissin, à revoir, et Barbu, le chien de personne, venu d'on ne sait où, nettoyeur de rognures et de choses infâmes.

Prenant le petit pont comme point idéal d'observation, l'étudiant a tôt fait de connaître les habitudes de la jeune fille, et celle-ci, dès lors, le trouve souvent sur son chemin, sans qu'elle en ait apparemment du plaisir. Aux banales formules de politesse qu'ils échangent en se croisant, Charles ajoute d'abord quelques mots, puis, tout naturellement, elle accepte qu'il fasse quelques pas avec elle. Si le premier mouvement qui lui fit désirer la rencontre avec Mireille fut celui de tout jeune homme de loisir recherchant une jeune fille physiquement aimable, Charles est heureusement surpris de découvrir en elle une personne de caractère et de bonne compagnie intellectuelle. La vague intention d'aventure qu'il avait pu concevoir le premier jour s'est envolée. L'attraction a sans doute joué pour eux dès le début de leur connaissance, du moins leur camaraderie n'est faite d'aucune tricherie ni faux-semblant. Ils sont tous les deux simples et forts et lui ne saurait par calcul cacher au regard de Mireille le désir loyal qu'il a de la connaître davantage. La bonne grâce de l'étudiant lui a d'autre part gagné assez vite quelques amitiés dans le clan de la jeunesse, qui, un peu comme dans tous les villages, est assez exclusive, méfiante même à l'égard des personnes étrangères à leur communauté.

L'étudiant n'aurait probablement jamais mis les pieds « chez Fraissin », la guinguette du village qui ouvre son bal le samedi après-midi et le dimanche si ce lieu n'était une occasion de plus de se rapprocher de Mireille. Par amitié pour celle-ci, Marinette fait naturellement table avec eux. Leur trio est la grande attraction ce soir-là qui les réunit pour la première fois au bal. Cependant que leur table accueille, au hasard des danses quelques filles et garçons venant échanger quelques mots d'amitié avec Marinette et Mireille. Quelques jeunes gens se tiennent sur la réserve. Ceux-là attendent Fariolo, escomptant visiblement une manifestation d'hostilité de l'ancien « chevalier servant » de Miréio, pour se découvrir un esprit de clocher. Leur déception fut grande à l'entrée du jeune paysan. Fariolo, comme Miréio, n'a jamais été un passionné du bal, il n'y reste jamais bien longtemps.

Il considère cette manifestation de fin de semaine comme un moyen de se retrouver entre camarades, de parler entre jeunes, de faire une danse, vider un verre et repartir posément chez soi à une heure décente, bien avant que les buveurs aient pris possession de la piste. Fariolo, poussant la porte du bal, n'est pas peu surpris de l'attention particulière dont il est l'objet. Il jette un regard circulaire et découvre alors l'étudiant entre les deux jeunes filles.

À cet instant, Mireille regrette d'avoir accepté d'être venue au bal en compagnie de Charles, non certes qu'elle ait quelque appréhension de voir Fariolo chercher querelle. Elle le connaît bien. Mais elle se reproche soudain de lui faire comme une offense et certainement de la peine. Fariolo se ressaisit vite et comme il est obligé de passer devant Mireille, il dit un « bonsoir » rapide et s'en va parmi les couples dansant rejoindre quelques camarades au fond de la salle. Son attitude redevenue naturelle, fait tomber la curiosité et toute velléité de basse chicane. Pas plus tôt que de coutume, il serre quelques mains, et, à la faveur d'une danse qui trouve la moitié des couples sur la piste, il traverse la salle et disparaît.

Miréio, sans doute parce qu'elle le comprend mieux, sait qu'il doit partir sans faire état de sa force. Mais, le voyant passer entre les couples sans qu'il ait le moindre regard pour elle, elle remarque avec une crainte indéfinissable qu'il est plus grand et plus large d'épaules que Charles. Fariolo parti, elle a soudain un remords passager de n'avoir rien fait pour lui montrer son amitié à l'instant où il en a le plus besoin. Mais, de quoi donc est faite son amitié pour Charles qui a le pouvoir de faire oublier, ne serait-ce que quelques instants, son passé ?

- J'irai au Bois Bleu ! se dit-elle soudainement, et après une danse, elle s'excuse à son tour et sort.

Dans le ciel bleu sans nuages le soleil a broyé ses rayons de vie, puis, vers le soir, allant sur le couchant, dans des temps brefs, du même paysage en fait dix pastels délicats et fugitifs. Glissant paisiblement par la clairière frissonnante, il se fait violet dans le bois, l'atmosphère est tiède et lourde de mille senteurs. La lumière moins irradiante, moins diffuse, précise les contours, aggrave les couleurs, sertit les détails comme si le plein jour, lassé de noyer, de mêler et embraser ses richesses, les voulut conserver pour lui un moment encore.

La création se resserre en horizons intimes : chaque feuille, chaque rameau est un prodige de netteté, un petit monde dans un univers.

Miréio survient par une tortillère herbeuse. Sa main blanche s'appuie un instant sur un tronc d'arbre humide à l'écorce craquelée. La jeune fille subit l'éclosion d'un autre soi-même impérieux et déroutant et vit avec plus d'intensité physique les métamorphoses de la nature multiple qui s'observe et médite l'appel d'une prière.

Le soleil n'éblouit plus. La vie est maintenant intérieure et plus lente. Le Bois retrouve son entité spirituelle avec sa symphonie aux tonalités plus tendres, plus familières. Un monde d'oiseaux, rejoignant ses parages, froue, tirelire, chuchète encore dans l'intimité du sous-bois que la brise, passant dans les hautes branches, complète en harmonie. La chaleur solaire n'est point encore levée de la terre et des arbres que l'air déjà apporte un souffle de fraîcheur vespérale. À ce moment fugitif et privilégié, la forêt est semblable à une jeune amante.

Elle a sa beauté d'alcôve sensuelle et grave qui regarderait de plus près au miroir, ayant la promesse d'une nuit ardente, les mille secrets de ses charmes et le détail précieux de sa parure. Miréio va plus lentement par le Bois. La journée a été faite d'une tristesse étrange et maintenant la jeune fille essaie d'analyser ce qui la possède. Mais son esprit demeure à la rêverie un peu douloureuse de l'être muant qui pressent et ne sait pas. Le prince Charmant n'est plus un personnage de conte et d'imagerie enfantine. Il a pour elle maintenant un visage de jeune homme. Elle n'ose encore lui prêter une âme mais il est déjà dans ses rêves dorés.

Il s'impose à elle avec sa personnalité, sa vigueur, sa réserve et l'inconnu troublant de son esprit et de ses attaches. Miréio sent un peu plus que son enfance, son adolescence s'éloignent.

Elle en éprouve un regret et une secrète aspiration. En elle la femme transparaît déjà et raisonne, éveillant de sourdes inquiétudes soulevées par une dualité passagère. Dans ces premiers remous, l'adolescence se dénude pudiquement pour se voir avec un nouvel esprit. Elle distingue chaque jour un peu plus avec effroi et curiosité sa destination humaine : l'amour et la conception, fait non seulement d'âme et d'esprit, mais aussi de matière périssable et imparfaite. Au Paradis Perdu, dont il a rêvé à loisir aux âges de l'innocence, l'enfant de l'Homme et de la Femme, apprend par son être déchu qu'il lui faut mériter en ce monde un simple bonheur, avant de retrouver peut-être dans l'au-delà lointain le Merveilleux des temps passés. Une crainte effleure la pensée de Miréio.

N'en viendra-t-elle pas, un jour, à constater que tout ce qui était heureusement lié à ses rêves, cette nature qu'elle a appris à comprendre par eux, ne répond plus à son soi comme un mirage de ses jeunes années ?... Un démenti cruel, froidement raisonnable à ses plus chères convictions ?... Il n'est guère possible d'imaginer sans désarroi, que ce qui est aimé avec foi sans partage puisse être rejeté bientôt comme une banale illusion, une tromperie monstrueuse de nos sens et de notre esprit. Crainte confuse des êtres supérieurs qui possèdent un idéal, un trésor de penser, de voir au-dessus de la matière et de sa commune mesure. Crainte de la pureté que la moindre erreur peut entacher à jamais de scepticisme...

Mais cet état n'est pour Mireille qu'une transition, une manifestation logique de sa féminité. Elle est de ces êtres qui passent libres avec dans les yeux les lumières et les ombres de leur jeunesse à la fois solitaire et peuplée. Certes la jeune fille a le cœur moins léger, moins limpide que l'an écoulé, qu'à cet automne encore proche, quand, insouciante, elle poussait du pied les feuilles mortes tombant mollement des branches sèches. La solitude parfois lui pèse maintenant et la tranquillise à la fois. L'Inconnu qui monte en elle éveille une pudeur préservatrice à l'approche d'un danger possible : sentiment de sauvegarde contre elle-même, voile posé sur un désir vague, signe d'une force nouvelle qui lève irrésistiblement en elle et qui ne saurait longtemps subsister dans la contrainte avec un compagnon d'élection qui trouverait le lien sacré confondant son bel amour avec ses années enchantées.

... Comme les gens du village qui lui en rebattent les oreilles, avec un rien de mauvaise intention, Fariolo ne paraît pas se leurrer sur le sens de l'amitié sans cesse grandissante qui lie Lesueur à Miréio.

- Ils feraient un beau couple, dit-on parfois près de lui pour qu'il entende. Mais il ne pipe mot. Aucune irritation ne crispe son fin visage de méridional. Il travaille avec la même constance, il est toujours aussi calme et sobre dans ses propos. Bien malin qui pourrait avancer ce qu'il pense, et, personne ne se hasarde à le lui demander. Fariolo est un homme de la terre. Une force tranquille. Il ne s'agite pas inutilement. Rien ne paraît être touché dans sa vie et pourtant Miréio s'éloigne un peu plus de lui.

On s'habitue à la rencontrer plus souvent avec l'hôte des Castelli. Le village s'occupe d'eux et eux de personne. Seul Fariolo paraît les ignorer. Il n'en parle jamais. De longues promenades au pays alentour amènent Charles et Mireille vers la montagne, sur les premières hauteurs solitaires que recouvre la lande pastorale où le mistral vagabond a une haleine de lavande et de chèvrefeuille. Secouant l'or des genêts et la ronce sauvage, il prend sa course vers le Lubéron qu'accroche encore sur une crête un dernier rayon de soleil. Ici, le paysage est sans histoires et sans passé pour Miréio, ainsi que ces pierriers des ravines qui crevassent les versants par endroits. C'est un cadre tout neuf, sans emploi, que les jeunes gens font leur, en le peuplant de leur foi et de leur joie pure. Vers le soir, la main dans la main, ils reviennent sur leurs pas. Ainsi que des enfants qui se seraient attardés à trop jouer, ils dévalent les pentes douces jusqu'aux abords du Bois

Bleu dont ils longent, alors, l'orée lentement en silence pour reprendre leur souffle et vivre plus intimement les dernières minutes de leur longue promenade. Avant de se séparer, ils s'arrêtent encore face à face. Leurs yeux déjà parlent d'amour, mais ils ne sont pas pressés d'en faire l'aveu.

Que leur importe de déclarer si vite ce qu'ils savent déjà d'eux-mêmes, ce qu'ils ressentent. Ils ne sont pas inquiets. Miréio ne veut pas interrompre le développement intérieur de leur émoi : il se révélera de lui-même, sans hâte comme sans retard. Miréio est heureuse, mais cependant, comme si son enfance et ses affections passées ne pouvaient cohabiter avec ce sentiment inattendu qui ne peut se confondre avec les paysages qu'elle a chéris, elle sent avec une mélancolie sourde que son Bois Bleu, les chemins de ses jeux, ses rêves changent soudain d'aspect, s'estompent, et, perdant la personnalité qu'elle leur a donnée, lui appartiennent moins, ne l'appellent plus. Ils s'enferment dans un temps qui est devenu brusquement passé. Ils ont atteint la limite d'une trame de vie première, parce que l'amour humain a pris un visage n'ayant aucun lien avec cette entité originelle.

L'enchantement est fini. Sa vie est toute remplie des lieux de son enfance et l'amour, jusqu'alors était un rêve flou en parfaite acceptation avec ce cadre prodigieux qui vivait par elle et qui était une réalité par le chant de ses oiseaux, les fleurs de ses champs, la sève de ses arbres. Les yeux seuls de son immense rêve bleu savaient en découvrir l'émerveillement et la grandeur. Maintenant, au lieu de la grande parade des mille choses de son enfance dorée, comme une haie d'honneur à son triomphe, l'enchantement s'efface devant l'éclat tout neuf d'un amour étranger. Cet amour tout puissant en a étouffé les voix intérieures.

Miréio ne les rappelle pas, elle ne le pourrait, mais elle ne peut davantage se résigner à leur dire adieu. Elle sait cependant, à la mesure de sa foi nouvelle, qu'elle suivra Charles dans un monde inconnu d'elle et son cœur veut être pleinement à lui qui le lui fera connaître.

Elle laisse s'éloigner le cortège brillant de ses êtres merveilleux et héroïques qui l'ont formée dans son âme. Elle écarte tout regret, elle veut apprendre cet oubli pour suivre son compagnon. Enfin, le soir est venu où ils ont échangé leurs promesses et leur premier baiser. Les joues en feu, Mireille est retournée sur le tard au « Paradou ». Son père lui a ouvert silencieusement la porte.

- Je suis heureuse !... balbutie-t-elle et elle embrasse longuement sa mère venue à sa rencontre.

- Demain, vous recevrez la visite de Charles. Nous sommes fiancés... Si vous le permettez !

Les Vermandois se sont regardés tout émus. Pour eux, c'est une marque du temps et un peu déjà le début d'une séparation, d'une nouvelle vie aussi. Ils avaient rêvé pour leur fille d'une union qui ne l'enlèverait pas au pays où eux termineront leurs jours.

Ils se sont regardés avec cette douce et solide confiance de vieux compagnons qui, avec le langage des yeux, disent leur certitude que rien ne changera entre eux deux. Dès le lendemain, donc, le « Paradou » était ouvert au fiancé de la jeune fille.

Il plut immédiatement et devint un hôte sollicité et assidu.

Madame Vermandois, avec la complicité et l'aide de Mireille, fit des prodiges pour connaître et satisfaire les goûts de son futur gendre à qui elle prêtait toutes les qualités. Mireille lui fit remarquer qu'elle en devenait plus coquette.

Monsieur Vermandois, de son côté, trouva une aubaine à la compagnie du jeune intellectuel posé avec qui il entreprenait de longues conversations, et parfois il déplorait en souriant qu'un si brillant sujet fut consacré au barreau alors que la France d'Outre-Mer demandait de plus en plus de bons administrateurs. Ce fut certainement un des sujets les plus débattus entre eux, le jeune homme assurant pour sa part que la carrière d'avocat était la plus passionnante qui soit. Mais, sitôt que Mireille se montrait debout à leurs côtés, prête à sortir, Monsieur Vermandois écourtait le dialogue, car il savait qu'il en était un, plus agréable pour les fiancés.

Charles s'était fait un devoir immédiat d'aviser ses parents de ses intentions. Il reçut une réponse affectueuse et prudente qui sollicitait de plus amples renseignements, et, tout en conseillant la réflexion, reconnaissait au jeune homme le droit de choisir sa compagne.

Au bal de « Chez Fraissin », un samedi, Marinette jolie s'est découvert un fiancé. Elle ne l'avait pas pressenti, et, jusqu'à ce soir de folie, elle ne se serait jamais imaginée qu'elle aurait eu comme promis un tel petit homme. Il n'est pas beau le Luigi, il n'est pas fort. On l'appelle Luigi le Malfoutu ou Sébastopol. Ce prestigieux sobriquet lui fut triomphalement appliqué quand il était un « drôle », alors que ceux de son âge jouaient à la petite guerre. Comme il était entraîné de force à être de la partie, il se cantonnait au rôle d'infirmier. Il se confectionnait hâtivement un drapeau à croix rouge au bout d'un bâton, et, ainsi à l'abri des coups il assistait, de loin, aux peignées mémorables que se flanquaient à grands cris les autres drôles. Mais, un jour, le grand Fermin et trois de son camp lui tombèrent dessus en pleine bagarre.

- Grand fainéant !... On va t'en foutre de l'infirmerie !

À toute force il voulait lui planter le drapeau dans le derrière :

- Comme à Sébastopol !...

Les fesses nues, la pète au cul, la larme à l'œil, et le poids de Fermin rigolant sur les reins, jamais Luigi n'eut aussi peur. Il gueulait comme un veau que l'on écorche et s'attendait à chaque instant à être empalé ! C'était un peu la faute de l'instituteur qui leur avait appris la veille la guerre de Crimée... La leçon a été perdue pour beaucoup mais Sébastopol est resté. Le capon, dès lors, esquiva systématiquement les rendez-vous belliqueux du jeudi. Il courait sans perdre haleine comme un ectoplasme farfelu avec des hélices en papier, s'arrêtant pour écouter jacasser les filles qui oublièrent encore quelques années qu'il était un garçon. Puis un jour, Sébastopol acheta une belle grande casquette à carreaux qui surmontait son visage effilé, son torse étroit, lui donnant une tournure nouvelle de petit vieux desséché.

Il resta Luigi le Malfoutu ou Sébastopol, mais il avait vingt ans et personne, sauf lui ne s'en était vraiment aperçu. Aucune fille du village ne s'était faite à l'idée de l'avoir comme amoureux. On ne lui avait connu aucune calignaïre. Il devait être puceau, on le disait. ça le rendait honteux, le pauvre gars !... Il était « brave » et sentimental à regarder la lune à tous ses quartiers. Mais, au lieu de forcer les sentiments d'une fille peu recherchée, il avait vu et ne voyait que celle qui l'était le plus. Il était exclusif ce déshérité égoïste !

Marinette a fait, de ce songe-creux, le garçon le plus heureux et le plus embarrassé du village. Elle n'avait pas réagi aussitôt quand il lui dit :

- Je veux te parler.

C'était en plein bal, et, une valse ça vous entraîne vers la porte avant que vous n'ayez le temps de dire « figue, figue et raisin ». Elle s'était trouvée accotée à un mur dans l'ombre pendant que le zinzin du pick-up continuait en sourdine. Il l'avait prise dans ses bras.

- Hé ! Luigi... Tu deviens fou?... Tu en as des manières pour parler aux femmes !... lui avait-elle dit, effarée. Mais c'est sans violence qu'elle enleva la main que le gringalet affamé avait posée sur son corsage.

- Marinette, deviens ma femme !... Tu vois bien que je suis malheureux !... Personne ne me parle... Mais si tu savais comme je t'aime !...

- Parle... Je t'écoute, mais laisse-moi respirer... Tu me presses trop fort... Parle, mais ne me pelote pas ou je m'en vais tout de suite, et fais un malheur ! Alors, il se fit moins violent et elle l'écouta soudain émue. Il avait dit toutes ses disgrâces, sa vie gâchée. Il avait pleuré. Marinette sentait qu'il lui arrivait quelque chose d'énorme et de déraisonnable. Ce garçon avait trouvé d'instinct le seul chemin qui pouvait lui ouvrir les effluves de dévouement de la fille : la pitié. L'intelligente Marinette n'avait pas pensé. Elle avait senti : c'est tout. Son cœur s'était ouvert en grand devant ce poids mort, cette faiblesse veule. Elle avait dit « oui » à ce destin imprévu. Elle voulait croire que ce fût là l'amour. Elle était heureuse. Elle était fiancée. C'était beau comme une auréole de martyre autour de sa jeunesse. C'était neuf comme une robe de gaze blanche que l'on ne porte qu'une fois… Et elle allait pouvoir en donner de la vaillance pour faire admettre son mariage et rafistoler son avorton de prétendant dans la mesure du possible, bien sûr : c'était certes de la belle ouvrage en perspective !

… Et voilà comment Marinette, qui avait dansé avec n'importe qui, devait étonner tout le village et soulever une belle dispute dans sa famille…

- Quand on pense que le Malfoutu va la voir et l'endormir !

- Bah !… Ça fera un cocu de plus !

Le lendemain qui est donc un dimanche, Marinette, contrairement à son habitude, assista à la messe basse de six heures, dite messe du berger ou des vieilles filles. Pour cette raison, elle n'a pas rencontré Miréio, qui, comme la plupart des fidèles, assiste à la messe chantée de dix heures. Marinette aurait bien voulu que son amie fût la première informée de la grande nouvelle. Mais elle a beaucoup à faire et elle est de retour chez elle de très bonne heure. Exceptionnellement encore, c'est elle qui prépare le petit-déjeuner pour la famille, puis, elle se met au repassage délicat de sa blouse blanche à broderie et de sa jupe bleu roi, et, comme il lui démange de faire savoir ses accordailles, elle fait assez de bruit pour faire sortir du lit ses parents, père et mère, qui ont l'habitude de marquer le repos dominical en restant allongés les yeux grands ouverts une petite heure de plus.

- Tu es levée bien tôt, dit le père à la nouvelle fiancée en entrouvrant la porte de sa chambre avant de plonger dans sa cuvette d'eau. Jetant une brassée de bois mort dans le feu, la mère le relaie à la question :

- Tu es allée à la messe de six heures ?

- Hé oui.

- Tu es bien vaillante ce matin ! Tu aurais pu rester un peu plus longtemps au lit.

- Je dois sortir tout à l'heure.

- À quelle heure es-tu rentrée du bal ? demande le père. Au réveil, il me semblait qu'il était une heure.

- C'est possible... À bien y penser, je crois même que je suis rentrée plus tard.

- Ça ne te ressemble guère !

- Hier, n'était pas comme d'habitude. Jusqu'ici rien n'est plus naturel dans cet échange de mots courtois. Une simple curiosité, sans plus, devant une innovation au train-train habituel, une manière comme une autre de se dire bonjour... Marinette se rend bien compte que ses fiançailles sont, pour le moins, héroïques et paraîtront bien anormales.

- Hier n'était pas comme d'habitude ! a-t-elle dit d'une voix un brin agressive. La mère s'arrête intriguée ; le père émergeant de sa serviette la regarde du coin de l'œil... C'est alors que s'élève le tumulte dans le chassé-croisé des questions et réponses, des cris et des exclamations : le feu allumé par Marinette fait « bouillir la marmite », mais elle tient bon sous l'orage. La mère, qui la connaît bien, se dit :

- Lanlaire ! ma fille prendra qui bon lui semble ! et, elle la laisse en face du père qui déclare solennellement qu'il foutra son pied au cul à Luigi et à toute sa famille de demi-portions ; que Marinette sera bouclée dans la maison, dans sa chambre, dans un bahut si besoin est, mais que sa fille, lui vivant, ne se frottera pas à ce filet de vinaigre... à moitié fait... un bon à rien qui ne serait même pas capable de faire des enfants et qui regarde les filles en dessous.

- Si je le trouve sur ma route, je l'escagasse comme une sauterelle sous le talon... Ah ! Qué malheur ! N'y a-t-il pas assez de braves garçons solides au village, non ?... Aller prendre... ce... ce... Sébastopol... ni cul-terreux, ni clerc de notaire... Dis-moi, tron de Diou, toi qui es encore ma fille, qu'est-ce je vais foutre de ce Jean foutre chez moi ? Rien qu'à l'idée de lui faire tenir un outil ou conduire des bêtes, ça-me-fait-rire !... Aller ramasser en réformé !... Un soi-disant homme qui ne fera pas son service. Ça un homme ! Ah ! M... Tu attends peut-être qu'il grandisse ?

- Il n'a pas le droit de respirer, non ?... interrompt Marinette en mettant de l'humeur à peine ce qu'il faut pour que le père vide son sac une bonne fois pour toutes. Une mèche tombant sur l'œil, elle continue de repasser soigneusement. Son père voit rouge :

- Il a peut-être le droit de respirer, Madame, mais il n'a pas le droit de prendre ma fille, fan de garce !... Elle n'est pas pour ce fantôme mangeur de nuages ; elle est, ma fille, pour un quelqu'un qui sait se servir de ses dix doigts et lui faire des enfants comme un autre !... Et, si tu es trop bête pour le lui dire, moi Fourlassou, je lui dirai ses quatre vérités !... Je vous ferai voir de quel bois je me chauffe !...

Et le village... Ah bon Dieu !... C'est bien la peine d'avoir la plus belle fille du pays, intelligente, travailleuse, pour la donner à un gringalet !

-... Mais qu'est-ce que j'ai fait au bon Dieu... tron de Diou ?

... Faire ça à Fourlassou que tous les gens ayant garçon regardent comme pour dire : « Tu nous la donnes, dis, ta fille, pour notre garçon ? On la mignotera... »

Et, cependant qu'il vitupère et remue ses bras comme les ailes d'un moulin, Marinette termine son repassage.

Elle pense tranquillement :

- Parle… Parle toujours, papa… Du moment que je le veux, mon amoureux, je te connais : tu me le donneras, et, pour moi, tu l'aimeras aussi. Son ouvrage terminé, elle met avec précaution ses vêtements encore chauds sur son bras et s'approche de son père qui grommelle et cherche ses mots :

- Embrasse-moi, vaï, et ne dis plus rien… Tu me fais de la peine !…

- Fous le camp, que je ne te vois plus… fille dénaturée ! hurle-t-il.

Marinette est tôt habillée et tôt dehors. Sa mère la rejoint près de la barrière.

- Conduis-le à la maison, ton Luigi… ton père ne serait pas content si tu ne l'amenais pas… Il sera calmé tout à l'heure.

- Je l'amène, mon fiancé, bien sûr… Mais il en dit sur lui, papa !

- Mets-toi un peu à notre place !… Et il n'est pas méchant ton père… J'en ai entendu d'autres, moi : il a bien fallu que je le supporte. Il vaut mieux qu'un homme crie, qu'il se « vide » de sa colère… Après, on en fait ce qu'on veut… Sais-tu seulement ce qu'il aime ton fiancé ?

- Prépare-lui un plat de féveroles au lard comme tu sais si bien les faire. Je sais qu'il les adore.

- Ton père aussi mais en semaine… Enfin ! le vin lui fera avaler le reste… Allez va !… N'arrive pas trop tard.

Tandis que Marinette se rend chez Gastaldi, Madame Fourlassou fait retour à la maison. Le père est à changer de culottes en ronchonnant. Sa femme se place devant lui les mains croisées sur son devancier. Il feint de ne pas la voir. Elle dit :

- Maintenant que tu as bien parlé ?

- J'ai encore tort, hein ? rugit-il.

- Hé non, tu n'as pas tort. Que vas-tu faire ?

Il se remet debout et soulève les épaules en se dandinant :

- Que veux-tu que je fasse ?… Si elle le veut, qu'elle le prenne ! Puis il a un retour de colère pour ajouter :

… Mais, nom de Dieu, c'est tout de même un malheur qu'elle soit tombée sur le Malfoutu !

- Au moins, celui-là qui n'est pas beau, Fourlassou, ne lui fera pas porter des cornes.

- Il ne manquerait plus que ça !

Puis, il la regarde de plus près :

- … Mais… dis-moi, Eugénie… Ne dirais-tu pas cela un peu pour moi ?

- Jure donc, friand de cotillon, que tu t'en privais souvent quand tu allais à Cadenet, à Lauris, à Pertuis ou à Cavaillon : tout était bon pour toi, mon homme, ne serait-ce qu'un balai de cuisine revêtu d'un jupon… On en parle encore là-bas !… « Fourlassou-le-fourre-tout » qui est-ce ?… Tu n'aurais pas vergogne de dire que ce n'est pas toi, hein ?… Elle le regarde, sans rancune, et sans rire, avec l'air d'un quelqu'un qui rappelle à un cigalon, devenu grand, combien il lui avait donné du souci.

- Il te manquait toujours de l'huile à la mèche !

Il se met à rire doucement détendu, le cœur remis en place par de vaillants souvenirs de conquête :

- À bon fusil, bonne chasse, conclut-il et il ajoute avec un vague regret :

… C'est vieux tout ça, ma femme, puis il pense soudain :

… Tu n'as pas dit à la « Chatto » d'amener son… fiancé ?

Elle va chercher son balai derrière la porte de la souillarde et répond à voix plus claire :

- Je lui ai dit… « Monsieur »… Mais si Luigi t'avait entendu, c'est sous terre qu'il serait rentré !

Fourlassou tourne vers elle une figure épanouie en rigolant. C'est que lui, Fourlassou, pourrait encore en remontrer à la jeunesse ! Comme sa femme passe à la portée de sa main, il lui donne une tape gaillarde sur les fesses, ce qui lui vaut en retour un coup de balai dans les tibias. Leurs yeux à tous les deux rient… Allons, la journée se terminera dans la bonne humeur. Fourlassou s'occupe du vin et sa femme de la cuisine : quand on a du « bien » il faut savoir le montrer quand il faut. Sa femme pense qu'il sera en ribote avant le clair de lune. Quand il est de fête, il ne boit pas son vin blanc à la paille. Mais, bah, il n'est jamais méchant quand il a bu, et il vaut mieux encore qu'il le soit à la maison. Et, lui, en posant les bouteilles poussiéreuses sur le buffet, se dit, comme si on lui avait joué un bon tour :

- C'est égal, j'aurais jamais pensé que Luigi pourrait prendre ma fille.

Très avant dans la nuit, Luigi et ses parents se sont entretenus de l'événement et levés plus tôt qu'à l'accoutumée. Le délicat fiancé, à qui il faut ses heures de sommeil, paraît encore plus malingre. Le scepticisme contient la joie qui ne demande qu'à déborder. À leur décharge, il est équitable de dire qu'ils ont quelques amères raisons de douter de la fortune, car, depuis longtemps, ils n'ont pas trouvé celle-ci endormie au seuil de leur maison.

Les Gastaldi sont les chicots d'une vieille famille marseillaise, jadis fort cossue, qu'une chicane stupide ruina dans un procès fameux où elle partit gagnante et arriva tondue, l'adversaire n'ayant eu à offrir que sa mauvaise foi, étayée d'arguments solides autant que légitimes, et ses poches trouées. Il y a huit lustres de cela...

À ras du bitume, honteux, désargentés, ayant perdu la face et le crédit, ils quittèrent la ville phocéenne au petit jour crachinant et gris d'un long matin d'automne. Entassés sur une vieille guimbarde essoufflée de l'époque dorée, ils prirent le chemin incertain de l'exil.

- Je reviendrai, disait le père, je reviendrai et nous reprendrons notre rang !

Et ils allaient, accablés par l'adversité. La mère ne disait rien. Les lèvres pâles, les yeux tristes et mouillés, elle avait regardé au départ la belle maison de leur bonheur perdu, enlevée aux enchères par plat inconnu et que le petit matin rendait mélancolique. Elle prenait dans ses bras son fils endormi, enroulé dans une couverture de coton, cependant qu'elle gardait à ses côtés, dans son boîtier de velours, un superbe livre d'heures qui, avec quelques dentelles, qu'aucun usurier n'avait voulu, représentait les maigres vestiges de leur fortune évanouie. Et le père ruminait toujours les dernières paroles de son brillant avocat :

- Ce fut, Monsieur, un beau procès, soutenu de bout en bout… Avec un brin de chance, nous aurions dû gagner !… Mais ce que « Monsieur » Gastaldi ne devait jamais s'avouer, c'est que la vanité de sa position sociale, « inattaquable » et la force de son droit, l'avaient rendu présomptueux, terriblement présomptueux.

Son adversaire l'aveugla de malice et d'audace dans le labyrinthe délicat des lois. Il eut l'orgueil de pousser la sottise à fond, soutenue par la fragile attelle de ce qu'il jugeait être son droit sans preuves et l'illusion de ses relations universelles que le danger avait trouvées prudentes…

La guimbarde limait péniblement la route des Pennes-Mirabeau… Aix fut en vue, et, jamais ils ne pouvaient s'arrêter… À tel endroit était un médecin qui fut de leurs amis, à tel autre c'était le maire, gens qui furent de leur « monde » et à qui ils n'osaient montrer leur appareil de misère… Enfin, tout le long de leur calvaire, ils traversèrent des villages étiques, fermés sur l'aridité de leurs terres et qui voient chaque année, avec une nouvelle ruine, un jeune quitter le pays pour un autre plus hospitalier. Ce sont des villages de vieux, des villages résignés où les pierres des murs croulants font le bâti des tombes…

L'exode des Gastaldi tournait à la déroute : sans feu ni lieu, ils allaient l'angoisse au fond de la gorge. Le père commençait à baisser la tête. La mère, tenant toujours son fils et son missel, écrasait, un peu plus désabusée à chaque chaos, ses vieilles dentelles délicates… Enfin, ils arrivèrent au village qui leur fit place, car ils ne pouvaient aller plus avant. Monsieur Gastaldi avait ses idées pour remettre l'eau à son moulin : il enseignerait aux paysans les méthodes modernes de culture. Il serait, en quelque sorte, leur conseiller. Avec la moitié de ses argents, il acheta de gros livres et travailla ferme pendant de longs mois pour assimiler cette branche du savoir. Les paysans voyaient d'un mauvais œil ce citadin aux grands airs qui prétendait vouloir leur apprendre comment on plante et fait pousser les choux.

- Patience, ils y viendront ! répétait l'entêté.

Un « arborigène », comme il disait, voulut bien réserver un carré de son champ pour une expérience qui devait être convaincante, il donna de ses bras. Monsieur Gastaldi prit des notes, contredit triomphalement la science et donna ses conclusions prématurées.

- Hé ! Monsieur Gastaldi, que plantez-vous là ?

- Tu le verras, bonhomme !

Personne ne vit rien. Le champ fut rebelle à l'étranger : il resta nu comme la main.

C'était encore une belle époque, les gens n'étaient pas encore devenus méchants, et, grâce à quelques personnes fort écoutées, ce qui aurait pu devenir hostilité à l'égard de Gastaldi tourna en rigolade ; c'était un radoteur, malheureux, dérouté. Ses conseils malvenus n'étaient pas pris au sérieux, mais, par le truchement de sa femme et de son fils, on lui vint en aide discrète, sans qu'il s'en rendît bien compte. L'enfant était attiré partout où il y avait d'autres gamins. Il avait sa bonne part de soupe ou de lait frais qu'on profitait de distribuer. Ainsi, sous une apparence détachée, chacun apportait une obole suivant son métier. Sous l'impulsion de quelques braves gens et du curé de la paroisse, tout le village prit sous sa protection la famille éprouvée. Si l'asile qui leur était ainsi fait fut loin d'être confortable, du moins éloignait-il le désespoir.

Madame Gastaldi supporta vaillamment les épreuves que Dieu, disait-elle, lui envoyait. Elle ouvrit un poulailler, et, sans bruit, elle déchargea son mari inadapté et grandiloquent de tous les soucis matériels. Ses belles mains de femme comblée, faites pour donner aux pauvres, se durcirent à la tâche. Les robes délicates devinrent sarraus. Elle était pour les étrangers de passage, semblable aux autres femmes du pays. Elle vivotait sans amertume, restant douce et réservée avec courage et distinction. On l'appela toujours « la dame » et son mari Gastaldi, comme les autres hommes, avec la considération du « possédant » et du travailleur en moins. On la saluait discrètement, on n'en disait que du bien : elle n'avait pas perdu son rang. Le village paraissait avoir été pour elle un refuge, une retraite à sa bonté native et à l'élévation de son âme.

Un jour, enfin, son mari n'ayant plus rien à apprendre sur ses gros bouquins, et, dans l'espoir de plus en plus aléatoire de fléchir l'obstination des paysans, daigna donner la main à sa femme « pour tuer le temps ». C'est ainsi, que de nécessité à obstination, la famille s'intégra petit à petit à la population. Mais le village ne devait jamais perdre tout à fait le brin de malice qui avait fixé le « réformateur ». « La dame » laissa son fils se marier à une fille du lieu, maigre comme le « bien » qu'elle apportait, et qui, par atavisme mit les mancherons en main à son époux. Longtemps, à celui-ci, la terre lui fut une surface ingrate. Il s'y fit tant bien que mal au début, mais il s'y fit, car, les premiers temps le jeune foyer attendait la pomme de terre de son champ pour faire sa pitance. Puis, le jeune homme sentit la vie puissante de la terre. À ses bras encore fragiles, à son inexpérience, elle lui abandonna dédaigneuse quelques fruits. On eut dit qu'elle sentait en lui un étranger malheureux.

La nécessité le tenait courbé sur elle et, alors, il se prit à l'aimer doucement. Il eut la notion de possession totale de son bien, il en connut les exigences silencieuses qui demandent une somme d'efforts sobres, réfléchis, constants. Pour lui il sut lire dans le temps et dans le ciel les présages du labour et de la moisson. Il apprit à vivre avec sa terre, par sa terre et celle-ci, dès lors, lui rendit généreusement sa peine. Le bien était petit, mais la terre honnête. La récolte venait bien, et, si elle ne pouvait enrichir du moins faisait-elle vivre.

Puis, un soir d'octobre, la Dame s'éteignit doucement. La nouvelle ne dépassa guère les limites de village, mais, tout le village, comme une grande famille ressentit le deuil. La bru, pieusement, prit le missel, relique de famille d'entre les pauvres doigts raidis de la morte, et, s'en fut le ranger avec précaution dans un bahut de chêne entre deux linges de grosse toile fleurant la lavande. Toutes les femmes l'envièrent pour cet héritage qui contenait le secret d'une sainte. Ce fut un bel enterrement, un bel hommage. La jeune madame Gastaldi dit simplement au père de son mari : « Venez... » Et c'est ainsi qu'elle recueillit chez elle l'incapable anéanti.

Celui-ci éprouva soudain le vide immense laissé par la défunte qui l'avait écouté si longtemps, avec une résignation stoïque et souriante, élucubrer sur ses plans utopiques de redressement. Il n'avait vraiment plus rien à faire en ce monde, il avait perdu le tuteur charitable de ses illusions, il ne tarda pas à suivre « la dame » qui l'avait peut-être appelé de l'au-delà, car il était trop misérable.

La bru ayant fait « ce qu'il faut » pour le mettre en terre chrétienne, fit sans perte de temps, l'inventaire des maigres « biens » du défunt et troqua les livres inutiles contre quelque vaisselle à l'occasion du passage d'un forain.

Le petit Luigi naquit quelques années plus tard sous un toit inconfortable, entre son père émacié conservant encore la nostalgie de son premier âge et sa mère étique. Quelques années s'ajoutèrent encore sans histoire. Il supporta péniblement les maladies « que font tous les enfants », et, comme les chiens ne font pas des chats, il apparut très vite comme un rêveur sans force et sans gaieté. Le père était devenu paysan. La mère, ses maigres épaules commençant à se voûter courait toujours après le souci de pouvoir vivre, jusqu'à ce matin de dimanche imprévu où ils apprenaient soudainement qu'ils pouvaient ne pas avoir oublié la joie, en conservant leur complexe et leur crainte. Leur fils, que nulle fille ne regardait, a été accepté par Marinette. Cela, dans leur for intérieur, leur paraît énorme, et ils n'osent encore y croire. Sans mot dire, la mère a ouvert le bahut et retiré le missel à tranche dorée de « la Dame » et l'a déposé devant la Madone après une courte invocation.

Ce livre est la seule chose qu'elle a à offrir à Marinette Fourlassou, mais elle sait qu'elle sera acceptée avec respect… Si, bien entendu, la nuit n'a pas fait changer d'avis à la « chatouno ». Cette seule pensée la fait frémir. Elle allume alors les bougies devant l'oratoire, se signe pour chasser l'obsession, et, vaillamment se met à l'ouvrage. Tout est à faire dans cette maison où nul, jusqu'ici ne s'est attardé. Elle va, déplaçant un objet obscur, frottant un meuble, allumant un feu « bien propre et bien clair » dans la cheminée.

- C'est bien dommage que je n'ai pas le temps de frotter les cuivres ! regrette-t-elle en passant. Puis elle sort le pantalon du dimanche du petit et la chemise neuve.

- On dirait que j'ai senti qu'il en aurait besoin ! se dit-elle satisfaite.

… C'est un grand jour pour lui… Pour toute la famille !… On élève un « drôle » ; il grandit sans qu'on y fasse bien attention et puis, un jour, sans crier gare, il vous ramène une fille à la maison… Et quelle fille !… Ayant tout ce qu'il faut pour un homme : de la beauté, de la santé, du courage, à ne savoir qu'en faire… et du « bien »… Bien sûr, le Fourlassou n'est pas toujours commode, mais les jeunes, après tout, font ce qu'ils veulent, et puis Fourlassou a peut-être le sang chaud mais c'est un brave homme… Et quand on a une fille on doit s'attendre à tout… Moi, je donne mon garçon… Il n'est pas bête Luigi, il tient de sa grand-mère « La Dame » qui le protège d'en haut, et, tôt ou tard la « supériorité » reprend le dessus… Marinette est une finaude qui a dû sentir tout cela!… C'est égal, c'est une bien brave fille!… On se serait jamais douté qu'il y eut du sentiment entre « eux », et, la mère va et vient donnant un air de fête au modeste intérieur. Luigi, qui a mal dormi, est engourdi, paralysé par ce remue-ménage inusité : c'est pour recevoir Marinette, « sa » Marinette, et, comme il est de verre pour travailler, il propose d'une voix fluette d'enfant gâté :

- Veux-tu que je t'aide, maman?

- Je te prie de te reposer… Aujourd'hui tu n'as qu'à te laisser faire.

Ce qui ne le change guère de son habitude, car à ses bras maigres, la vue du travail est une monstruosité qui paralyse son positif.

- Laisse-toi faire!

Ah! La mère comprend bien que trop de bonheur à la fois, peut couper les jambes et ramollir, telle une convalescence difficile.

Et, le Malfoutu, que la fatigue fait penser creux, énonce niaisement en souriant aux anges :

- On dirait que c'est ma communion solennelle…

Le père qui met ses chaussures, le regarde en soulevant les épaules :

- Couillon, vaï! puis il pense hargneusement :

… C'est bien le fils de sa mère : un rustaud… Ah! si c'était moi!

Mais il n'est pas Luigi et sa mère intervient vivement :

- Je le comprends, moi, le « pitchounet ». Elle ne veut pas qu'on assombrisse cette journée mémorable. Elle s'approche de son enfant touché par le mot de son père et lui donne un baiser sonore sur la joue.

Le père se lève et soulève dédaigneusement les épaules, le garçon met une serviette d'un blanc douteux sur sa chemise rayée toute propre. Il va se raser devant le miroir, brisé par le milieu et criblé de chiures de mouches, suspendu à un clou fixé à sa hauteur dans l'encadrement en bois de la porte. Celle-ci est ouverte et il peut voir le chemin qui mène à l'enclos de sa « fermette ». De là, Gastaldi lorgne de temps en temps l'arrivée de Marinette, la fille de Fourlassou, peut-être bientôt sa bru. Lui non plus n'ose encore croire à l'événement - qui n'en aurait douté ? - Il prend une attitude indifférente, mais il ne pense qu'à cela.

Lui, le fils du « réformateur » ridiculisé, le petit monsieur aux bronches délicates, mis à la terre, remonte soudain jusqu'à ces temps lointains où, à coups d'humiliations refoulées par la charité d'autrui, subissant privation sur privation, il a senti sur sa nuque brûlée, courbée sur la glèbe, le poids de la sentence céleste :

« Tu gagneras ton pain à la sueur de ton front ».

Maintenant, certes, il est avare de son bien.

Au passage des enfants revenant de l'école par bandes turbulentes, et, quand les fruits de ses arbres prennent couleurs, Gastaldi fait la « guette ». Et cela, les enfants l'ont appris avec le temps. Parfois, un malicieux plus hardi, qui n'a pas autre chose à faire, se rapproche des branches basses s'inclinant lourdement au-dessus du chemin, chaparde de rouges cerises, et, sitôt que Gastaldi remue les feuilles de son abri pour le surprendre, il rejoint en hâte le groupe de ses camarades écrasant ostensiblement entre ses dents blanches la pulpe écarlate, et moquent le père du Malfoutu. Celui-ci, qui revient parfois sur la route derrière eux, se ralentit encore pour ne pas avoir trop honte de son indigence. Gastaldi père a maintenant le poil blanc et rare, planté encore en épi sur la tête, et, comme il conserve toujours son physique efflanqué, les enfants l'appellent le « Poireau » : le « Poireau » affamé et solitaire sur son champ maigre.

- Oh ! Oh ! le « Poireau » qui fait l'espie ! Le « Poireau » qui fait la guette.

- Le « Poireau » ! Le « Poireau ».

Le « Poireau » montre le poing à la marmaille et le

Malfoutu rentre furtivement, la tête basse, la poitrine bloquée, les jambes molles.

Sombre, Gastaldi père pense quelquefois que son père à lui fut le réformateur, lui est le « Poireau » et son fils, suivant fidèlement la lignée décadente est le « Malfoutu », quant à sa femme qui n'a pas été rebaptisée, il la trouve chaque nuit dans sa couche sentant encore la fumée et la soupe ; ses mains sont râpeuses et dures, et, ses pensées tendres, si elle en eut vraiment dans le sens humain du mot, elles viennent toujours après des propos tristes à crever, comme leur pauvre maison sombre à la façade lézardée, histoires de gros sous bien dénombrés et que l'on retient le plus longtemps possible parce qu'ils sont rares, risques désespérément permanents d'une mauvaise récolte : fortune et joie de vivre des autres, de tous les autres à leurs yeux. Gastaldi en est arrivé à prendre en horreur la chambre conjugale, phénoménale, étroite avec son gros lit à édredon faisant penser à un enfant chétif à grosse tête. Chambre sans soleil, humide, où les plus légitimes transports sont abrégés parce qu'ils sont ravalés, étouffés, hâtifs tels de mauvaises actions.

Le « Poireau » ne se trouve bien que sur l'aire rabougrie où il peut oublier l'âpreté de son destin, rêver d'une récolte exceptionnelle qui ferait venir à son bornage tous ceux qui se moquent plus ou moins ouvertement ou lui montrent de la compassion. Il voudrait pouvoir les stupéfier :

- Bonne terre exauce-moi… aie pitié de moi… De nous… oui, de nous !…

Ah ! que peuvent être bons sans mérite ceux qui ne comprennent pas de quoi est faite la méchanceté, la jalousie de ceux qui connaissent la misère désespérante dans le travail de chaque jour pendant des jours et des ans dont la somme remplit une vie.

Cependant, Gastaldi est devenu, en apparence, un villageois comme les autres, plus effacé sans doute, et, parmi tous ces visages qu'il a appris à connaître malgré lui, il en est un aujourd'hui qui lui rappelle d'une manière plus crue sa vie de transes : Fourlassou !... Fourlassou le solide, le joyeux, qui a fait courir les filles, s'est donné du bon temps, et a aussi, sans à-coups, arrondi son bien. et devenant un des paysans les plus représentatifs de ces travailleurs libres et vigoureux de la terre provençale, et, dont la chance sourit à force de travail et de calcul honnête.

Fourlassou, la grande gueule franche et rude, dont on ne peut se passer pour n'importe quel comice, fête, ou simple réunion de paysans, et qui prétend vouloir sortir de l'ordinaire, est partout un peu chez lui ; Fourlassou qui semblait narguer et mener par le bout du nez, avec sa superbe fille, tous ceux qui ont garçon à marier ; Fourlassou, qu'il a haï en silence, par envie, par trop de malheurs accumulés, Fourlassou donne sa fille à son fils à lui, à son fils qu'on dit le « Malfoutu », mal bâti comme lui, le « Poireau » et comme sa femme qui le lui a fait. Il la tient sa revanche silencieuse, et, il se fait soudain un malin plaisir à imaginer la tête de Fourlassou quand sa fille lui a dit en substance :

- Le petit-fils du « réformeur », le fils du « Poireau »... Luigi, « Sébastopol », le « Malfoutu » est mon fiancé ! et Gastaldi se prend à sourire d'aise à cette énormité, puis, brusquement il a peur, une peur basse, la trouille : c'est que le père de Marinette est un gaillard impulsif à qui il ne fait pas bon chercher noise !... Mais, lui, Gastaldi père, n'est pour rien en tout cela !... C'est une affaire de jeunes... Non... À bien y penser ce mariage n'est pas encore fait, et, Marinette, elle-même si elle vient, et rien n'est moins sûr, fera la différence entre les deux foyers, et ça peut lui donner à réfléchir et si elle réfléchit, rien n'est fait.

Ayant fini de se raser, il passe sa serviette sale sur sa figure et la jette en boule sur l'appui poussiéreux de la fenêtre.

N'ayant plus qu'à attendre, il se tourne vers sa femme et fait de l'autorité :

- Tron de l'air !... Le dimanche j'aime bien que la maison soit propre de bonne heure !... De quoi qu'on aurait l'air si on recevait quelqu'un ?

La paysanne, armée d'un balai va plus vite en besogne. Luigi, amorphe, encombre le plancher de ses fesses de rat rivées sur sa chaise, le menton sur la poitrine en penseur ; il somnole. Il lève la tête et son regard croise celui de son père. Chaque fois que leurs yeux se rencontrent, ils se disent :

- Ce qu'on se ressemble quand même ! et comme ils ne peuvent en tirer orgueil, ils ne s'aiment guère.

- Et toi, qu'est-ce que tu attends pour aller te laver et te nipper... À ton âge ce n'est plus ta mère qui va te torcher !... s'exclame le père.

- Va... Dépêche-toi, mon Luigi, intervient doucement la mère, ta petite va venir ; il faut que tu sois beau... Lave-toi surtout bien le cou pour ne pas salir ta belle chemise blanche. Aujourd'hui tu es « le premier » du village ; on va te regarder trois fois devant, trois fois derrière... comme un député !

Gastaldi, satisfait, renifle un bon coup du nez à la gorge, crache par terre, et les mains aux poches, sort sur le pas de la porte « pour prendre l'air ». Quelques instants après, Marinette se présente au portillon. Il fait semblant de ne l'avoir vue qu'après coup, pour qu'elle ne croie pas être attendue comme le messie ! Il l'accueille d'une voix traînante, un tantinet condescendante :

- Alors, qu'est-ce qui t'amène, Marinette ?

- Je viens chercher Luigi. Il ne t'a encore rien dit ? Elle n'est pas dupe de son attitude : jamais Gastaldi n'a été aussi propre et autant habillé. Il a même poussé le luxe à mettre des chaussettes, une bleue et l'autre lie de vin.

- Il a dû s'habiller à la chandelle ! pense la moqueuse Marinette. Elle ne peut réprimer un sourire qui fait fondre la dignité de commande du « Poireau ». La jeune fille répète sa question avec gentillesse :

- Luigi ne t'a rien dit ?

Elle lui est supérieure, la fille à Fourlassou qui ne joue pas de faux-semblants. Il montre l'entrée de la maison d'un signe de tête et dit sur un ton plus bas :

- Le garçon s'habille. Entre. La mère t'attend.

Et, comme elle passe devant lui lentement, il hume son parfum : il en est tout retourné. Il la regarde passer le seuil de sa maison, légère, vive, pleine du prestige de sa jeunesse.

- Quelle belle fille !

Son fils même a plus de chance que lui qui a dû se contenter d'un avorton oublié de tous, comme lui : deux misères qui s'étaient attelées au même joug pour le meilleur et surtout pour le pire qui fut leur ordinaire. S'étant un peu ressaisi, il arrive sur les pas de Marinette. Sa femme, les larmes aux yeux, embrasse la jeune fille comme du bon pain, puis la regarde, l'admire des pieds à la tête, l'embrasse encore :

- Mon Dieu, que tu es belle !... Dis-moi, « chattouno », que c'est bien vrai que tu nous fais tant de plaisir !

- Bien vrai, je t'assure... Et pourquoi pas ?

La joie reconnaissante de cette femme simple et directe porte ombrage à Gastaldi qui intervient assez brusquement :

- Laisse-la donc se remettre.

- C'est vrai que je froisse ton beau corsage, ma toute belle ! Et la paysanne, un peu perdue par l'événement, fait le tour de Marinette avec ses yeux doux et admiratifs.

- Tu la tiens debout !... Donne-lui donc une chaise ! La bonne femme ne répond pas à son mari qui lui coupe à chaque fois son plaisir, mais elle invite la visiteuse :

- Viens, viens t'asseoir, grande chatte... Tu dois avoir les jambes coupées... Tu vas voir s'il s'est fait beau pour toi, ton fiancé... Ah ! Tu sais, il le mérite bien, mon garçon !

Le père se demande pourquoi. Pour se donner une contenance, il enlève ses mains des poches et sort une assiette, un couvert, deux verres et une bouteille de blanc.

- Tu mangeras bien un morceau.

- Je n'ai pas faim.

- Taratata ! intervient la mère du Malfoutu en clignant de l'œil et lui soulevant le menton. Je sais ce que tu aimes ! J'en ai fait pour toi... Devine quoi !

Gastaldi prend place en face de sa future bru et remplit les verres.

- Comment veux-tu que je devine ?... répond doucement Marinette à la paysanne dont l'empressement la touche.

- C'est lui qui m'a dit que tu en étais friande, petite gourmande !

- Et quoi donc ?... demande Marinette qui n'ose comprendre.

- Attends... Attends... Et elle s'en va chercher une casserole fumante et la découvre triomphalement :

- Un plat de féveroles au lard.

Marinette baisse un peu la tête pour réprimer un sourire. Comme elle aime les beaux titres aux romans d'amour, elle se dit :

- Le jour de mes fiançailles est « le dimanche des féveroles au lard ».

Le fait que chez les Fourlassou et les Gastaldi ce plat soit le menu du jour n'était pas de la « télépathie ».

De confidence en confidence sur leurs habitudes et leurs goûts, pendant cette nuit qui vit échanger leurs promesses, Luigi lui avait demandé :

- Aimes-tu les féveroles au lard ? La question était incongrue, mais Marinette ne le remarqua point, elle était toute complaisance.

- Bien sûr, dit-elle.

- Moi aussi... beaucoup ! Et il la serra un peu plus dans ses bras car il n'avait pas le sens du bon goût ni celui du ridicule.

- Bon ! avait-elle arrêté.

« Bon ! » cela voulait dire : « Je prends note... je t'en présenterai même si je n'en fais pas mes dimanches. »

Cela sous-entendait en toute logique, les garçons n'ayant pas à s'occuper des soucis de la cuisine, qu'il lui appartenait à elle, à elle seule, de lui faire la bonne surprise... Marinette ne veut pas toutefois décevoir la bonne femme.

- Je vais me régaler, dit-elle avec une patience surprenante... Tu as tout de suite compris ce que j'aimais... Mais une demi-louche, s'il te plaît.

- Oh ! ce n'est pas moi, non, qui en eus l'idée, rectifia la paysanne avec humilité, c'est ton Luigi !

Devant cette fille qui ne lui dit rien, Gastaldi, lui faisant face, ne trouve plus rien à dire. Il pose, cependant que Marinette fait son masque de satisfaction en terminant son assiette... Soudain, fantomatique et rigide dans sa chemise neuve amidonnée, le promis ouvre la porte de sa chambre. Il reste debout dans l'encadrement, figé devant sa fiancée si jolie, assise et le regardant tout à son aise. La mère, ses mains croisées sur son tablier, les regarde avec attendrissement en dodelinant du chef.

- Embrassez-vous, les amoureux. Et le père Gastaldi, curieux, attend pour voir ce que peut donner en plein jour un baiser de la fille de Fourlassou au Malfoutu, son fils fait à son image. Les jeunes gens en sont tout gênés.

- C'est beau, la jeunesse ! soupire la mère, la larme à l'œil, et elle ajoute en regardant son époux :

- Ça rappelle la nôtre ! Les vieux aiment bien croire qu'ils en ont fait tout autant, même si cela ne fut pas. Gastaldi en a le souffle coupé.

- Bon, maintenant on s'en va ! décrète Marinette qui ne se sent pas à son aise dans cette maison sombre dont les murs sont encore tout imprégnés de tristesse sous le regard équivoque de Gastaldi, le fils tourmenté du « réformateur ».

- Reste un peu ! proteste l'homme... Tu viens d'arriver !

- Impossible, nous sommes déjà en retard.

- Pourquoi faire ?

Marinette croche résolument le bras de son promis et ne répond pas au « Poireau ». Elle embrasse la mère, qui a oublié le missel, et le couple sort. Madame Gastaldi, toute frétillante, les accompagne jusqu'à la porte et les suit du regard. Gastaldi, seul, s'est levé et a flanqué en jurant sourdement un grand coup de pied à un tabouret, puis il s'est versé un deuxième verre de blanc et fait cul sec. Comme il ne va plus à la messe depuis longtemps, il enlève sa chemise propre et ses chaussettes dépareillées maintenant inutiles.

Marinette et Luigi, se donnant le bras, traversent ostensiblement le village sous les regards stupéfaits de la population endimanchée de la Bastide à la Calade, en long et en large. Sébastopol n'est pas à son aise. Marinette, par contre, fait la « brave » pour cette première sortie. Lui ne dit rien. Il serait plus heureux avec elle seule. Mais elle a jugé que mieux valait mettre les « gens » dans le bain dès le premier jour et montrer, si ça ne leur plaît pas, qu'elle s'en moque ; qu'on en rie ou qu'on en pleure, pour elle c'est du pareil au même. S'étant aperçu que Luigi porte religieusement, posée bien droite, sa grande casquette à carreaux, qui lui mange toute sa figure et la rend plus grêle, elle la lui enlève d'autorité et la tient serrée pliée sous le bras.

- Tu es mieux nu-tête… coiffe-toi.

Il ne répond pas, il obéit. Il sent bien qu'à compter de cet instant il appartient à Marinette et qu'elle ne sera à lui que lorsqu'elle le voudra bien. On les regarde. Les villageois s'arrêtent et se demandent que signifie ce bras dessus bras dessous entre Marinette et Sébastopol. Mais de tous, le plus ahuri, c'est bien le fils du « Poireau », il est dépassé : il sue ses transes et sa joie qui n'arrivent pas à se démêler. Mais Marinette a du cran pour deux.

- C'est-il que vous êtes fiancés ?

- Hé oui, « ma chère » !

Enfin, après une longue parade, interminable comme une procession, dont ils auraient été le Saint-Sacrement, Luigi se retrouve avec soulagement et tout moite devant l'enclos des Fourlassou, et Marinette lui sourit :

- Et voilà ! fit-elle en conclusion, rentrons maintenant !

Cependant que la jeune fille retire son chapeau et s'enferme dans sa chambre, la mère accueille son futur gendre sans cérémonie :

- Tu peux bénir ta chance, toi !... Assieds-toi et attends l'homme. Il est à donner à manger aux bêtes. Il sera là d'un moment à l'autre... Chez nous, c'est jamais tout à fait dimanche : il y a du travail qui n'attend pas le lundi... Assieds-toi donc !...

Et la paysanne, un peu bougonne, le laisse seul. Luigi ne sait plus que faire dans cette pièce intimidante, luisante de propreté. Il regarde ses doigts, alors il sort un couteau et se fait les ongles. Pendant un moment qui lui paraît long, il n'entend plus que le tic-tac laborieux et lancinant d'une horloge à balancier qui déplace son disque de cuivre à contre-jour. Luigi lève le nez, pousse un grand soupir et remet son couteau dans la poche, sous le mouchoir qu'il retire pour se moucher en s'efforçant de ne pas faire de bruit. Il aperçoit brusquement sa casquette que Marinette a déposée négligemment sur le bord de la table qui fait une piste luisante à la hauteur de ses yeux. Il subtilise son couvre-chef d'un geste peureux en se soulevant à demi et repose ses fesses pointues sur le siège, puis il tourne et retourne sa coiffure consciencieusement entre ses mains tremblantes.

Marinette lui a dit qu'elle allait se recoiffer et se mettre à son aise, mais qu'elle ferait vite. Il avait fait « oui » de la tête parce que la parole lui restait au fond de la gorge. Ce qui lui arrive lui donne la frousse. Heureusement que Marinette est là pour l'aider à se remettre et à s'habituer ! En attente solitaire, Luigi à la « trémuline » il y est sujet.

« Si on pouvait changer de pays ! pense-t-il, je ne verrais plus les garçons du village se moquer et m'envier... »

Et surtout Fermin, qui ne manquera pas de lui lancer des vannes !... Il serait bien capable de vouloir refaire à cette occasion la prise de Sébastopol !... Luigi hait Fermin, parce qu'il est son contraire par sa force exubérante et sa virilité qui le distinguaient déjà parmi la plupart de ceux qui furent sur les bancs de l'école en même temps que lui... Et puis c'est toujours voyant, une belle fille avec un foutriquet !

Alors qu'il transpire ces pensées peu agréables, Fourlassou fait une entrée sonore, surprenant Luigi qui sursaute. De la porte, le père de Marinette découvre l'affligeant spectacle du pauvret accoudé sur sa chaise basse, la première qu'il avait trouvée à mettre sous lui.

- Ah ! te voilà... On peut dire que tu nous as fait une belle surprise... Enfin, il faudra bien qu'on s'y fasse !...

Mais qu'est-ce que tu fous dans ton coin, les genoux à la hauteur du menton?... Approche un peu qu'on te voit, « drôle », je ne t'ai jamais bien regardé, profitons-en. Et sans façon, il l'attire près de la porte, le prend par les épaules et plonge ses yeux dans ceux de Luigi, et ses mains puissantes pressent un tantinet par malice et aussi pour voir s'il y a quand même « quelque chose dedans » les épaules délicates du Malfoutu, et il pense : « Un fagot de paille... De près ou de loin, il est bien le Malfoutu ! » Et il lui dit :

- Tu as vu ma femme ? Elle ne t'a pas dit que pour ce qui est de trouver une autre fille comme Marinette, il faut aller loin ? Non ? Elle ne t'a pas dit : « Eh ! bien ! Moi, je te le dis ! Fini de rigoler et de bayer aux corneilles, garçon... Il faudra travailler dur pour gagner votre vie à tous les deux... Tu entends ?... Il faut mériter ce que l'on prend... Es-tu sûr de mériter ma fille ? Si oui, dis-moi ce qui te le fait croire... Es-tu sûr de la rendre heureuse ?

Luigi, subjugué, sa casquette à la main, fait toujours « oui » de la tête, parce qu'il veut être poli même quand il devrait dire « non ». Il est écrasé par l'avalanche de nécessités qui lui tombent dessus sans crier gare. Marinette, qui s'est trop fait attendre, vient les rejoindre, et, comme elle a entendu les derniers mots de son père, elle fait pour Luigi le chant du coq :

- Il n'est que les fainéants pour crever de faim.

- C'est bien ce que je voulais dire… Il faut apprendre à turbiner, répond Fourlassou un ton en-dessous.

- Il ne sera pas le premier, non ?

- Non, heureusement, admit-il, avec de la bonne volonté on arrive toujours à porter son grain au moulin… surtout quand on n'est pas seul au monde pour commencer !

- Comme tu nous le dis si bien, nous serons deux, Luigi et moi !

- Moi et ta mère, on ne compte plus, hein ? Devant son courroux généreux, Marinette réplique :

- Hé ! Je ne dis pas ça.

- Alors ne dis plus rien plutôt que de laisser croire qu'aussitôt que vous serez mariés on vous laissera vous tourmenter en ne sachant pas par quel bout il vous faudra prendre cette chienne de vie qu'il faut mater comme une garce !

- Je sais, papa, que tu nous aideras au début, mais de la façon dont tu as parlé à mon fiancé, je croyais que tu voulais lui faire de la peine !

- Il n'est pas en coton, ton Luigi… C'est un homme, et un homme peut prendre le conseil d'un autre qui a travaillé toute sa vie… Allons, mon garçon, viens, laissons les femmes.

Marinette, avant de rejoindre sa mère, enlève le couvre-chef des mains de Luigi et dit simplement :

- Non, pas de casquette ! Et, pour être sûre qu'il n'y reviendra pas, elle va l'enfermer dans son armoire. Cependant, l'homme et la demi-portion s'éloignent dans le bien. Gastaldi, qui sait où il veut en venir, reprend :

- Enfin, ai-je raison, oui ou non ? Les parents sont faits pour aider les enfants aussi loin qu'ils le peuvent… C'est naturel d'être aidé pour partir d'un bon pied ; ce n'est pas un déshonneur de prendre de bons conseils… Mon père m'en a donné, il en avait reçu du sien : de père en fils, nous avons pris la consigne, comme on dit dans l'Armée.

… Être travailleur, c'est la satisfaction de créer, de vivre sans remords, de vouloir quelque chose de mieux. On a ça dans le sang, si tu ne l'as pas, je crois que Marinette, qui est ton premier bien, te le donnera. Elle est travailleuse, elle, et elle te montrera ta honte d'avoir le courage de rester les bras ballants devant l'ouvrage. Mais le travail, lui, ne s'invente pas. On y ajoute du sien, bien sûr, mais seulement après avoir pris la « consigne » en main et que l'on a compris ce que les autres ont fait avant nous...

Mon arrière grand-père était employé de ferme, comme mon arrière grand-mère. Il a travaillé avec elle pour avoir quelque chose qui ait son nom. Il y a pensé toute sa vie. Avant de mourir, il a laissé un champ clôturé que mon grand-père a cultivé. Celui-ci, qui avait déjà ce bien, fit bâtir la maison. Mon père y ajouta l'étable et les bêtes, et un bout de champ qui doubla le premier. Jamais les terres, faisant un tout, n'étaient partagées quand il y avait plusieurs fils. L'aîné en était l'héritier naturel, pour les autres on s'arrangeait avec l'argent ; Il suffirait d'un galapiat maudit, ou d'un bon à rien, ou d'un qui n'a pas le sens du prédécesseur, pour gaspiller ce travail.

... Je n'ai pas de fils, et tu comprends qu'il ne te coûte rien de recevoir des conseils, il t'en coûte moins qu'à moi qui n'ai qu'une fille à marier...

Tu vas devenir mon gendre, je le veux bien, mais tu n'as jamais travaillé la terre. Tu n'as ni les épaules, ni les bras, ni la tête. Je t'aiderai, mais les « biens » de la terre ne sont pas faits pour toi. Ils resteront à la famille Fourlassou.

J'ai un neveu moins riche qui prendra la suite... S'il a la patience d'attendre que le « capelan » dise au Bon Dieu que j'ai été quand même un honnête homme... Marinette ne comprend pas tout ça et elle monte comme lait sur le feu... Essayer de faire entendre raison aux femmes, c'est perdre la nôtre, mais, entre hommes, on se comprend une fois pour toutes... Et maintenant, cigalon, parlons d'autre chose !

Puis Fourlassou, en propriétaire « glorieux », fait faire un tour de ses biens à son docile invité. Il s'arrête enfin à un point extrême de sa propriété qu'il découvre tout entière, plantureuse et belle, lourde déjà de la moisson prochaine.

- Il en faut du courage et de la force des bras pour faire « venir » tout ça ! dit-il gravement, la tête haute et immobile, face au soleil, comme s'il se fût agi de rendre un hommage solennel à un autre que lui.

Venant de Cavaillon, Fermin et son compagnon Maurice, dit « Le Mocco », sortant de Cadenet, roule à vive allure sur la route de Lourmarin pour se rendre au village où il vient régulièrement chaque mois y passer une fin de semaine. Fermin est routier, et il aime son métier qui de Cavaillon le transporte de ville en ville au volant de son « sept tonnes », mais il est toujours aussi impatient de revoir le pays, dont il ne cesse de s'entretenir avec son coéquipier Maurice, un sans-famille qui le suit comme son ombre. Sur la jeep qui leur est confiée pour se rendre au village, Fermin se plaît à faire de la vitesse, à gagner sur le temps pour être plus tôt près des siens. Les deux kilomètres qui précèdent le village natal sont une véritable fête pour lui. Son passage d'enfant terrible est ponctué, au hasard des rencontres, de bonjours sonores et de pétarades tumultueuses qui attirent immanquablement l'attention sur son équipage :

- C'est Fermin !...
- On va rire.
- Quand il vient, il réveille les morts.
- Té. C'est le « corsaire ».
- Le forgeron doit sentir ses cornes.
- La Marthe va se dégourdir.
- Hé là ! Et Marinette avec Sébastopol ? Les frottadoux !
- Il va se tordre.

Fermin, le populaire Fermin, le turbulent, le joyeux, fait son entrée. Troublés dans leur somnolence, les chiens courent et aboient furieusement par les ruelles derrière leur engin emballé, ajoutant encore à son sillage de vacarme et de poussière. Des chats errants, des minous d'intérieur au poil luisant fuient sous le pourchas des corniauds excités. L'apothéose de Fermin sur sa mécanique est l'abordage des premières maisons de l'agglomération en conquistador, cheveux au vent et chemise écossaise aux manches roulées jusqu'aux coudes.

- Ohé ! Fermin.
- Ohé ! Grand pendu.
- Foutu drôle.
- Fainéant.
- Carcan du diable.
- Grand pélican.

L'enfant du pays ne manque jamais son entrée. Il stoppe enfin sèchement rue Nostre Seigne devant l'échoppe du cordonnier son père à qui il rapporte ce jour-là du cuir, du crêpe et des clous. Avant de décharger le véhicule Fermin passe le buste par la fenêtre basse derrière laquelle est l'artisan et dépose un baiser rapide et souriant sur le front ridé de son père. Celui-ci, le dos rond devant son établi suspend quelques instants sa besogne, incline un peu plus sa tête sur la poitrine pour regarder par-dessus ses lunettes ce grand garçon exubérant et solide qui est son fils.

- Alors, « drôle », tu me rapportes bien tout ce que je t'avais demandé?... Je n'avais presque plus de cuir!

- Tout y est... Je crois que tu seras content... Ah! et puis je t'amène « le Mocco ».

- Comme d'habitude!... Tu as bien fait... Comment vastu Maurice?

- Et vous, patron?

- Moi? couci-couça. Tu sais, à mon âge on se trouve vieux et toujours fatigué.

- Mon père, Maurice, ne te dit pas qu'il pourrait se reposer maintenant. Avec ce qu'il a de côté, et, ce que je pourrais lui donner il ferait bouillir sa marmite.

- Ouais! Peut-être, mais tu auras besoin de ton argent un jour et puis, il est toujours plus prudent de ne pas trop demander aux enfants, et, qu'est-ce que je ferais de mes dix doigts? Les habitudes, à mon âge, ne se perdent qu'en mourant. Cependant que les jeunes gens lui entrent sa commande, le cordonnier se frotte le poil gris et rêche de son menton en observant Fermin. Son fils l'étonne toujours, il voudrait lui dire un mot qui lui fasse plaisir, qui sorte de l'ordinaire, mais il ne le trouve pas : ils sont tellement différents l'un de l'autre. Enfin, il fait signe à Maurice :

- Tiens, prends ce tabouret et assieds-toi. Tout en travaillant on causera un peu. Et à Fermin :

… Ta mère est en course au village. Elle sait que tu dois venir, et, à moins qu'elle ne rencontre une autre commère, elle ne devrait pas rester longtemps à être de retour. Va donc voir un peu ce que fait ta sœur dans sa chambre.

Et il hocha la tête en riant : « Tron de Diou ! Je me demande toujours à quoi elle perd son temps ! » Et les trois hommes de rire. Le père et le fils s'accordent parfaitement pour dorloter les dix-sept ans d'Agnès, la petite coquette, qui, à leurs yeux d'hommes laborieux, s'occupe longuement d'affaires sans importance.

Fermin, des paquets sous le bras, grimpe deux à deux les marches de bois de l'escalier menant à l'étage :

- Agnès ! hurle-t-il. Il éprouve toujours le besoin d'expectorer le trop-plein de vitalité.

- Ohé ! Agnès !

Il se trouve devant la porte de la chambre de la jeune fille que celle-ci ne s'est pas encore manifestée. Ayant déposé à terre ce qu'il rapporte de la ville il frappe.

- Entre, dit-elle. Même avec son frère, elle fait des grâces, il en est tout heureux : elle le sait.

- Soeurette.

- Fermin.

Et, tandis qu'il la soulève à sa hauteur, les yeux de la jeune fille luisent de plaisir, s'adoucissent et son sourire se détend, fond et tremble de bonheur, découvrant des petites dents bien blanches et bien rangées. Ils s'embrassent tendrement puis il la dépose précieusement sur un siège. À chaque visite, il se promet de lui faire attendre les petits cadeaux qu'il lui destine, mais, le plaisir qu'il a à lui voir défaire les paquets toujours délicatement emballés, fait s'envoler ses intentions de jeu.

- Attends. Ne bouge pas petite, j'ai quelque chose pour toi.

- Et papa va dire que tu me gâtes trop.

Mais, déjà ses yeux s'éclairent d'une flamme plus vive. Il revient, dépose les paquets sur le lit et referme la porte. Presque anxieux de l'effet que produiront ses acquisitions, il se tait soudain et l'observe. Elle se lève alors lentement, gracieuse et légère comme une poupée. Elle s'approche du trésor mystérieux. Pour elle, qui ne souffle mot non plus, l'instant est délicieux. Alors avec des petits gestes étudiés qui donnent tant de valeur à l'événement, elle dénoue la ficelle du premier paquet. Ils se regardent à la dérobée et rient doucement de la joie qu'ils se font.

- Le joli tissu ! découvre-t-elle avec ravissement.

Elle le déploie, développant des coloris « très jeunes » et l'apprécie au toucher.

- De la popeline de soie ! elle s'en drape, le pince à la taille et sur l'épaule lui donnant une forme vague, puis, elle incline la tête à droite puis à gauche, constatant devant la glace que les tons la flattent.

- Qu'il est joli ! Combien as-tu payé cela ?... très cher, bien sûr !

- Aurais-tu l'intention de me le rembourser, Mademoiselle ?

- Est-ce toi qui as si bon goût ? Ce n'est pas toi n'est-ce pas ? demande-t-elle malicieusement en fronçant son petit nez. Il s'en défend.

- Et pourquoi, s'il te plaît, n'aurais-je pas si bon goût ?

- Heu... Ta petite amie de la ville... Bon, admettons... Oui, je veux bien consentir à croire que c'est en regardant les filles de là-bas qui ont le même teint que moi et la même taille.

- Voilà qui est plus vrai, ma petite sœur, mais jamais je n'en ai vu encore d'aussi mignonne et d'aussi impertinente que toi.

- Et ça aussi c'est vrai, mon grand frère ?

Laissant le tissu, elle ouvre la boîte d'un flacon de parfum :

- Celui que j'aime ! Mais comment savais-tu que c'était celui-ci précisément qu'il me fallait ? Et son regard en coulisse et rieur glisse vers lui :

- Petite futée ! N'as-tu pas honte de ruser avec ton lourdaud de frère ? N'est-ce pas toi qui m'aurais dit, mine de rien : « C'est ce parfum qui me conviendrait le mieux » ?

D'un mouvement juvénile, elle se suspend au cou de son frère.

- C'est chic d'avoir un grand frère qui ne sait que faire de ses sous… et qui m'aime encore plus que je l'aime ; je t'aime bien, sais-tu ?

- Voilà une déclaration bien imprévue… Il ferait beau voir le contraire !

- Et ça ?… Qu'est-ce que c'est ? fit-elle en désignant un petit paquet oblong.

- Des calissons d'Aix, marquisette, pour te voir te lécher le bout des doigts comme une chatte et faire ronchonner maman, qui va me redire que je t'apporte toujours quelque friandise qui te coupe l'appétit. Cependant qu'elle moule à nouveau sur elle sa pièce de tissu, il la regarde un instant sans rien dire puis il demande :

- Alors, quoi de neuf au pays ?

- Rien… Presque rien ! répond-t-elle feignant la distraction. L'Henriette, la femme à Fabre est enceinte.

- Ça fait un moment qu'ils voulaient un gosse… Ils auront mis le temps.

- J'ai entendu papa dire à maman qu'ils ont dû découvrir comment les enfants se font.

Il glisse sur la boutade.
- Et l'étudiant des Castelli est-il toujours là ?
- Pas pour longtemps... Il doit partir dans quinze jours, c'est Miréio qui l'a dit à papa.
- L'été se tire. Les étrangers prennent le beau temps du pays et retournent chez eux.
- Bon voyage et bon vent ! conclut-elle un peu brusquement et elle poursuit :
... À ce qu'on dit, les parents du Parisien ont donné leur consentement à son mariage à la condition qu'il termine d'abord ses études.
- Je suis content pour Miréio, c'est une brave fille et instruite.
- Elle risque d'attendre longtemps qu'il ait terminé ses études.
- Dans ce milieu rien n'est laissé au hasard, rétorque-t-il compréhensif.
Elle n'ajoute rien à ce sujet puis s'avise qu'elle a omis la nouvelle la plus importante, celle qui fait le plus de bruit.
- Tu n'as rien appris au sujet de Marinette ? interroge-t-elle ambiguë.
- Tu vas me le dire.
Il a senti comme un choc dans la poitrine. Il n'est jamais rien arrivé à Marinette et il a brusquement l'intuition du mal qui va lui être fait.
- Elle est fiancée, lâche-t-elle.
- Elle est... ?
- Fiancée !... Oui, Monsieur ! Elle le regarde à la dérobée, tant il paraît remué.
- Pour une nouvelle, c'en est une !... Il est atterré.
- Ça s'est vite fait, oui.
- Plutôt ! souffle-t-il.
- Et... devine avec qui.
Il soulève les épaules.
- Comment le saurais-je ?

- Cherche… cherche un peu.

- Allons, dis-le !

- Tu ne trouveras jamais… à moins de prendre la liste des possibles à l'envers.

- Dis !

- Avec Gastaldi ! Luigi le Malfoutu !… Sébastopol ! Il ne faut pas être fière pour lui donner sa parole !

Et elle rit de la tête que lui fait Fermin. Il croit alors à une plaisanterie et, à son tour, se détend bruyamment en se tapant la cuisse :

- Ah ! la bonne blague ! la pleine lune amoureuse de son premier quartier !

- Ce n'est pas une blague, relève-t-elle un peu piquée… C'est « officiel ». Tout le village en a ri avant toi, Fermin… Puis, on s'est aperçu que c'est du sérieux. Marinette montre son fiancé comme un ours de foire : on ne voit plus qu'eux par les rues et les chemins, collés à la taille l'un de l'autre comme verrue sur une pêche.

- Non ?… Non ?… Il cesse de rire. Il pâlit.

- Si ! Si !… appuie-t-elle, Marinette a répondu : « Et pourquoi n'est-ce pas possible ? Et pourquoi pas Luigi ? » Alors, me crois-tu maintenant ?

Il explose :

- Merde !… Elle est tombée sur la tête la Marinette ?

Et Fourlassou, qu'en dit-il ?

- D'abord, comme il est grossier, il a dit le mot que tu viens de dire. Il a crié. Il voulait tout casser… puis il a dit « amen »… Maintenant il apprend à son futur gendre à boire le pastis et à faire l'homme.

- Il a consenti ?

- Je n'invente pas, je t'assure… Et elle y tient, la Marinette, à son boulet… Sébastopol n'en revient pas : il semble qu'il ait décroché la lune et qu'elle lui soit tombée dessus… La fille à Fourlassou a stupéfié tous les garçons en quête de calignaïres ! Elle en tenait une place parmi les filles à marier !

- Elle n'est pas encore Madame Sébastopol! murmure sombrement Fermin. Elle n'a pas le loisir de s'étonner, car Maurice appelle du rez-de-chaussée.

- Fermin. Hé ! Fermin. Tu descends?

- Où allez-vous encore vous perdre? interroge Agnès. Il trouve encore la force de sourire.

- J'amène Maurice chez le forgeron : comme d'habitude... Ils s'entendent comme larrons en foire.

- Et toi, comme d'habitude aussi, pendant que Maurice se saoule, tu montes toucher deux mots à la Marthe, sa femme... Tu noies ses cornes dans le vin pour qu'elles ne lui chauffent pas trop!

Il y a du reproche sous la phrase malicieuse d'Agnès. Mais il lui déplaît qu'elle parle ainsi : il l'aime trop. Il voudrait qu'elle ignore certaines choses pas très jolies et encore plus qu'elle y fasse allusion. Elle se garde d'insister devant le visage soudain fermé que lui présente son frère.

- À tout à l'heure! dit-il. Et il ouvre la porte.

- Resteras-tu longtemps dehors?

- Je ne fais que déposer Maurice et je reviens embrasser maman : je ne veux pas la faire languir.

- Si tu la rencontres, ramène-la, mais va doucement... La dernière fois, elle était verte de peur.

Le frère et la sœur échangent un sourire et Fermin descend cueillir son camarade.

- Je reviens dans un instant, papa, dit-il en traversant l'échoppe.

Et les deux jeunes hommes sautent dans la jeep.

- Tu as des ennuis? demande Maurice qui voit l'air maussade de son ami.

- Oh! des histoires! élude ce dernier. Il a perdu sa bonne humeur habituelle et ils stoppent devant la forge d'Antoine Corniglion sans qu'il en dise davantage et qu'il ait répondu aux villageois qu'ils ont rencontrés.

La Marthe sait ce que signifie l'arrivée de la jeep devant la forge : ce soir elle recevra. De derrière son volet entrebâillé elle regarde Fermin et son acolyte descendre du véhicule. Le forgeron lève la tête et les voit, mais il termine posément de façonner la pièce incandescente qu'il maintient ferme sur l'enclume cependant que les deux visiteurs se tiennent debout dans l'encadrement de la porte ouverte à deux battants.

- Vous voilà du pays aujourd'hui ? gueule l'artisan pour se faire entendre.

- Nous sommes arrivés depuis une heure, répond Maurice.

- C'est bien pratique une bagnole pour promener… Quand on le peut… Mais le travail me tient tout le temps, et il n'enrichit pas. Il donne encore quelques grands coups, regarde l'ouvrage fait et reprend, soudain inspiré :

- Ça fait tout de même un bout de temps que l'on ne s'est pas vus ! Le forgeron n'a pas un esprit très vif, il parle, hors les choses de son métier, c'est pour tenir toujours des propos insignifiants. En principe, quand il est à jeun, il préfère se taire. Quand il a bu, il chante, et, bien fort serait celui qui l'empêcherait alors de pousser sa goualante par les ruelles endormies du village. Il a enfin cessé son travail. S'essuyant le suint et la poussière noire de son front avec la manche de sa chemise, il s'avance d'un pas lourd vers les routiers à qui il présente mollement sa large main dure et moite.

- Alors, Maurice, je te retiens ?… Je ferme boutique et nous allons vider un verre ensemble avant la soupe. Après nous ferons un petit tour, tous les deux… Qu'est-ce que tu en dis ?… Nous allons bien rigoler, ça nous fera du bien… Il y a si longtemps que tu n'étais venu, hein ? Et il se détend rien qu'à l'idée de passer un bon moment. Maurice, qui ne peut être à l'unisson du forgeron quand il est à froid, répond par une tape sonore sur l'épaule de l'artisan.

- D'accord ! Antoine… Mais, je ne voudrais pas déranger ta femme, question cuisine !

- Té ! la belle affaire ! Un de plus un de moins, ça ne lui cassera pas les bras à la Marthe… Et puis, on ne peut pas boire sans avoir mangé, dit-il sentencieux. Retiens bien ce principe, Maurice, et tu te porteras toujours bien. Se tournant vers Fermin, Corniglion lui dit d'une voix plus neutre :

- Je ne te demande pas de nous accompagner, je sais que l'on a toujours beaucoup à faire quand on revient au pays. Les petits yeux porcins du forgeron se sont posés sur le frère d'Agnès sans la moindre intention équivoque. Ils savent tous deux à quoi s'en tenir sur leurs positions vis-à-vis de la Marthe. Le mieux pour Fermin est de ne pas répondre, bien que ce jour-là il soit passablement désabusé : il est au triste et sa liaison avec la femme du Corniglion, qui est depuis longtemps une quasi obligation peu reluisante, lui pèse soudain davantage. La moindre occasion de rupture le soulagerait maintenant d'un gros poids.

Antoine, le forgeron est natif des monts cristallins du Mercantour. Il avait quitté sa haute vallée aride après que père et mère furent enterrés dans le cimetière étique figé à flanc de montagne. Il avait vendu le maigre bien auquel ses ascendants s'étaient accrochés par atavisme pendant des générations de besogneux, et, un matin, il avait pris la route vers le pays du bas, moins stérile et dépeuplé sous l'œil des anciens désabusés. Son argent en viatique dans sa musette, il s'arrêta au hasard des saisons pour travailler au champ, à la ferme ou encore dans les scieries, et c'est ainsi qu'un matin cet homme taciturne, têtu, peu sociable, mais gros travailleur fit son entrée silencieuse dans le village qui sera celui de sa bonne chance en contrepartie d'une mince infortune.

Vers Lourmarin et sa combe, fendant le Lubéron, ce pays lui rappelait encore le sien. Vers la Durance était la campagne plus riche. Il posa là son sac de travailleur de fortune et sur le mur bas du belvédère il sortit posément son pain, son fromage, et sa bouteille de vin dans l'idée bien arrêtée d'aller ensuite chercher l'embauche. Comme à beaucoup qui ne l'attendent guère, elle vint à lui.

Le forgeron de la localité était un vieil homme qui n'avait plus les bras de son métier et ne pouvait plus suffire à l'ouvrage que l'on donnait plus volontiers maintenant aux forgerons des autres communes. Ce fut donc une aubaine pour l'artisan de rencontrer Antoine mangeant d'un cœur tranquille son pain et son fromage posés sur le volant de sa musette ouverte à ses côtés. Le colloque fut bref. Le montagnard mit son couteau dans la poche et pliant son bagage suivit le vieux travailleur. C'est ainsi que celui-ci le prit d'abord comme aide, puis comme compagnon, se laissant bientôt dépasser au travail par cet homme infatigable que rien ne rebutait.

Le patron d'Antoine avait une fille anguleuse que son physique, pour le moins des plus ingrats, rendait quasi impossible à caser, et qui lui donnait d'autant plus de peine à surveiller que sa femme était morte et que Fermin avait surpris la vertu de la Marthe qui n'avait rien fait pour s'en garder tant elle avait démangeaison et besoin de la chosette.

Pour glisser sa fille, le vieux livra sa forge. Ils en convinrent un soir, en hommes, devant une bouteille de rouge, et le vieux peu habitué à ne rien faire, traîna quelques mois ses savates de la forge au logis et se fit bientôt porter en terre. Antoine respira un grand coup, prit une bonne cuite et, se remit plus vaillamment encore à l'ouvrage. Il était le maître. La forge était à lui. De la Marthe, il s'en moquait. Il ne fit aucun effort pour la contraindre à lui réserver ses faveurs. L'essentiel, pour lui, est qu'elle fasse la cuisine et qu'il la trouve où il faut et quand il faut.

Cependant il fait le sourd-muet et l'aveugle à ce sujet car il se mettrait dans l'obligation d'amour-propre de se livrer à quelque violence. Comprendra qui voudra sa complaisance, mais, pour beaucoup, la raison est qu'Antoine se trouve bien au village auquel sa femme appartient ; d'autres affirment qu'il a une liaison secrète avec une boiteuse de pauvre mine qui cache un commerce inavoué en vendant des fruits que tout un chacun peut cueillir à meilleur compte dans les vergers des alentours ; quelques lurons insolents suggèrent gaillardement qu'il ne suffit pas à la Marthe, la ténébreuse, plus connue par la jeunesse sous le surnom du « Furet ».

L'attitude de la Marthe est un pense-bête pour Antoine. Quand Fermin doit venir, elle le lui rappelle en se décrassant avec soin, s'attifant de ses meilleures nippes, se pomponnant et se parfumant partout où besoin est. Antoine pense alors à son compère de beuverie Maurice et il presse un peu plus l'ouvrage :

- Ce soir est fête !

Et il tape plus dur sur l'enclume. Il se fait alors souvent donner un coup de main par le « Fada », qui n'en dit jamais plus long que lui pendant des heures. Parfois, quand il découvre son épouse fringante comme une cocotte, il s'accorde une détente de gourmandise qui vient en supplément imprévu sur l'ordinaire. Il a le sentiment de jouer alors un bon tour à Fermin pour qui la femme s'est mise en frais. Il part satisfait avec un vague sourire aux lèvres :

- Sacré Fermin ! se dit-il... À ce moment-là, ce n'est pas lui le cocu : c'est l'autre !

Chaque passage de Fermin ajoute à ses cornes quelque pousse d'andouiller mais ne retranche rien à son humeur de rustre amoral. Bien au contraire, le compagnon du routier qui est de mèche avec celui-ci, amène le mari de la Marthe au bistrot où ils s'adonnent ensemble à leur plaisir de prédilection : la boisson. Ce qui fut à l'origine une manœuvre de diversion est devenu une habitude de camarades, d'autant plus attachante qu'ils sont tous deux des ivrognes de l'espèce dite chanteurs.

Voilà pourquoi les trois hommes ont maintenu jusqu'à ce jour le statu quo. Ce que faisant les deux buveurs laissent les amants à l'aise chez le cocu indifférent à la nuit tombée, parfois jusqu'au petit jour.

La Marthe, qui a l'oreille fine comme toutes les personnes qui ne font pas de bruit, garde la fenêtre de la chambre ouverte. Antoine et Maurice, accotés l'un à l'autre se font glorieusement entendre de loin.

La Marthe dresse l'oreille et dit dans un soupir en s'agrippant encore à Fermin :

- Ce sont eux !...

Lui, qui prête l'oreille n'entend rien d'abord. Puis, un bruit lointain qui n'arrive pas à démêler le chemin menant à la forge. Enfin, triomphant, haché, homérique lui parvient le refrain d'une chanson à boire, sentimentale ou patriotique, tantôt amicale ou féroce, héroïque ou tendre, mêlée de hoquets, de jurements et de rires.

Fermin, alors se rhabille lentement. Il a encore le temps. Il embrasse la Marthe qui lui demande sa bénédiction amoureuse et descend en vieil habitué l'échelle appuyée au mur sous la fenêtre, dont les volets se referment chastement derrière lui.

Ce soir-là, Fermin est parti rejoindre la Marthe avec la ferme intention de lui signifier la rupture : sa liaison lui étant devenue soudain honteuse. Pour ce grand garçon c'est le premier acte conscient et grave de sa vie. La Marthe l'a attendu avec son impatience habituelle, et dès qu'il se trouve devant elle il se déclare vaillamment. Alors, elle voit se lever brusquement devant elle le spectre de l'isolement avec son mari taciturne. Son temps est venu.

Elle perd l'amant providentiel qui l'a comblée. Elle se défend en supplications veules et colères brusques. Il tient bon. Elle implore un sursis, menace de crier sa honte à tout le pays, et puis, oh ! miracle de l'amour, à bout de souffle et de nerfs, elle s'écroule sur le lit et les mains sur son visage olivâtre, elle sanglote et pleure de vraies larmes, elle à qui on ne vit jamais quelque humidité dans l'œil ! Pour s'arracher à ce déprimant spectacle de désespoir, Fermin s'engage vaguement à réfléchir, ce qui ne coûte rien. Il prend la porte sans plus un mot.

De ce soir-là Marthe, qui était jusqu'ici une femme effacée, soumise et silencieuse fit supporter son chagrin à son époux effaré. Elle se fit acariâtre et le fit sauter comme crêpe sur une poêle à cause des péchés-croupion adultérins jetés aux orties. Fermin en est resté le cœur ballant au pied de l'échelle de bois dans la nuit sans le moindre quartier de lune. L'écœurement lui vient aux lèvres. Il a l'impression d'avoir fait un mauvais coup. D'être un voleur quinaud errant sans foyer, un individu à qui la société égalitaire envoie le gendarme, et, qui ne sait plus où trouver refuge. Il rejoint le chemin qui se distingue blanchâtre. À bonne distance encore, deux silhouettes noires, accolées comme frères siamois, Antoine le forgeron et Maurice s'en venaient battant les murailles. Les deux soûlards chantaient à tue-tête faisant faire silence tout alentour, hormis le vent irrégulier dans les hautes futaies et la chute vive et légère d'une cascatelle dans le sous-bois. Ce cas fortuit et le lieu servent le besoin violent et irréfléchi de Fermin de couper court à la comédie amorale qui se perpétue entre Antoine et lui.

Il se campe devant Maurice et l'interpelle :

- Viens.

Le forgeron se sent virtuellement provoqué. Dans son ivresse il devient furieux et engage le conflit latent qu'il avait mis sous l'étouffoir grâce aux impératifs de la forge et de la boisson.

- D'où viens-tu… toi?… Salaud! Tu couches avec la Marthe, hein? Je vais te faire rentrer dans ton plumard les pieds en avant, galapiat!

Égaré Fermin fait front. D'un uppercut son poing frappe Antoine, et, sur une giboulée de coups le forgeron tombe lourdement à terre.

- Hé! Que fais-tu l'ami? dit Maurice d'une voix blanche. Le forgeron cependant a sorti et ouvert son couteau à cran d'arrêt, et, les yeux fixés sur l'amant de sa femme, il se relève lentement, Maurice s'interpose :

- Non, Antoine, pas ça! Fermin est mon copain.

- Et moi donc?…

- Toi aussi. Et prestement, mais sans violence il le désarme.

- Mon couteau !... Rends-le moi, que je l'éventre.

- Tiens, je te le rends... Mets-le dans ta poche... Et il maintient un instant l'homme par les épaules pour prévenir un geste. Corniglion obéit en grognant.

- Je le retrouverai, Maurice. Tu ne savais pas qu'il couchait avec la Marthe ?... Hein ?... Moi, je te le dis. Pendant que nous sortons, nous deux, comme deux frères, deux bons copains, et bien lui, il rentre chez moi... chez moi, tu entends, et par la fenêtre... Il me vole ma femme. Ma femme, oui, ma garce de femme ! bredouilla le soiffard.

- Tu ferais mieux de rentrer, Fermin, il est saoul comme un Polonais... c'est pas le moment de discuter... surtout qu'il n'est pas dans son tort, dit Maurice. Et il insista :

- Fermin rentre chez toi... Je m'occupe de lui... Demain tu m'expliqueras, j'avoue que je ne m'attendais pas à cette histoire.

- Je vais te faire voir... moi, ânonna Antoine en posant un bras sur les épaules de Maurice pour s'appuyer. Les deux routiers échangèrent un sourire.

- Je l'accompagne à cause de sa femme, et puis ce n'est pas le mauvais bougre. Quelle cuite, ma mère !

- Tu as raison, bonsoir.

- Demain, il ne voudra se souvenir de rien. Bonsoir Fermin.

Bien qu'il fût rentré tard, Fermin s'est levé de bonne heure. Le premier geste au saut du lit est de se servir une bonne tasse de café frais ainsi qu'il en a pris l'habitude depuis qu'il est routier. Torse nu, il a plongé sa tête sous le robinet d'eau froide et après s'être essuyé avec vigueur il a remis sa chemise. Sa serviette roulée autour du cou, il s'est accoudé sur l'appui de la fenêtre ouverte sur le petit jour. Il est resté longtemps ainsi immobile à penser. Ce dimanche de repos qui commence doit être un jalon dans sa vie d'homme. Pour lui il est cependant un devoir qu'il ne voudrait esquiver depuis qu'il a son métier et qu'il vient passer une fin de semaine sur quatre au village. C'est celui d'accompagner sa jeune sœur à la messe et d'en revenir avec. Ces dimanches-là, quand Agnès est au bras de son frère, ce beau garçon joyeux, elle fait la nique à toutes les filles du pays qui se promènent bras dessus, bras dessous, après le grand office. Et, les garçons friands, qui complètent la parade des jeunes, disent sur son passage :

- Hé ! Hé ! Agnès devient une belle « chatto ».

De quoi faire pâlir et grincer des dents les filles montées en graine qui ont verrue sur le menton et fesses plates. Les vieux finauds, qui ont garçons, se caressent le menton en fermant les yeux à demi pour mieux apprécier. Déjà les corsages de la « chatto » moulent une jolie poitrine qui fait que les yeux y tombent dessus sans qu'on y prenne garde. Depuis déjà longtemps, à son sens, Agnès a la fleur rouge de sa nubilité qui la fait petite femme fière. Pour elle la saison des amours est proche.

Quand une fille est en puissance d'amoureux, elle n'entre plus dans cette compétition anxieuse mais combien aimable de la jeunesse qui se cherche. Pour elle déjà une période de la vie se clôt. Terminés sont la rèverie aux larges horizons de l'insouciance et l'enchantement de l'inconnu qui naît parfois, sans se révéler, sur les bancs de l'école ou dans une prière naïve et pure aux pieds de la Vierge Marie. L'être aimé est venu, l'aventure est à deux.

C'est la découverte de la propreté d'un bien vivant que l'appel de l'instinct contenu exalte et que le cœur idéalise. Miréio et Charles, Marinette et Luigi, après bien d'autres, sont hors du tournoi et la parade continue. Agnès, la jeunette, entre donc en lice avec la présomption de l'inexpérience et de la candeur. Un dénommé curieusement Fariolo entre sur le plateau. Mais pour Agnès, entière dans sa verdeur, l'étudiant parisien est la providence. Il a fait disparaître Miréio de sa route : Fariolo est libre. Fariolo sera pour elle. Fermin, qui est l'ami de celui qu'elle aime l'aidera. Son grand frère attentif est son allié. Elle se confie à lui. Il accepte ses confidences et s'engage ainsi dans une obligation difficile.

Mais Fariolo est un homme réfléchi qui ne laisse rien au hasard. Nul n'ignore qu'il aime Miréio, et, malgré la bague de fiançailles que celle-ci a acceptée de Charles, Fariolo n'a manifesté aucune nouvelle orientation de ses sentiments. Ce n'est donc pas sans une certaine inquiétude que Fermin laisse faire son chemin à l'inclination de sa jeune sœur, hardie dans son innocence. Ainsi, par-dessus l'amitié profonde, parfois brusque, des deux jeunes gens vient se greffer l'amour exclusif d'Agnès.

Fermin, qui naguère balançait encore son insouci de garçon, grandi dans la force et la joie de vivre, Fermin sent soudain se manifester en lui un adversaire versatile, singulier à combattre : l'amour auquel il n'avait jamais pris garde. Que peut-il faire pour Agnès dont il a jusqu'à ce jour satisfait tous les caprices ?

Fariolo n'est pas un homme que l'on fait fléchir aisément, et, d'autre part, Fermin ne se sent d'aucun courage pour dissuader la confiante Agnès en lui suggérant de tourner ailleurs ses pensées ou de lui faire comprendre qu'elle est encore bien jeune. Seul le temps sera juge de l'indifférence de Fariolo pour toutes les « chatto », hormis Miréio, et aussi de la solidité du sentiment irraisonné et pur d'Agnès.

Pour Fermin aussi l'amour s'est brusquement révélé : Marinette peuple son cœur franc et généreux, parfois maladroit. Oui, elle lui est destinée depuis cette enfance encore proche et chaude de souvenirs alors qu'ils s'affrontaient en malice et courage. Marinette ne peut lui être enlevée par un rival dérisoire, dont le ridicule ne s'est point effacé avec le temps. L'amour et la vaillance de Marinette sont-ils capables de transformer le personnage falot du Malfoutu au point de le rendre acceptable aux yeux de tous ?

Fermin ne veut pas croire au miracle. Il n'est pas possible qu'elle se sacrifie à cet avorton sans envergure dont la société laborieuse n'a su trouver jusqu'ici l'emploi. N'est-il pas humain et logique qu'elle lui accorde à lui, Fermin, quelque chance en reconnaissant leurs affinités, en l'autorisant à faire valoir la force des liens faits de souvenirs communs ?

Le passé, que le temps rend précieux, afflue de son cœur à sa pensée et lui insuffle un renouveau d'optimisme, comme s'il eut trouvé le chemin au bonheur jalonné de souvenirs.

Ils paraissent soudain bien loin ces souvenirs d'une jeunesse de même âge, que la vie maintenant commence à entraîner dans ses tourbillons. L'école était la même qu'aujourd'hui. Peut-être, semble-t-il, était-elle plus grande, parce qu'il était petit alors. Aujourd'hui cette génération d'anciens élèves la voit un peu comme un digne patriarche dont le squelette s'est tassé et dont la vue a baissé et qui, regardant passer devant lui des petits devenus grands et forts, a cette résignation, cette apparente indifférence des vieillards fatigués, confiants toutefois en l'affection de la grande famille qu'il a formée.

Parfois, ces anciens écoliers, qui ont maintenant barbe au menton, famille à élever, ouvrent les livres de leurs petits à eux. Ces livres n'ont guère changé, c'est sur ceux-là encore que le vieux grand-père l'École ressasse les mêmes choses qui ouvrent le même Savoir, comme dans des sillons semblables lèvent des moissons identiques.

- Il radote ! disent-ils compatissants et affectueux parce que quelques années ont suffi à leur enlever leur fraîcheur.

- Il radote ! et pourtant le regret monte au cœur de ce qu'il ne puisse plus rien nous apprendre qui soit beau, qui soit neuf.

- De notre temps ! et pourtant le Temps n'était point si lointain, de notre temps murmurent-ils, l'école était si jeune, sa cloche résonnait plus fort, les visages étaient plus dessinés, les maîtres moins effacés.

« De votre temps, jeunes gens, les bancs étaient à votre taille. De votre temps celui qui vous enseignait était le Maître, aujourd'hui vous voyez un homme semblable à vous qui a les mêmes besoins et qui fait le rude métier de former des enfants qui ne sont pas à lui; qu'il aime parfois et que le Temps, toujours revêtu de son manteau d'illusions, que vous ne savez plus voir, enlève chaque année à sa sollicitude. Vous moquiez ses habitudes, ses petites manies; vous l'avez certainement mis hors de lui par vos négligences répétées, votre turbulence, et vous avez peut-être versé quelques larmes sur des punitions méritées cent fois, mais vous avez appris des mots, des pensées que les premiers pas dans la vie ont commencé à remplir de leur substance ».

Le Passé qui nous a faits, donnant à la vie une rétrospective puissante d'où s'excluent les petites mesquineries, les petites tristesses, nous montre un raccourci saisissant, généralement aimable.

Monsieur le Temps dans son habit des quatre saisons nous donne ainsi sa meilleure leçon. Voilà ce qu'il nous dit.

- Ce qui compte est la vie sans la tristesse du paresseux qui n'a pas de passé, du menteur qui n'a pas d'amis, de l'égoïste qui ne voit comme jalons que des traces ineffaçables d'envie, du velléitaire qui ne verra son but par les chemins où il tâtonne.

L'école du village était la même. Marinette, comme beaucoup de filles, était beaucoup plus près de l'étude que des jeux, et, bien que plus jeune que Fermin de deux ans - son père l'appelait alors un « bon à rien » - elle se trouvait être dans la même division. Il y avait aussi Miréio, moins vive certes, qui partageait le même banc de classe avec celle qui devait rester son amie. Avec ses livres bien propres, ses cahiers sans taches, ses leçons bien sues, Miréio était toujours des premières. Il y avait aussi le discret Malfoutu précoce et délicat, que le dépaysement et l'indigence de son père marquaient durement.

Aussi loin que Fermin puisse penser, jamais Marinette n'avait accordé son attention à celui qui devait devenir, par surprise, son fiancé; elle était indifférente à cet être craintif, généralement oublié dans un coin du préau sombre où il cachait ses joues pâles et ses chaussures éculées. Par contre il ne se passait un jour que Marinette, la tapageuse, ne dut répliquer aux taquineries incessantes du joyeux Fermin.

Le tempérament spontané de la fille se prêtait au jeu du garçon. De ce fait, elle partageait souvent les punitions qui lui étaient infligées. Même quand il était au piquet, il saisissait l'instant où l'instituteur lui tournait le dos pour se livrer à quelque pantomime ou facétie qui mettait la classe en joie. Il y avait encore Fariolo avec eux. Fariolo, le bon camarade, le bon élève appliqué qui tempérait la pétulance de ce farceur de Fermin.

L'amitié des deux garçons était faite de coups et d'estime réciproque. Ils étaient chacun, cela va s'en dire, chef d'un camp se livrant en toutes occasions possibles des « batailles » mémorables. Si Fermin, trop turbulent, n'avait pas de fille à protéger, comme les « chevaliers » du temps jadis, que le maître racontait en feuilletant l'histoire, il n'en était pas de même pour Fariolo qui s'était attaché à Miréio.

Les jeux d'enfants les disaient « calignaïres » c'est-à-dire amoureux, car elle lui livrait ses petits secrets de rêves et de chansons qui devaient grandir aussi, se fortifier et prendre figures dans la réalité de la vie, comme autant de peintures de couleurs vives et de parfums délicats.

Un seul était assez hardi pour tourmenter Miréio protégée par Fariolo, c'était Fermin, bien sûr. Il le fit un jour, sans méchanceté, avec la rudesse joviale qui le faisait craindre de la plupart de ses camarades mais, il devait s'en souvenir !

Miréio portait à l'époque de grandes nattes tombant sur le dos, chacune d'elles était enjolivée d'un nœud de ruban rose qui maintenait la tresse. Cela se passa pendant une heure de classe. Mystérieux, trop placide, anormalement attentif à la leçon, Fermin, qui dès la fin de la première récréation ayant pris place derrière la « fiancée » de Fariolo tout à l'étude, se tenait coi. Rien n'avait transpiré de la conspiration, et, le garnement s'était mis à l'ouvrage sans attirer l'attention. La blague de Fermin - celui-ci étant soutenu par la complicité de quelques gars de son camp mis dans le secret - fut spontanément dénoncée par des rires mal étouffés et railleurs qui, rompant subitement l'attention des élèves, suspendirent la bataille de Bouvines sur les lèvres de l'instituteur. Fermin, avec son couteau de poche, toujours affûté, avait tranché une natte de Miréio au-dessus du ruban, ce qui donnait un effet comique à la coiffure de la fillette. Son geste fait et avant que ne soit repéré le perturbateur par l'instituteur outré, Fermin encore plus prompte que d'habitude, avait rejoint sa place. Il en resurgit discrètement, tout ébouriffé, le sang aux joues et un sourire innocent aux lèvres.

Ayant glissé furtivement le trophée dans son pupitre en désordre, il prit un air si parfaitement détaché qu'il se distingua plus sûrement dans le charivari qu'il avait déclenché. La brutalité du geste laissa Miréio atterrée.

Elle baissait la tête sous les regards des garçons du camp de Fermin qui l'humiliaient de leurs rires.

Marinette, par contre, était furieuse. Elle fit face au coupable qu'elle abreuva d'injures sonores malgré les vociférations du maître de classe indigné. Et, Fermin, un ineffable sourire au coin des lèvres, jouait à l'innocent dans une mimique expressive qui augmentait la gaieté bruyante des uns et la colère des autres. Fermin ne se rendit pas bien compte de la réelle indignation que son geste avait provoqué chez certains. Il n'en avait pas mesuré la portée.

Mais, plus qu'une plaisanterie, sa maladresse se traduisait, en conséquence, en provocation inédite à Fariolo : pour celui-ci Miréio n'était pas à toucher. Les deux garçons n'échangèrent qu'un regard : il était significatif. Fermin, toujours aussi discret, fit circuler un mot d'ordre. Hormis les deux chefs qui se réservaient, la classe était en effervescence : « Ça allait barder à la grande récréation ».

L'instituteur, dit « l'Ours », rarement averti des motifs exacts des querelles, n'arrivait pas à reprendre son assemblée en main. Marinette alla au piquet avec quelques autres et notamment le pusillanime Malfoutu qui préférait la résidence surveillée en classe aux aléas du champ de bataille en récréation. Personne n'était dupe de sa ruse, et, comme il rejoignait son coin, un garnement lui mêla les jambes dans un croc rapide et il s'étala de tout son long entre les travées. C'était là le moindre mal : il se releva, épousseta vaguement son tablier et rejoignit son refuge.

Quand enfin « l'Ours » excédé donna le signal de la récréation ce fut une ruée vers la sortie. Les gens de Fermin se regroupèrent autour de lui sous le préau. Ceux de Fariolo faisaient bloc vers l'entrée de l'école s'ouvrant sur le chemin menant au village.

D'ordinaire les grandes peignées étaient réservées pour le jeudi à l'entour de la tour sarrasine, au lieu-dit « Les Lunières », mais le coup droit porté à Fariolo ne souffrait aucun délai. Fermin avait mis son mouchoir à carreaux sur le front noué sur la nuque, à la « corsaire » et levait en bravade au-dessus de sa tête la natte coupée au ruban rose. Il riait à pleines dents. Miréio, pour qui avaient lieu ces préparatifs belliqueux, était demeurée près de la fenêtre de la classe contre la vitre de laquelle Marinette punie écrasait son nez et écarquillait les yeux pour mieux voir et ne rien perdre de la « guerrillotte ».

Cependant Fariolo avait fait dire à Fermin qu'il se battrait seul contre lui seul. La formule était nouvelle. Mais Fermin préférait une bonne bagarre générale qui sortait de l'ordinaire pour un jour de classe. Magnifique et burlesque, Fermin montra son derrière à l'envoyé de Fariolo, lâcha un vent sonore et l'illustra d'une légende à succès :

- Qu'il vienne donc couper celui-là à ras des fesses !

L'empoignade eut lieu sur cet incident au milieu de cris d'abordage et dans des tourbillons de poussière. Fariolo et Fermin furent bientôt aux prises. Alerté par le vacarme « l'Ours » remit ses lorgnons et sortit pour rétablir l'ordre. Mais Fariolo pas plus que son adversaire ne paraissait le voir et l'entendre.

Les deux garçons se battaient « pour de bon », ce n'était plus un jeu. Egalement courageux et robustes, ils alternaient les coups et les esquives avec la rudesse des hommes. Pas un cri ne leur échappait. Sur l'intervention de leur maître, les autres enfants avaient cessé le combat et ils gardaient soudain un silence grave devant l'âpreté du duel de leurs « chefs ».

L'événement les dépassait. Les rires s'étaient éteints. le vieux maître n'arrivait pas à séparer les deux garçons qui lui échappaient prestement pour s'empoigner plus loin avec plus de violence. Dans les yeux de Fermin se lisait l'étonnement de découvrir la colère froide de Fariolo. « L'Ours » prit le parti de faire rentrer la classe sans eux en leur promettant les plus sévères punitions. Fariolo, enfin, sentant l'adversaire à sa merci, se jeta sur lui, le prit à bras-le-corps et le précipita violemment à terre. Ses genoux pesant sur le ventre de son antagoniste, il le maintint solidement sous lui, et, d'une voix à peine essoufflée, il prévint :

- Je défends que l'on se joue de Miréio.

Et il se fit rendre la natte et le ruban.

Alors que Fermin, seul au milieu de la cour poussiéreuse se relevait lentement, Fariolo très droit, la chemise déchirée et grise de terre, faisait sa rentrée en classe.

- Sors… sors immédiatement, dit l'instituteur, furieux de ne pas avoir eu l'autorité de rétablir l'ordre. Sous les cris de celui-ci et les regards sidérés et admiratifs de ses camarades muets, Fariolo traversa la salle et remit à Miréio le ruban rose froissé : le « casus belli » de l'algarade.

- Voilà ! dit-il simplement. L'offense était lavée.

- Merci, Fariolo, dit-elle à mi-voix. Puis il rejoignit sa place et s'y tint debout les bras croisés. Malgré lui, le vieux maître était saisi par cette attitude. Il reprit d'une voix plus grave, comme à regret :

- Prends ton cartable et retourne chez toi !

- Bien, Monsieur.

Le nez en sang et un peu confus mais un sourire courant déjà sur ses lèvres, Fermin poussa la porte à son tour. Si curieux que cela puisse paraître, il ne sortait pas diminué de sa défaite. Le maître, par-dessus ses lorgnons, le regarda passer devant son estrade.

- C'est du joli de vous battre comme de petits vauriens... Toi aussi, Fermin, tu attendras chez toi la punition. J'aviserai moi-même vos parents.

L'un après l'autre les deux rebelles sortirent de la salle. Marinette, toujours au coin, lorgna par la vitre. Fermin et Fariolo, qui s'étaient attendus, prenaient ensemble le chemin du village. Bravement, en copains qui ont vidé une querelle, ils allaient sans rancune, songeant déjà à l'inévitable explication qu'ils devaient avoir avec leurs parents.

Depuis ce jour-là, Fermin, qui ne craignait ni Dieu ni Diable, se garda bien d'entreprendre quoi que ce soit contre Miréio. À vrai dire Fermin ne tirait aucune fierté de son exploit et il était trop droit pour conserver la plus petite mauvaise pensée vis-à-vis de Fariolo dont la supériorité venait d'être consacrée un peu plus dans leur société d'enfants.

L'année qui suivit cet incident, et qui était la dernière de leurs études à l'école du village, Agnès y fit son entrée chez les petits qui apprennent à se connaître dans une ronde ou une ritournelle. Et Fermin, entre deux parties de barre, de course ou de lutte, allait souvent rejoindre sa petite sœur. Lui, l'adolescent tout en force, prenait dans ses bras cette poupée délicate et tyrannique qui avait déjà conscience du pouvoir qu'elle exerçait sur son frère. Souvent, s'en revenant de l'école, il la mettait à califourchon sur ses épaules, le petit derrière reposant sur son cartable, et, dans de grands cris de pirate à l'abordage, il semait le désordre parmi ses camarades échelonnés sur le chemin.

Un jour, à quelques semaines des grandes vacances, un jour chaud du proche été aux orages courts et violents, Fermin, poursuivant, lui seul savait quelle aventure, avait laissé Agnès trottinant sur le chemin. L'orage creva brusquement au-dessus d'elle. La pluie tombait à seau, les éclairs zébraient le ciel obscurci. Le tonnerre faisait entendre la grosse voix du bon Dieu qui se fâche. Les enfants, ainsi qu'une volée de moineaux surpris par le méchant oiseleur, s'égaillèrent dans de grands cris, et, la pitchounette appelait en pleurant : « Attendez-moi ! Attendez-moi ! » Mais elle était seule comme prise au piège. Il lui semblait que toute la pluie qui la battait était pour elle. Alors elle eut peur. Elle courut sous la demi-nuit du ciel bas, elle tomba. La boue gluante et froide collait à son visage, la pénétrait tout entière, cependant qu'elle éprouvait une douleur au genou. Son cartable lui paraissait plus lourd, et sa robe glacée était plaquée sur son petit corps, elle s'appuya au remblai. Alors, les deux mains sur son visage, subissant la tourmente, elle sanglota sa détresse. Mais, un attardé courant la découvrit dans la grisaille. C'était Fariolo qui s'approcha d'elle et se baissa pour être à sa hauteur.

- Pourquoi, pleures-tu, petite Agnès ?

Sans attendre une réponse, au demeurant superflue, il la souleva et la posa sur ses épaules puis il prit sa course sous la pluie. Avec lui la fillette n'avait plus peur. Elle était fière et curieuse d'approcher Fariolo dont tous les grands parlaient. Après quelques minutes de silence, elle se pencha à son oreille :

- Est-ce vrai que tu es plus fort que Fermin ?

- As-tu froid ? demanda-t-il pour éviter une réponse délicate.

- Non, maintenant je n'ai plus aussi froid. En vérité elle ne pensait plus qu'à cela.

Elle reprit :

- Dis, Fariolo, que te ferait mon frère si je lui disais que c'est toi qui m'as fait tomber ?

Il lui jeta un regard rapide d'étonnement.

- Il dirait que tu mens et que tu es méchante... Et ce n'est pas beau de mentir ! Il n'y a rien de plus vilain.

- Tu n'as jamais menti, toi ?

- Je ne sais plus. Je ne m'en souviens plus.
- Moi aussi, je ne m'en souviendrai plus !

Agnès reposa sa jolie tête sur le cou du grand ami qu'il était devenu et lui demanda très doucement :

- Tu me porteras encore, dis ?

Il se mit à rire :

- Je me suis fait mal au genou ! minauda-t-elle pour se faire plaindre.
- Comme tu es une grande fille qui va à l'école, tu ne pleures plus !
- Tu n'as jamais pleuré, toi ? enchaîna-t-elle sur un ton égal, cependant que de ses yeux elle dessinait le profil du garçon courant.
- Certainement !... mais quand j'étais tout petit.

Elle était un peu déçue.

- Ah ! je croyais que tu n'avais jamais pleuré. C'est vilain de pleurer pour un garçon. Puis elle reposa à nouveau sa tête en promettant :
- Mais comme tu as été très gentil, je ne le répéterai à personne.

Elle était heureuse de garder un « secret » de Fariolo. C'est presque à regret qu'elle quitta ses épaules devant l'échoppe du cordonnier.

- Voilà Agnès, dit le sauveteur souriant devant le père, la mère et Fermin contrits qui se préparaient un peu tard à aller à sa rencontre. La petite regardait Fariolo avec de grands yeux graves.
- Nous commencions à nous faire bien du souci, dit le père, à cause de ce grand dadais de Fermin incapable de faire attention à sa sœur.
- Il ne pouvait pas savoir qu'il y aurait orage.
- Même s'il fait beau, il doit la raccompagner, puisqu'il va encore à l'école.
- Viens, ma petite, viens vite te changer, tu vas m'attraper mal, dit la mère.

Agnès s'approcha de Fariolo et lui fit sonner deux gros baisers sur les joues.

- Tu vas prendre quelque chose de chaud avant de partir, avisa le cordonnier à l'adresse du garçon.

- Non, il faut que je sois à la maison de bonne heure. Allez, au revoir. À demain, Fermin.

- À demain.

- Merci donc, pitchoun.

C'est de cet événement, sans doute, qu'est né l'amour d'Agnès pour Fariolo. Entre celui-ci et Fermin ce fut un souvenir parlant un peu plus à leur amitié. Ainsi qu'il en est habituellement de la plupart des écoles de village, la fin des études primaires n'apporte pas ce bouleversement total que connaissent en général ceux qui sortent des établissements similaires des grandes cités où les origines diverses des sujets font qu'ils se dispersent quasi immanquablement, brisant en leur pleine croissance les jeunes amitiés qui nous laissent tant de regrets.

Dans un village une génération se suit, hormis quelques exceptions dont on peut encore parler entre gens d'une même époque d'écoliers. L'école de la vie rustique que ces jeunes gens vivent ensemble dans la même trame du temps, dans les champs, où les petits métiers de leur communauté sont une suite harmonieuse et logique d'une société traditionnelle qui ne laisse aucun vide total autour d'eux.

L'entrée de Miréio au collège en Avignon fut certes un événement important ressenti surtout chez Fariolo et Marinette, mais il ne relâcha pas les liens qui les unissaient. Elle revenait parmi eux aux vacances, sans doute plus savante mais toujours aimable et modeste. Pour Fermin, qui demeura encore deux ans chez son père, sans trop savoir ce qu'il ferait de ses bras, le village lui offrit de nouvelles et nombreuses occasions d'émotions joyeuses et de blagues retentissantes, généralement accueillies avec indulgence et bonne humeur.

À Marinette, qui les lui retournait, il réservait les meilleures de son esprit fécond.

La chronique parlée du village conserve, parmi d'autres événements marquants de la commune, le souvenir d'une bien bonne que le lascar joua aux Fourlassou, c'est-à-dire indirectement à Marinette qui ne veut, par principe, ni devoir quoi que ce soit à quelqu'un, ni en conséquence demeurer en reste. Avec ses deux bœufs de labour, ses deux vaches laitières, Fourlassou possédait encore à cette époque une chèvre à la robe luisante noire et blanche dont les mamelles étaient gorgées de lait. Marinette - Fermin ne l'ignorant pas - veillait particulièrement à ce qu'il ne lui manquât rien.

La chèvre était en fait sa protégée.

Certain jour, Fermin s'avisa que la propriété des Fourlassou était fort accessible à la nuit tombée et le chien volontiers négligeant moyennant quelques flatteries d'approche et surtout l'offrande corruptive d'un os de bon poids.

Sitôt conçue, l'idée d'un coup de main fut exécutée. Suivi de trois lurons de son âge qui, comme lui n'avaient pas encore grand-chose à faire et qu'il laissa en témoins derrière la haie de clôture, il pénétra un soir, muni d'un seau en toile, dans l'étable des Fourlassou. Il alluma la faible lampe qui jeta une lueur jaune et paisible dans la vaste pièce.

Très à son aise, il commença à traire la chèvre impavide mâchant son pourboire de carottes. D'abord à genoux, une tétine dirigée sur lui, il but quelques gorgées à la régalade : ensuite il vida les mamelles gonflées dans son seau. Pour corser la farce et de crainte peut-être qu'elle ne passe inaperçue, il se saisit d'un tablier de taille en cretonne qu'il avait repéré pendouillant à un clou et en revêtit ostensiblement le dos de l'animal au ventre plein et aux mamelles plates. Sur cela, Fermin ressortit avec précaution et passant la clôture, rejoignit ses complices. Ils se payèrent ensemble une bonne pinte de rire et de lait, et, chacun de son côté, s'en fut au logis en augurant pour le jour qui allait poindre une belle chanson de

Fourlassou dont le refrain serait repris par tout le village et une colère bleue de Marinette.

Justin le Fada, qui n'était point chien de garde et qui dormait comme un sonneur dans la grange jouxtant l'étable, n'avait, évidemment, rien entendu.

Fourlassou, qui fut toujours aussi fort en gueule qu'il l'était en bras, jura par tous les diables qu'il écorcherait vif le mauvais plaisant qui s'introduisait chez lui, buvait le lait de sa chèvre et le payait en se moquant. Il termina « at home » ses imprécations véhémentes en allongeant un coup de pied à l'arrière-train de son chien qui avait négligé ses devoirs les plus élémentaires de gardien. Cependant que l'animal rudoyé se retirait en hurlant la queue basse, Fourlassou, non satisfait de s'être fait entendre des quidams pacifiques passant par le chemin, planta là tout ouvrage et s'en fut délibérément raconter sa mésaventure au bistrot, payant plus cher de tournées que n'en valait certes le lait de sa chèvre dont il n'avait nul besoin pour boucler son mois.

Une commère, qui allait au marchand de couleurs, passa et l'entendit, elle le dit à une autre qui allait à sa lessive, et de maillon en maillon la nouvelle fit la chaîne, tant et si bien que sur le midi tout le village en fit des gorges chaudes. À cette heure-là, Fourlassou déjà riait avec lui, car il n'était pas mauvais bougre… Après tout l'affaire était bien mince et ne valait pas un gendarme.

Cela n'étonna guère Marinette que le nom de Fermin fut avancé, d'abord sous le couvert, puis claironné à l'occasion de cette expédition. Ce ne pouvait être que lui, lui seul était assez effronté pour l'avoir entreprise.

Elle ne souffla mot à quiconque de ses projets de représailles, défit le tablier que la chèvre indifférente portait tout de guingois, en fit lessive, et le soir même ayant monté son affaire, elle fit le guet.

Fermin avait fait la blague, Fourlassou avait fait son jeu, mais Marinette n'avait rien dit. Le farceur ne se trouvait pas suffisamment payé de sa peine, car c'était la jeune fille en premier lieu qu'il aurait voulu voir exploser. Elle s'était tue, il n'avait donc pas mis la mesure. C'était un travail à moitié fait. Marinette, qui avait appris à le connaître, se douta bien qu'il ne resterait pas sur un demi-échec. De toute manière l'affaire valait d'être suivie, l'idéal fut qu'il fut puni par où il avait pêché.

De sa chambre, pour peu qu'elle y prêta attention, elle pouvait déceler tout bruit suspect. Elle eut la constance de tenir la veille, sans être sûre que le visiteur nocturne commettrait l'imprudence de renouveler son exploit la nuit suivante.

Deux fois, le bruit du vent ou quelque bête errante la fit se déplacer. Soudain, une heure avant minuit, elle ouït un bruit qu'elle identifia sur-le-champ comme étant le pas hésitant d'un homme dans la cour. Elle chaussa prestement ses pantoufles, et ouvrit avec précaution sur le clair de lune une porte donnant derrière la ferme, et, de là, grimpant par une échelle de bois, dégagea l'issue étroite du palier de la soupente et se glissa sans plus de bruit jusqu'à son point d'observation et d'attaque.

Tout avait été mis au point. La chèvre, attachée à un montant de bois se trouvait être juste en dessous d'elle, et Marinette tenait à ses côtés un seau de purin rempli à ras bord. Ce sacré Fermin se laissait jouer comme un innocent, et, s'apprêtait à renouveler son exploit. Il y avait mis certes plus de prudence, mais il était venu. Marinette sur son perchoir ne bougeait pas plus que le Lubéron sous le mistral. D'en haut, elle suivait le manège du jeune homme. Elle prenait son temps, guettant, immobile, le moment le plus favorable. Fermin, après avoir jeté un regard circulaire qui le rassura, se mit rapidement à la besogne.

Les bœufs et les vaches l'avaient regardé, la chèvre avait bégueté doucement, alors Fermin lui avait fourré sous le nez sa ration de carottes. Il se trouvait maintenant plus à son aise.

L'affaire était à moitié dans le sac. Il fit comme chez lui et se prit à dire à mi-voix :

- Ils ne penseront jamais que je puisse oser venir deux fois de suite… Fourlassou aura une crise…

Il se mit à sourire en s'agenouillant. Marinette sourit de même.

- Oui, mon lourdaud, fit-elle tout bas.

- Il faut faire vite, soliloqua encore Fermin.

- C'est ça, dépêchons-nous, lui répondit mentalement Marinette. Je m'ankylose, j'ai sommeil et je veux rire à mon tour.

Fermin, à genoux, répéta le même geste que la veille et se saisit d'une tétine, entrouvrit la bouche et c'est au moment où le lait jaillit d'entre ses doigts et qu'il lui montrait la face qu'elle retourna d'un seul coup son récipient. Il eut juste le temps d'apercevoir Marinette à l'instant du geste vengeur. Fermin, inondé et puant, bondit vers la sortie. La chèvre surprise, interrompit sa collation providentielle. Mis soudain en humeur, le gardien, par la retraite précipitée de Fermin, le chien lui courut furieusement aux trousses en donnant de la voix. Le père Fourlassou, tiré de son sommeil par le tapage, apparut en caleçons longs au seuil de la porte, juste à temps pour voir le farceur sautant lestement la barrière, le molosse près de ses mollets. La deuxième partie de l'affaire publiée de la même manière que la première eut au moins autant de succès. Fermin toujours d'humeur égale riait avec les autres :

- Je lui rendrai son seau de purin à Marinette.

- Qu'il me rende le lait de ma chèvre et nous serons quittes, lui fit-elle répondre.

Et le temps de ces histoires passa de même. Fermin goûta à sa première cigarette, s'en fut à son premier bal « Chez Fraissin », vola son premier baiser. Il serait trop long de rapporter les faits marquants de cette nouvelle période de découvertes où les boutons de l'adolescence « qui se travaille » font place au léger duvet au menton que les apprentis hommes, forçant leur âge, se rasent joyeusement.

Les parents qui ont mené durement leur vie et qui sentent déjà que leurs bras tombent plus souvent de fatigue, regardent avec orgueil et inquiétude ceux qui bientôt les relayeront à la tâche. Petit à petit, ils relâchent la bride à la jeunesse fougueuse, au fur et à mesure que celle-ci se rend compte que la liberté qui leur est laissée un peu plus chaque jour répond à une nécessité et demeure tributaire de vaillance et d'équilibre.

Les yeux de Fermin se sont ouverts soudain en songeant à la chance qu'il a laissée passer peut-être en ne déclarant pas assez tôt l'amour qu'il voue à Marinette, parce que son sentiment ne s'est révélé qu'au moment brutal où il apprit que la jeune fille avait déjà engagé son cœur. Il sait qu'il ne peut s'en prendre qu'à lui-même parce qu'il fut imprudent et surtout insouciant : il n'attendait de la vie que de belles choses. Mais il a pour lui sa jeunesse. Il est jeune superbement, avec force, avec optimisme. Aucun calcul n'a de prise sur lui, il n'est pas l'homme des préméditations, voire des précautions élémentaires.

Certains vieux qui ne savent plus se rappeler leurs vingt ans, ou qui tirent vanité d'une expérience personnelle qu'ils veulent transposer intégralement à leurs descendants, font de ceux-ci des sceptiques précoces ou des révoltés. Fermin est de son temps, et ces vieillards le regardent avec méfiance. Mais, ceux-là qui ont le courage de leurs cheveux blancs vénérables, par la certitude qu'ils ont que leur vie fut utile, et par conséquent, savent sourire à la jeunesse de Fermin que l'hypocrisie ou la paresse n'ont pas dévoyé. Ils voient qu'il est fort pleinement et capable d'abattre, comme eux naguère, les obstacles dans des combats incessants qui font et feront de lui l'honnête homme mais non le mouton résigné quand il s'éveillera à la dure réalité de l'existence. Fermin fut un turbulent aux yeux des timorés et des envieux incapables. En réalité il ne fut pas un petit vieux précoce dont l'éducation a été confiée à de vieilles filles bavardes et tortueuses. Il a vécu tout son saoul de sa jeunesse.

Il ne connaissait des filles que le sens superficiel que les très jeunes gens sains y attachent : beaucoup de mots, quelquefois malpolis, des gestes faciles, parfois bénins mais grossis.

La femme lui fut révélée sur un incident banal par des gens comme lui jeunes et dont la prétention était de « savoir », en réalité eux qui n'étaient pas aussi hardis que lui, le poussèrent à l'aventure sous le couvert d'un pari.

L'histoire, en ses préliminaires, se situe au temps où le vieux forgeron allait faire la rencontre providentielle de son gendre. La Marthe, sa fille, logeait au premier étage de la forge dans une chambre marquée par un volet vert plein donnant sur le derrière de la maison. Devant cette fenêtre était un saule : il y est toujours, et, appuyée à cet arbre aux branches souples, une échelle de bois qui affrontait, apparemment sans usage, toutes les intempéries. L'échelle était l'accessoire indispensable dans le décor de l'aventure, c'est elle qui en donna l'idée, sans elle, elle n'aurait pu être. Personne ne s'était posé la question de savoir ce qu'en avait fait ou ce qu'en faisait le forgeron. En vérité, celui-ci n'aurait su dire comment elle était là, pourquoi elle y était et d'où lui en venait l'héritage. Foi d'honnête homme dans toute sa vie de forgeron il n'avait eu besoin d'échelle… Et pourtant ce meuble rustique attendait quelque chose !

La Marthe y avait peut-être pensé, elle qui la voyait de sa fenêtre, car tout un chacun, surtout les filles, a entendu parler de cette échelle de corde, voire de soie qui servit de tout temps, sous différentes formes, aux galants pour escalader le cœur de leurs belles esseulées…

Les soirs d'été, quand la fraîcheur tombe sous les étoiles, les jeunes gens sortent par les rues, ou par la campagne quand ils font couples. Par un de ces soirs-là, Fermin passa devant la maison du forgeron sous la fenêtre de la Marthe. Il était flanqué de trois acolytes attachés à sa fortune depuis les bancs de l'école.

Plus que par des faits authentiques, on s'apercevait que la Marthe, qui commençait à monter en graine, regardait par en dessous les jeunes garçons qui trouvent la vie belle.

- Elle en veut ! disaient-ils entre eux en rigolant avec des clins d'œil entendus.

La Marthe était d'une nature effacée, on la disait sournoise. Elle était sans charme apparent. Elle avait un nez pointu à piquer les olives et des cheveux lisses et noirs comme les ailes d'une corneille et qu'elle tirait sans goût sur la nuque en un chignon volumineux. Sa poitrine triste et ses fesses pointues complétaient un personnage qui n'était point tourné certes pour caresser l'œil et soulever la passion. Ce n'était donc pas une beauté, tant s'en faut ! mais les jeunes mâles sentaient par instinct la chaleur de son tempérament d'enfer. Cela était grandement suffisant, à l'occasion, pour apaiser une fringale, car bien que les statistiques révèlent un excédent permanent de filles sur les garçons, l'offre a de tout temps dépassé la demande.

Le père de la Marthe avait d'autant plus de principes qu'il devinait le péril qui menaçait l'honneur de son nom.

Il surveillait sa fille de près, mais il dormait comme un loir sitôt la nuit venue. Or, de tout temps, la nuit appartient aux galants et aux voleurs, sauf exceptions notables. Enfin, et surtout, il n'enleva pas l'échelle : il est des précautions élémentaires auxquelles on ne pense jamais. Sans doute parce qu'il avait pris l'habitude de la voir et qu'il n'eut jamais l'idée ou l'occasion de s'en servir lui-même, ce qui lui aurait rappelé à quoi elle aurait pu être utilisée. Et l'échelle était toujours là, immobile et se devinant encore dans la pénombre, quand Fermin et ses trois compagnons vinrent à passer.

Un de ceux-ci avait dit :

- Je parie, Fermin, que tu n'as pas le « courage » de monter chez « elle ».

- Le père dort. La Marthe ne dort pas, il y a un rai de lumière sous le volet !

- Allez-y donc pour voir si vous ne manquez pas de courage vous-mêmes !

Voilà ce qu'il aurait pu dire s'il n'avait pas été Fermin, celui à qui, depuis toujours, on avait demandé le plus d'audace, celui surtout qui avait accoutumé les autres à le suivre dans des « coups » retentissants. Mais, sur la suggestion de ses compagnons, il se tut. Ceux-ci s'étonnèrent. Pour la première fois, il lui était présenté une affaire qui ne lui serait pas pardonnée si elle tournait mal. Si la fille se rebellait, ce n'était pas une blague, mais un délit. D'autre part, cependant, le danger l'attirait et sa réputation de risque-tout était en jeu. Il accepta l'entreprise.

Sans plus hésiter, il sauta le mur bas, appuya l'échelle à la façade, sous la fenêtre de la fille du forgeron, puis il gravit en souplesse les échelons pour toquer au volet. Au bout d'un court instant, une voix étonnée et prudente répondit. Il lança alors un mot de passe :

- Fermin !...

C'était le bon ! Le volet s'entrouvrit et la fille se montra. Elle eut un mouvement de recul de le voir si près d'elle. Sans bruit, Fermin rabattit complètement le volet et dit brièvement :

- Je voulais te dire quelque chose !

- À moi ? dit-elle, rendue stupide par l'événement.

- À qui veux-tu ?

Elle jeta un regard rapide de furet dans la nuit. Les témoins spectateurs baissèrent la tête.

- Entre donc... Fais doucement le père dort...

Il enleva ses chaussures qu'elle prit et le volet se referma tout bonnement sur eux tandis que les trois lurons désappointés par la facilité de l'expédition et l'escamotage de la scène, n'eurent certes rien de mieux à faire que d'attendre encore quelques instants, puis de s'en revenir mollement vers le village.

Cependant, quand le volet fut refermé sur Fermin et la Marthe, celle-ci lui demanda d'une voix plus basse en s'appuyant à la commode :

- Que veux-tu me dire ?

- Marthe !...

Et il fit un pas vers elle. Le préambule était suffisant. Tout se passa bien, trop bien pour lui. La Marthe ignorante bien sûr du complot, se défendit à peine : le fruit était bogué, Fermin n'eut qu'à le prendre.

Le jeune homme ne tira aucune vanité de son succès, il en eut certainement enregistré d'autres plus agréables et plus flatteurs, si vraiment il s'en fut donné la peine. Son escalade réussie fit le tour du village, tambourinée qu'elle fut par les trois camarades de Fermin. En fait, ce bon Fermin était fait comme un rat, car, dès lors, sur les instances pressantes de sa maîtresse, il l'allait rejoindre deux ou trois fois par semaine à nuit close, et l'obligation devint une habitude de détente, mais plus encore une servitude de charité.

Cette liaison quelconque eût demeuré certainement dans une uniformité banale si certain soir qu'il était à besogner la Marthe, une équipe de lurons ne s'était avisée de leur enlever l'échelle que Fermin avait laissée sous la fenêtre de sa maîtresse pour lui permettre au moment venu de repartir aussi discrètement qu'il était venu. Quand donc le moment de la retraite vint, le volet, minutieusement huilé, s'ouvrit sur le vide.

Fermin et la Marthe restèrent quelques secondes sans comprendre dans l'embrasure de la fenêtre. Puis ils s'efforcèrent de percer l'obscurité et le silence : rien, pas d'échelle, pas de bruit. Les responsables se tenaient cois et les observaient.

La situation du couple était délicate. Les rustauds, tapis dans l'ombre, ne s'en rendaient pas compte, du moins ceux qui n'enviaient pas leur camarade et ne voyaient qu'une blague de plus. Fermin ne pouvait pas attendre le jour, ni non plus songer à passer par le rez-de-chaussée où il aurait dû, pour ce faire, traverser la chambre du vieux forgeron. Celui-ci, bien que dormant profondément, n'aurait pas manqué d'être réveillé par le bruit du noctambule au milieu d'une multitude d'objets hétéroclites encombrant la pièce plongée dans le noir.

La seule solution restait bien la fenêtre sans l'échelle qui avait la position des nuits chastes, appuyée qu'elle était au saule. Celui-ci présentait vaguement ses branches trop souples à peu de distance de la fenêtre.

La lumière jaune de la chambre de Marthe en éclairait les pointes. Là était la seule voie de salut avec ses aléas. Sous les yeux angoissés de la fille, Fermin monta sur l'appui de la fenêtre, mesura son élan au jugé et, dans le saut qu'il effectua, s'accrocha à des branches tandis que d'autres lui fouettaient et griffaient le visage. Sa chute fut à peine amortie. Par bonheur, il n'eut qu'une cheville foulée. Un chien errant, affolé par la chute incongrue de cet aérolithe, bondit sur lui et le mordit au bras.

Fermin trouva à portée de sa main une brique creuse dont il se saisit pour meurtrir le museau de la bête qui prit sa fuite en hurlant. Fermin, haletant, s'immobilisa derrière l'arbre, car du bruit se fit entendre dans la maison. La Marthe avait éteint et fermé son volet : elle faisait la dormeuse. Devant la tournure prise par l'affaire, les garnements du complot, n'osant pas affronter Fermin, se dispersèrent sans lui venir en aide. Le corsaire, qui avait entendu leurs chuchotements et leur fuite, se jura bien de les punir. Il n'eut de cesse avant qu'il eût trouvé un d'entre eux. Le mauvais sort tomba sur François, le fils du boulanger, un brave petit gars sans malice, qui ne devait pas oublier la correction magistrale qui lui fut appliquée.

Jusqu'alors, les souvenirs de Fermin s'étaient maintenus sur un même plan dans le temps. Ils étaient restés immobiles comme son cœur. Rien ne les avait atteints, car lui n'avait pas vu sa croissance. Son esprit n'avait pas suivi les gens de son âge qui en étaient aux amours et avaient pris conscience de l'évolution de leur personne physique. Leur jeunesse était devenue une perspective, une harmonie de vies successives qui, partant de leur passé étroit en souvenirs, s'élargit pleinement dans le présent.

À la surprenante nouvelle des fiançailles de Marinette, Fermin s'était soudain aperçu qu'il l'aimait, que ses chances étaient compromises. Les souvenirs communs à tous deux, qui étaient jusqu'alors, précieux à son seul subconscient, le sont devenus brusquement à son cœur et à son esprit. Ils ont maintenant un âge différent, une hiérarchie, une puissance. À cette découverte brutale d'un passé ayant une valeur, Fermin avait sacrifié la Marthe, soudain dressée dans sa mémoire du cœur comme un obstacle à son amour pour la « chatto » des Fourlassou. Il a rompu aussitôt avec l'habitude et la pitié. Il se veut net, libéré d'un train-train peu reluisant par ce petit matin dont il a vu l'aube éclore au levant.

Ses pensées l'ont tenu accoudé à la fenêtre depuis la nuit silencieuse jusqu'au premier rayon de soleil qui a éveillé les premiers bruits. Le serein est tombé sur ses épaules nues, aux muscles débordants, il n'y a pris garde : il ne sent rien.

Agnès l'a appelé de bonne heure dans sa chambre pour faire la causette. Un moment, la gentillesse et la vivacité de sa jeune sœur l'ont distrait, puis il est revenu à la réalité avec son lourd bagage de méditations, au milieu de ses souvenirs précieux et chauds… Il parlera à Marinette, il l'obligera à refaire avec lui le chemin enchanté qu'il a refait en solitaire pendant des heures, face à la nuit. Il lui paraît, dès lors, inconcevable que ces liens communs, qui lui sont devenus visibles, ne la surprennent pas par leur autorité et leur logique.

Marinette doit être et sera sa femme. Elle sera sienne et non pas à cet incapable qu'elle s'est découvert comme promis. « Il y a maldonne. Je ne fais pas le mort. » Voilà ce que Fermin se dit en conclusion.

Les fiancés, Marinette et Luigi, en sont à leur troisième dimanche de « calignaïres » et les gens du village commencent à se faire à leur rapprochement. À force d'ingéniosité vestimentaire, elle lui a déjà donné une apparence plus acceptable. Enfin, l'amour providentiel qu'il a forcé et la sollicitude dont il est l'objet font au promis un visage moins ingrat, plus ouvert, sinon plus avenant, avec encore, bien entendu, un peu de cet effarement dans les yeux quand il croit lire dans ceux des passants l'étonnement parfois ironique qui interroge sa bonne fortune.

Marinette, cependant, se rend compte que ce silence autour d'eux, cette neutralité que son cran lui a gagné, est un édifice bien fragile encore.

Elle sait encore que Luigi vit de la crainte perpétuelle que ses fiançailles n'éveillent à chaque instant quelque lointaine persécution de la part de Fermin. Or, Fermin est du village, elle le sait. Gagner le « corsaire » serait en fait mettre de son côté l'élément le plus vif, donc le plus à craindre de la jeunesse du pays. Elle sait, autant par expérience que par intuition, que Fermin est un garçon généreux et qu'il serait malaisé à quiconque de prétendre que leurs perpétuelles discussions ne sont pas faites d'une vieille habitude et d'estime réciproque. Ne lui suffirait-il pas de dire à Fermin :

« Je suis fiancée à Luigi », et de lui faire comprendre que tous deux ont besoin de son amitié ? Elle est persuadée qu'il aura un grand sourire et lancera une grosse blague qui mettra en confiance son amoureux bien mal préparé à son rôle de vedette... Il ne lui viendrait certes pas à l'esprit que Fermin pourrait soudain se croire lésé par son alliance avec Luigi.

Marinette, selon son habitude, ira au-devant de la première occasion. L'heure de la grand'messe est venue. Attifé au mieux, non averti des projets de Marinette, Luigi, lui donnant le bras, montre un visage net de toute appréhension. Qu'aurait-il répondu si elle lui avait dit :

- Cherchons Fermin et disons-lui nous-mêmes où nous en sommes tous les deux ?

- Non, il vaut mieux l'ignorer. Évitons-le. C'est un malappris !... Voilà la réponse approximative qu'elle s'attendait à recevoir. Il se décomposerait et tout peut-être serait à refaire : il a un complexe qu'il faut surprendre.

La place de l'église est déjà peuplée. Des hommes cravatés et en veste discutent par petits groupes. Des femmes, tirant leurs mioches, gravissent les marches du parvis. De vieilles femmes en noir font également leur entrée pour être en avance d'un chapelet et s'asseoir aux bonnes places. Les jeunes filles parfumées et vêtues de choses vaporeuses font corbeille sous les arbres de la place. Les jeunes garçons, pour la plupart accoutrés de dimanche, les lorgnent et lancent entre eux de grosses plaisanteries. La Marthe, solitaire, fait une entrée pincée. Fourlassou, en casquette et souliers vernis craquants, fume déjà son cigare et parle récolte.

Marinette, cependant, n'a pas à attendre bien longtemps. Fermin, donnant le bras à Agnès, arrive lentement, s'arrêtant parfois pour répondre aux amis. Avant qu'il ne soit trop entouré, elle s'approche de lui le plus naturellement du monde en entraînant le Malfoutu. Le bras de celui-ci se crispe un instant sous le sien : elle sent la peur maladive du malheureux revenir à fleur de peau. Elle n'en a cure. Luigi se rend compte sur-le-champ qu'il n'a sans doute pas assez dormi et qu'il aurait dû manger un morceau pour soutenir son estomac.

- Tiens, Fermin, au pays ? aborde Marinette.

- Tu ne le savais pas ?

Il la regarde en fermant les yeux à demi et il ajoute :

- Je te trouve mauvaise mine, et, ma parole, tu as maigri... tu ne te sens pas bien ?

- Je vais très bien... jamais je ne me suis aussi bien portée... Et toi, que deviens-tu ?

- Que veux-tu que je devienne ? Je reste Fermin !

Elle le trouve curieux, avec une malice plus en dedans, un sourire moins droit, plus crispé peut-être. Plutôt par habitude qu'avec intention, elle lui dit en pointe :

- L'air du pays ne te convient plus, compère, c'est toi qui es fatigué… Aurais-tu mal dormi ?

Il prend son souffle pour répondre :

- Il arrive un jour où l'on se dit à soi-même : « Pense à ce que tu as fait. Pense à ce que tu aurais dû faire. Pense à ce que tu feras. » Cette nuit, ça m'a pris : j'ai pensé… Il y a quelque chose que j'ai cherché à comprendre, je sais maintenant que je ne comprendrai jamais…

- Alors, il aurait mieux valu que tu dormes, interrompit-elle doucement.

Il poursuit :

- Mais pour savoir ce que je dois faire sans comprendre les autres, je le sais maintenant.

- Fermin pense ! c'est bien la première fois, sans doute.

- Peut-être !

- Mais… à quoi pensais-tu ? Qu'est-ce que tu ne comprends pas ?…

Qu'est-ce que tu veux faire ? Raconte… Raconte…

- Avant de chercher à savoir ce que les autres ont dans la tête, il faut d'abord savoir ce qui se passe dans la sienne. Es-tu certaine que tu as sacrifié une seule nuit à réfléchir sur toi-même ?

Subjugué, les genoux serrés, Luigi ne pipe mot : il n'en est pas au soir des noces !

Fermin ne l'a pas gratifié d'un seul regard. Il est même le seul sur la place que les yeux de Fermin ont ignoré. Là est encore le moindre mal, mais le ton du dialogue ne lui dit rien qui vaille. La mignonne Agnès, qui a « l'orgueil » de son frère, observe le Malfoutu tout à son aise et contient le mieux possible le sourire rentré qu'elle esquisse du coin des lèvres.

Son rôle, de même que celui de Luigi, est de se taire : place est faite aux perpétuels antagonistes. Cependant, bien qu'étonnée, Marinette ne se démonte pas de l'accueil déconcertant que lui fait le « corsaire », mais, par une instinctive prudence, elle change le dialogue dans l'idée de remettre à plus tard la demande qu'elle a l'intention de lui faire.

- Ainsi, tu vas à la messe avec ta sœur?

- Ce n'est pas la première fois... C'est même comme d'habitude... fait-il sur le même ton ambigu.

- Si tu n'es pas trop occupé, peut-on te voir dans la journée?

- Tu tombes juste. J'avais l'intention d'aller chez toi...

Tu me verras, Marinette, et nous causerons.

- Mon père sera content de te voir.

- Et ta mère aussi? dit-il, ironique. Elle sourit :

- Bien sûr!

- Et toi donc?

Elle élude la question malicieusement en ajoutant un peu vite :

- Ne viens pas trop tard. Mon fiancé et moi partons nous promener de bonne heure.

Il ignora le mot lâché et dit, faussement distrait :

- Ton père est un brave homme... et ta mère aussi!

Elle n'a aucune prise sur lui aujourd'hui, alors, un peu impatientée, elle coupe :

- Ça va être l'heure de la messe... Nous entrons ensemble?

C'est alors que Fermin paraît se réveiller. Un sourire moqueur glissant sur ses lèvres, il toise le Malfoutu :

- Tiens, te voilà, toi? Je ne t'avais pas vu derrière Marinette!...

Celle-ci fait front aussitôt. Elle avait attendu quelque chose de Fermin et celui-ci le sait. Il a beau jeu car elle ignore où il veut en venir. Comme il n'ajoute rien, c'est elle qui précise, un brin agressive :

- Sais-tu que Luigi et moi sommes fiancés?

- On le dit. Il est évasif et sans curiosité apparente.

- Et c'est vrai!

Il demeure placide :

- S'il fallait croire tout ce qui se dit, où irions-nous?

- Cela ne se voit pas?

- Cela dépend comment on le voit.
- C'est moi qui te le dis.
- Voyons, Marinette Fourlassou... si je te disais : « Je suis évêque », me croirais-tu ?
- Tu blagues toujours, même quand il ne le faut pas !

Elle a dit cela sans s'animer, essayant d'être aussi calme qu'il le paraît. Car, comprenant de moins en moins ce qui se passe en lui, elle n'ose le brusquer.

- Je sais répondre aux plaisanteries. Tu me dis : « Je suis fiancée au Malfoutu... »
- Luigi Gastaldi... Môssieu !
- Ou encore Sébastopol... Je sais... Et moi je t'affirme que je suis évêque : il n'y a pas davantage de raisons, si nous nous comprenons bien, qu'on ne soit pas persuadés l'un et l'autre que c'est vrai. Il ajoute alors en montant d'un ton : mais ce qui m'étonne, c'est que Luigi, lui, le croit... Il faudrait, peut-être, quand on lance un conte, pouvoir l'arrêter, parce qu'au village il y a des simplets qui jureront que je suis évêque et que toi, Marinette, tu as comme promis Luigi Gastaldi Sébastopol le Malfoutu !

Les deux jeunes gens étaient maintenant dressés l'un contre l'autre.

- Mon fiancé, Fermin, je ne veux pas qu'on l'insulte !

Le ton de la jeune fille oblige Sébastopol à quelque velléité de défense :

- Je m'appelle Luigi Gastaldi... C'est suffisant !
- Pour qui s'en contente, réplique Fermin d'une voix sourde.

Agnès fronce les sourcils d'inquiétude et tire un peu sur le bras de son frère, mais celui-ci, détendu, se retourne de l'avorton bafouillant et rétorque à Marinette :

- Non, Marinette, je ne l'insulte pas. Je dis ce que tout le village pense et ne te dit pas en face : tu le sais !

Elle devine derrière les paroles du « corsaire » une tristesse qui contient de la colère. Elle temporise, ce soir elle aura le fin mot de l'énigme, et, seule avec lui, elle pourra lui demander ce qu'elle entend qu'il devienne pour elle et son fiancé. Il est impossible que ce bon camarade malicieux soit devenu soudain méchant. Elle glisse d'une voix de reproche, sans acrimonie :

- Heureusement que Luigi n'est pas comme toi et qu'il te connaît depuis longtemps. Il en aurait à te dire !

Fermin pince les lèvres avec ironie et réplique :

- Je ne demande qu'à causer... Mais ton fiancé « pour de rire » - reconnais-le - n'a jamais eu beaucoup de conversation...

Marinette, une fois encore, change le thème d'une discussion qui ne saurait être à l'avantage de Luigi. Sur un ton qu'elle veut badin, elle pose une question qui n'est depuis belle lurette qu'un secret de Polichinelle, mais qui aujourd'hui ne peut prendre Fermin qu'à contre-poil :

- As-tu vu la Marthe, celle que l'on ne voit que la nuit?

- Pourquoi dis-tu cela?... Peut-être trouves-tu au forgeron une franche gueule de cocu?... C'est possible !...

Mais il n'est pas et ne sera pas le seul... Il en est de tous, qu'ils soient forgerons ou bons à rien... des gros, des grands, des petits, des maigres, des mal foutus... Ça le console !

- Passons pour la Marthe, mais il est plus facile en général de prêter des cornes à quelqu'un que de lui en faire porter !...

- Rassure-toi pour le forgeron, glisse Fermin, je crois que de longtemps sa femme ne dormira pas sans lui !... Si elle le fait un jour, ce ne sera pas avec le même... Foi de Fermin !

- Ah?

- Non !

- Depuis quand?... C'est tout neuf, l'ami !

- Depuis que je suis évêque et que tu veux me faire croire que tu es fiancée.

- Alors il n'y a pas longtemps.

- Oui. Mais ça, c'est vrai... La messe !

- Quoi, la messe?

- La messe va commencer.
- Bon… Et bien ! Fermin, au revoir…

Agnès et la fille Fourlassou échangent un demi-sourire, et les deux couples se séparent.

- À cet après-midi, Marinette, rappelle Fermin.
- Ne viens pas trop tard.

Les deux couples, se suivant à peu de distance, s'acheminent comme un cortège nuptial vers l'entrée de l'église dont l'harmonium se fait déjà entendre.

Agnès, alors, dit à mi-voix :

- Fermin… tu es amoureux !

Il la fixe, presque surpris, puis gêné par le regard interrogateur de sa jeune sœur. Il se tait. Elle insiste affectueusement :

- Je ne me trompe pas, n'est-ce pas ?
- C'est vrai, j'aime Marinette ! avoue-t-il un peu brusquement.
- C'est curieux ! apprécie-t-elle.
- Possible !
- N'as-tu pas l'impression que tu viens un peu tard ?
- Marinette me le dira ce soir. Il n'est jamais trop tard.

À l'« *ite missa est* », après l'envolée hurlante des drôles, ce sont les hommes qui sortent ensuite parce qu'ils se tiennent en général dans le fond mal éclairé de l'église, ce qui leur permet d'être les derniers à entrer et les premiers à sortir, puis à leur tour les jeunes gens, ceux de la nef et ceux du chœur passent le porche, amenant un peu avec eux l'odeur de la cire et de l'encens. Les vieilles personnes fragiles, pour ne pas être prises dans la cohue de la jeunesse toute-puissante, disent encore quelques *ave* et quelques *pater* devant l'autel où la veilleuse rouge dit la présence du Divin. À leur âge, si près du Paradis et déjà éloignées des affaires de ce monde, le dimanche est le jour où le ciel se gagne un peu plus sans trop de peine. Les vieux, enfin, quittent les bancs patinés du sanctuaire pour aller s'asseoir, à l'ombre, sur ceux de l'Esplanade où les joueurs de pétanque en manche de chemise vont s'en donner jusqu'à l'heure du pastis bien frais dont l'eau se puise à la fontaine.

À la sortie de la grand'messe, dans un joyeux brouhaha parfumé, les gens sortent de l'église, se regroupent par chapelle, par confrérie : coterie de demoiselles à marier, clan des garçons, couples constitués, chantres de bistrot et, en coin, le groupe noir inquisiteur des commères faisant procès de leurs concitoyens en jugements sommaires.

D'ordinaire, Fermin le boute-en-train sait retenir près de lui quelques amis. Lui et Agnès sont très entourés, mais il n'est vraiment pas en forme et Miréio donnant le bras à Charles peuvent s'approcher de lui sans avoir à rompre l'habituelle compagnie de gais compagnons dont il demeure le chef de file.

Il accueille les fiancés avec cordialité :

- Té !... Voilà nos amoureux ! dit-il en manière de bonjour.

- Comment vas-tu, corsaire ?

- Ça va !... Ça va !... Miréio, ça va. Alors, Charles, votre départ approche ?

- Hélas, oui !

- Pourquoi nous le rappelles-tu ? reproche la jeune fille dans un faible sourire à son fiancé.

- Une petite quinzaine encore et je retrouve Paris.

- Et tu me laisses !

- Pour peu de temps, je l'espère.

- À Paris, il est de si jolies filles qu'en peu de temps il peut s'y passer tant de choses !

- Et, pardi ! plaisante Fermin, les Parisiens sont venus prendre les jolies filles dans notre pays... Que penses-tu que Charles soit venu chercher ici ?... C'est sous notre soleil que sont les plus belles femmes !

- Nous vous en laissons bien quelques-unes encore ! remarque galamment l'étudiant à l'intention de la petite Agnès rougissante qui n'en réplique pas moins :

- Oh ! moi, je resterai en Provence… Si je dois me marier, ce sera au village !

- Tu n'en sais rien, lui dit son frère en soulevant les épaules.

- Et puis… j'ai le temps !

- Voilà qui est mieux parlé, coupe Fermin qui demande encore à Lesueur :

- Quand pensez-vous revenir ?

- Pour la Noël, je l'espère… Ce sera la première fois que je ne serai pas avec mes parents pour les fêtes.

- À moins qu'ils n'acceptent de venir jusqu'ici ! dit Miréio.

- Paris est leur univers, ils sont indéracinables… À moins que tu ne consentes toi-même à venir parmi nous !

- Je ne ferais pas cette peine à mes parents… C'est moi qui monte la crèche et pose les guirlandes et les étoiles depuis toujours… et ils sont si jolis, si près de la vérité, nos Noëls de Provence !

Fermin relève :

- Quand vous serez mariés, Miréio, tu feras tes Noëls chez vous, à Paris.

- Voir « corsaire ». Nous irons au mieux. N'est-ce pas, Charles ? La Nativité, fête sacrée, dans un pays prédestiné, en Provence, et le Nouvel An, fête profane, à Paris. Voilà qui serait l'idéal et de bonne justice.

- Bien sûr, chérie !

- Et puis l'été, au moment des congés, nous serons au village !

- Comme des estivants ! achève Fermin en riant.

- Non, Monsieur le corsaire, nous y passerons régulièrement tous les beaux jours et quelques fêtes… Nous ferons construire un mas à côté du « vieux » Paradou natal. N'est-ce pas, mon Charles ?

- Oui, nous l'avons décidé ainsi… Nous nous refusons à être des « étrangers » pour le pays ! décrète en souriant le jeune homme.

- Me renierais-tu, compagnon? achève Mireille sur le même ton.

- Étant le mari de Miréio, on vous adoptera même sans accent. Mais il faudra vous y faire. On peut devenir Parisien, mais pour devenir Provençal, c'est plus difficile !

- Ne le suis-je pas déjà un peu, par Miréio que je vais marier, par la maison que nous y ferons bâtir, et par tout ce qui peut nous arriver d'heureux à nous deux ?

Les jeunes fiancés échangèrent un doux regard. Miréio alors lui pose un doigt sur les lèvres et dit à mi-voix :

- Il a été bien entendu entre nous que nous ne ferons pas de projets trop à l'avance !

- Chérie superstitieuse.

- Je vous dis donc au revoir, Charles… À la Noël, je ne vous verrai certainement plus d'ici là. Miréio, à bientôt.

- Au revoir, Fermin… Au revoir, Mademoiselle. À la Noël.

- Au revoir, Monsieur.

- À bientôt, corsaire !

On est à l'après-midi. Fermin, apparemment désinvolte, mâchonnant un brin d'herbe, attend devant la propriété des Fourlassou, assis sur le mur bas faisant clôture vers la route. Fourlassou, sortant de table, fait le premier son apparition sur le pas de la porte. Ayant relevé son pantalon sur sa chemise rayée, il jette un regard circulaire et aperçoit Fermin immobile qui l'observe. Il prend sa grosse voix amicale pour l'interpeller :

- Qu'est-ce que tu fous là, drôle ?

- J'attends Marinette, on doit causer, répond tranquillement le jeune homme.

- Entre donc, on ne te mangera pas, tron de diou !

- Je préfère l'attendre ici, si tu permets.

- Comme tu voudras… Marinette va bientôt sortir pour rejoindre son fiancé. Tu sais qu'elle est fiancée ?

Fermin ne répond pas. Fourlassou eut une lueur malicieuse dans les yeux. Puis, devant le mutisme de son interlocuteur, il termine dans un geste :

- Allez... Au revoir, Fermin... Tu reviendras bientôt ?

- Je n'en sais rien encore... Au revoir, Fourlassou !

Celui-ci, ayant enfoncé son chapeau sur son crâne, s'en va sur l'aire faire sa visite dominicale au bien avec ses souliers bien cirés, sa cravate bleu roi et son veston trop étroit aux épaules et à la ceinture.

- Voilà un homme ! se dit-il pour Fermin en pensant au Malfoutu, son futur gendre.

Fermin attend encore quelques minutes et Marinette enfin apparaît à son tour, toute parfumée et en corsage blanc. Bravement, elle vient au-devant du routier.

- Fermin ?

- Hé oui... c'est moi !... Me trouverais-tu changé depuis ce matin ?

- Tu attends quelqu'un ? joue-t-elle. Mais il ne veut plus la suivre sur ce terrain.

- J'ai deux mots à te dire.

- Je vais au-devant de mon fiancé... Faisons chemin ensemble : tu me diras pourquoi tu es venu... Pourquoi n'es-tu pas entré ? Tout en causant, tu aurais pris un verre et dit bonjour à mes parents.

- Marchons, veux-tu ? La rencontre n'est pas légère pour lui. Il se tait d'abord quelques instants, le regard perdu, l'air grave.

- Alors ? interroge-t-elle à mi-voix. Elle va savoir enfin ce qui le rend si peu lui-même.

- Te souviens-tu, Marinette, des bons tours que nous nous sommes joués ?

Elle est soudain émue par ce préambule imprévu. Elle n'en réplique pas moins :

- Il n'y a pas tellement longtemps que tu m'en jouais encore... et ils n'étaient pas toujours bons.

- Tu as bien su me les rendre.
- C'est vrai.
- Alors… Sans rancune ?
- Sans rancune.

Ils se regardent en riant avec un rien d'attendrissement dans les yeux. Elle poursuit :

- Toi et moi, nous n'avons pas été toujours d'accord.
- Disons jamais !
- Nous nous querellions presque chaque fois que nous pouvions nous voir.
- Et quand on ne se voyait pas, on se cherchait pour dire noir quand l'autre disait blanc.
- Ce sont des histoires d'enfant ! conclut-elle à voix plus basse.
- La bonne langue de Marinette, s'exclame-t-il… mais c'est toi qui m'as joué la meilleure…

Il n'y a pas des ans de cela : ça ne vient pas de l'école.

- Je ne comprends pas… Explique-toi ! engage-t-elle, intriguée.
- À moi et à tout le village ! Elle a enfin compris. En seront-ils tous à lui reprocher le Luigi ?

C'est ce qu'il fera beau voir !… Mais en quoi cela peut-il intéresser Fermin personnellement ?

- Explique-toi.
- Je n'osais pas trop y croire au début.
- À quoi donc ? interroge-t-elle sur le même ton.
- À tes fiançailles.
- Qu'ont-elles donc, s'il te plaît, mes fiançailles ?… N'ai-je pas le droit de me marier comme les autres filles et les garçons ?
- Tu te doutes bien pourquoi je t'en parle.
- Cela ne regarde que Luigi et moi, Fermin… Tu n'es pas mon père, non ?

La sourde colère de Fermin éclate :

- Il ne t'a pas flanqué une correction, Fourlassou, quand tu lui as présenté un malvenu comme promis ?

Menton relevé, elle s'arrête sur la route et lui fait front :
- De quoi te mêles-tu ?... N'a-t-il pas droit au respect, mon fiancé, comme les autres ?...
Il hausse les épaules et fait un geste vague en changeant de ton :
- Le mariage n'est pas une rigolade. Réfléchis, Marinette !...
Elle se bute et reprend la marche :
- C'est tout réfléchi... Je garde mon fiancé.
- Te rends-tu compte que ton mariage sera un mariage farfelu ?
- Ce sont mes affaires... Tu n'as pas à y mettre ton nez pour ton compte ou celui de l'opinion du village.
- Tu te prépares un beau carcan. Ce n'est pas un mari que tu prendras, c'est une concession à perpétuité.
- J'en cours seule les risques.
- Tu veux dire peut-être : « Tel que l'on fait son lit on se couche » ?
- Peut-être ! Et puis ?
- Et puis ?... Tu n'y trouveras pas grand-chose, dans ton lit.
- Tu es un grossier personnage, Fermin... Tout le monde ne pense pas à cela, d'abord... Allez... Adieu, je ne veux pas discuter davantage. Adieu ! Et elle accélère le pas. Il la rattrape et se tient à sa hauteur.
- Il faudrait peut-être y penser !... On dit que pour les gens mariés, ça compte davantage que pour ceux qui ne le sont pas. Parce que « ça », comme tu l'appelles, c'est pour avoir des gosses... S'ils deviennent tordus, en épingle à cheveux ou en lame de couteau, tu le regretterais.
- Pour dire que tu ne vas pas loin... on ne peut pas le dire ! Elle est indignée.
- Allez, au revoir. Laisse-moi, veux-tu ?
- Luigi, par contre, ne risque rien à se laisser faire !
- Et moi, qu'est-ce que je risque de plus ?

- De te tromper, d'être malheureuse avec un homme qui ne sait rien faire.

- Qu'en sais-tu ?

- Et toi ?... Sais-tu ce qu'il sait faire ?... Dis-le, que nous puissions rire un peu... Moi, Marinette, et son ton, soudain, s'adoucit, j'ai un métier... un métier d'homme qui rapporte... Je vois du pays.

Il s'arrête alors et l'oblige à s'arrêter elle aussi en la tenant amicalement aux épaules, ses yeux plongeant dans ceux de la jeune fille éberluée.

- Marinette... N'as-tu jamais pensé que nous deux... un jour, nous aurions pu... nous entendre ?

- Avec toi ?... Heu !... Et elle rit d'abord tant elle est déconcertée.

- Oui... Moi et toi... Je t'aime !...

- Non ?

- Nous aurions une maison à nous seuls, avec du linge plein les armoires. Du beau linge qui sentirait bon la lavande que tu y mettrais...

Elle le regarde, toute colère tombée, et dit gravement à mi-voix :

- C'est donc cela que tu voulais me dire aujourd'hui ?

- Comprends-tu pourquoi nous nous querellions autrefois ?... Parce que cela nous occupait tous les deux... Mais tu ne t'occupais jamais de Luigi... Tu l'ignorais pour ne pas le mépriser !

- Oh ! non... répond-elle en hésitant, oubliant quelques instants leur antagonisme, et elle ajoute plus bas encore :

- Je ne crois pas !

- Tu avais pitié de lui... Tu avais peut-être raison, mais ce n'était que de la pitié !

Elle se ressaisit, se défend :

- Lui aussi a grandi !

- Si peu, Marinette, si peu !... Malgré lui, l'ironie se dessine aux coins de ses lèvres, et, bien qu'il n'y ait mis aucune malveillance, elle en est offensée pour Luigi et demande :

- Est-ce tout ce que tu as à me dire ?… Dépêchons-nous, il se fait tard !

- Non, ce n'est pas tout ! Et il la regarde encore avec douceur pour ajouter : marchons moins vite, veux-tu ? Elle ralentit le pas malgré elle. Il est déconcertant de rudesse franche et de gentillesse désarmante. Il questionne alors en lui prenant le bras :

- Crois-tu que ce soit pour dire du mal du fils Gastaldi que j'ai voulu te parler ?

- Il n'est question que de cela depuis tout à l'heure.

- Sois juste. Je t'ai dit surtout que je t'aimais… C'est pour cette seule raison que j'ai voulu te parler… Il ne sera plus question de lui si tu veux, mais de nous.

- Et quel rôle lui ferions-nous jouer, à lui ? interroge-t-elle sans conviction, mais Fermin continue :

- Je repars ce soir et je suis obligé de tout dire, d'essayer de tout te faire comprendre en très peu de temps !

Elle est apaisée. Elle veut savoir. Elle ralentit encore le pas pour gagner du temps.

- Ce… sentiment, quand t'est-il venu ?

- Hier… quand j'ai appris que toi et… enfin hier… je m'en suis aperçu, et il plaide avec feu. Mais sois certaine qu'il date de toujours, je t'aimais sans m'en rendre compte !

D'une voix sourde, un peu accablée, elle dit soudainement :

- Que ne l'as-tu découvert avant ?

- Je n'y avais jamais pensé… C'est bête, hein ?… Je ne pense jamais à ce qui peut m'arriver !

Le ton de Marinette lui redonne courage et il poursuit avec véhémence :

- Toi non plus, Marinette, tu n'y as pas pensé… Tu n'as pas pensé tes fiançailles… Ce n'est pas possible… Mais il n'est pas trop tard… Dis… Tu vas réfléchir où cela va nous mener… Ce que cela signifie… pour toi… pour nous ! Dans un mouvement naturel, qui ne peut la choquer à cet instant, il la prend dans ses bras. Ses yeux grands ouverts sur lui, elle découvre un homme. jamais il ne s'est montré sous un jour aussi profond et Fermin ne peut être que sincère. Soudain, une lueur de tristesse éteint l'étonnement de sa prunelle et refoule le charme de la révélation. En quelques secondes, leur destin s'est joué. Elle s'écarte doucement de lui, sans brusquerie, avec regret sans doute, et, d'une voix terriblement neutre, retombant dans la réalité, elle déclare :

- Ma parole est engagée, Fermin... et j'aime mon fiancé.

- Ta parole ? Mais Luigi comprendra que tu n'es pas pour lui... C'est une erreur.

- Et j'aime Luigi, Fermin !... appuie-t-elle... Rien et personne n'y peut changer quelque chose : j'aime Luigi et j'ai engagé ma parole...

Fermin est battu, il ne peut rien, elle l'a dit, il le sait. Alors, elle engage son bras sous le sien avec affection. Sa main tremble et pèse un peu plus sur lui. Il est désemparé. Le regard éloigné, il se rend compte alors qu'ils n'ont plus rien à se dire. Qu'il vaut mieux se séparer tout de suite, qu'il parte vite, très vite, et il ne sait plus comment. il appréhende l'adieu. Après quelques instants d'un silence chargé, stupide, elle demande d'une voix un peu brisée en freinant sa marche :

- Corsaire, veux-tu être mon ami ?...

- Je l'ai toujours été ! parvient-il à dire, la gorge nouée.

- Notre ami... À Luigi et à moi ?... Dis... Réponds... Et elle sourit pour ajouter :

- Je crois qu'il a toujours eu peur de toi, mon petit fiancé délicat...

Il n'a pas la force de sourire. Il ne se rend pas compte aussitôt de l'énormité de la demande : le « Corsaire » devenant l'ami du Malfoutu ! Voilà qui l'aurait fait rire aux larmes si la question lui avait été posée deux jours avant. Un adversaire peut devenir, par estime réciproque, un ami attachant et fidèle, mais Luigi ! Un ami par pitié n'existe pas ! Pas la moindre trace d'affinité ne les rapproche... Mais, peut-être... oui, maintenant, cette rivalité extravagante fait poindre une raison de haine… ou de protection que Marinette, par délicatesse, appelle amitié ! Il n'a pas le courage de refuser à celle qui lui fait confiance, mais cela lui paraît bien dur, il temporise.

- T'a-t-il dit du mal de moi ?

- Non, il ne dit jamais de mal de quiconque. Cela, il en est persuadé. Luigi vit trop replié sur lui-même pour parler des autres. Marinette continue sur le même ton affectueux :

- Nous nous connaissons depuis longtemps… Alors, Luigi, le Sébastopol des « Lunières », ça le travaille toujours, ça le ronge… Il ne peut respirer un peu mieux que d'habitude sans penser qu'il est pour tout le village le Malfoutu !

Marinette s'abandonne complètement à sa générosité d'homme fort et loyal, lui demande sa protection pour son promis en lui offrant sa chaude amitié.

- Dis, corsaire, veux-tu ?

- Je te le promets ! lâche-t-il brièvement. Elle le sent tout à coup frémissant. Il passe son bras autour de la taille de Marinette cependant qu'elle lève vers lui un visage reconnaissant. Une étrange volupté se glisse en eux. Elle est toute rose. Il la soutient.

- Jamais tu ne seras ma femme ?

- Je te l'ai déjà dit.

- Marinette ! implore-t-il.

- Tais-toi !

- Veux-tu m'accorder quelque chose ?

- Si cela est possible…

Suspendus à ce moment, ils demeurent immobiles. Ils oublient ce qui les sépare. Ils sont seuls avec cet instant qui est le leur.

- Un baiser… un seul ! souffle-t-il.

- Oui, consent-elle dans un murmure, et son corps se laisse presser contre lui.

- Chérie ! Et leurs lèvres se joignent dans un long baiser… Soudain, le visage tourmenté par la jalousie, ne faisant place à aucune peur, Luigi, maigre enfant sur échalas, Luigi est à deux pas d'eux sur le chemin rocailleux, les poings serrés, prêt à défendre désespérément un amour providentiel :

- Marinette !... Fermin...! crie-t-il pour séparer le couple puis il s'élance.

- Oh ! la ferme !... Imbécile heureux, coupe Fermin exaspéré par son sort. Il écarte le Malfoutu d'un geste brusque et s'éloigne à grands pas sans détourner la tête, les mains fourrées rageusement dans les poches, les épaules roulant et contenant sa colère impuissante.

- Viens ! dit Marinette à son fiancé, suffoquant de douleur, d'une voix qui ne souffre pour l'heure aucune explication. Marinette s'est abandonnée sans réticence à la caresse d'un baiser qui était un aveu d'amour. Mais, plus encore dans son esprit il demeure une exception à un serment de loyauté pour l'avenir, tout entier acquis à Luigi.

Celui-ci ne peut comprendre, et, c'est son droit ; il n'a vu que le geste. Il en est désespéré et furieux dans sa susceptibilité maladive. Mais il est insupportable à Marinette de subir ses plaintes et ses remontrances véhémentes. Elle voudrait pouvoir lui dire :

« Pour toi, j'ai tout abandonné, même l'amour de celui que j'aurais dû aimer et qui avait dix fois plus de chance que toi de me donner une vie heureuse et confortable. C'est lui qui aurait été mon soutien. Fermin a raison : tout le village comprendrait que je te retire mes promesses pour les lui donner à lui. Tu ne pèserais pas lourd dans la balance, mon pauvre Luigi !

... Mais, je te comprends et je t'aime, mon petit fiancé, parce que tu es fragile et que tu avais confiance en moi. Je ne te sacrifierai à quiconque... Cependant, je ne regrette pas ce baiser, non. Je déplore seulement que tu l'aies surpris et qu'il t'ait fait beaucoup de mal... Tu ne le sauras jamais... Il ne faut pas que tu le saches. »

Elle se dit cela pendant qu'il lui parle sur un ton de révolte, elle ne l'écoute pas. Elle ne lui répond pas cependant que d'un pas vif, l'un suivant l'autre ils refont le chemin allant chez Fourlassou. Ce n'est que devant la clôture de la ferme qu'elle lui fait face pour qu'il n'entre point et lui dit d'une voix blanche et précipitée :

- Laisse-moi maintenant. Ce soir, si tu veux, je t'attendrai chez moi… Nous sortirons… Tu essaieras de comprendre… de me pardonner.

Et sans attendre sa réponse elle court s'enfermer dans sa chambre. Luigi demeure un instant perplexe, surpris de se retrouver seul comme autrefois sur la route. Ne sachant trop que faire de cet après-midi écourté, il va sans autre but que celui d'essayer de comprendre ce qui s'est passé. Pourtant ses yeux ne l'ont pas trompé. Marinette et Fermin étaient enlacés. Ses yeux ont vu le couple échanger un baiser. Alors, qu'y a-t-il à comprendre d'autre ? Cela est clair ! Comment fera-t-il pour pardonner ?… L'idée de se retrouver seul, éternellement seul et oublié, après un tel affront soulève en lui une angoisse… Perdre sa Marinette lui apparaît soudain comme une énormité impossible à souffrir. Et, la tête basse, marchant comme un automate, il se surprend à murmurer :

- Marinette ne me laisse pas… Marinette, je t'aime trop !…

Oui, le chemin lui-même est trop large pour lui qui est seul !… Ce chemin où elle était avec lui il y a un instant encore. Alors, sur la poussière, il regarde et cherche les traces de son aimée :

- Ce soir, tu me diras. Il tourne ses yeux remplis de larmes vers la maison de sa promise. La porte est close, mais elle est là, et, ce soir, mon Dieu ! faites que cela soit vrai ! elle sortira à mon bras et je lui dirai : « Je t'aime… Ne me fais pas de mal… Pardon ! »

Fermin est revenu chez lui où Agnès l'attend. À son visage sombre elle se doute bien que son explication avec Marinette ne lui a pas été favorable. Elle n'ose pas l'interroger. Mais, sur son joli visage la tristesse se lit.

Habituellement les fins de week-end de Fermin sont consacrées à une visite du routier accompagné d'Agnès à son ami Fariolo. C'est surtout pour Agnès que Fermin a instauré cette coutume. Bien qu'il ait le cœur en peine, le jeune homme ne voudrait la décevoir. Elle a ainsi une excellente raison d'approcher plus sûrement et plus longtemps celui qu'elle aime et de qui elle espère le premier geste ou la première parole qui consacrerait leur amour.

Jusqu'ici Fariolo ne s'est pas départi de l'amitié un peu protectrice dont il lui fait montre. Quand le sujet qui la tient à cœur est prudemment avancé par Fermin, il fait mine de prendre pour lubie de petite rêveuse ce qu'il sait pertinemment être un premier amour fougueux mais irréfléchi. Alors, il lui pince le menton et rit.

Ce jour-là, au grand dépit de la jeune fille qui les suit par les « biens » de Fariolo, les deux jeunes hommes ne s'occupent guère d'elle. Ils demeurent absorbés dans une longue conversation à mi-voix. Celle de Fermin est morne et il parle longuement. Fariolo, toujours aussi calme, lui répond brièvement. Agnès, tournaillant autour d'eux peut saisir quelques bribes du dialogue coupé parfois de longs silences. Il s'agit de la femme du forgeron et plus souvent de Marinette et de son foutu galant Luigi Gastaldi.

Son frère souffre pour la première fois et Agnès voit s'effacer ses propres préoccupations devant ce pessimisme inquiétant chez un garçon de la trempe de Fermin. Avec ce caractère entier et spontané propre aux très jeunes gens, elle sent sourdre en elle une colère soudaine contre Marinette. Pour Agnès, il n'est pas, avec Fariolo bien entendu, d'homme plus désirable que son grand frère. Le choix maintenu de Marinette pour le Malfoutu lui devient offense quasi personnelle, plus encore qu'une extravagance. Elle se garde certes d'intervenir et le moment du départ approche. Les deux amis se retrouvent ainsi qu'Agnès sur le chemin.

- Tu es grande maintenant Agnès, et tu es jolie... Très jolie, dit Fariolo... Il sera temps, bientôt, que nous te trouvions un fiancé.

Ses yeux sourient à peine. La jeune fille bougonne.

- Non! Et elle lui jette un bref regard de reproche.

- Tu as bien raison... Le temps ne manque pas devant toi pour réfléchir, jeunette!

- Tu plaisantes toujours... Ce n'est pas ce que je voulais dire. Puis elle ajoute toute rose : « J'ai dix-sept ans maintenant! »

- C'est bien ce que je pensais... tu grandis encore.

- Tu te moques de moi, Fariolo... Ce n'est pas bien!

- Diable! Il ferait beau voir que quelqu'un se moquât de notre benjamine. Et moi, je n'en ai nullement l'intention. Fermin sourit malgré lui, mais l'heure est venue :

- Il est temps, Fariolo... Alors, n'oublie pas pour la petite.

- Non... Non... Je n'oublie pas : Agnès quand tu t'ennuieras un peu trop, viens donc dire bonjour à ce vieux sauvage de Fariolo. Si tu as besoin de quelque chose viens me le demander... comme à ton frère, hein?...

Elle soulève les épaules à ces derniers mots, car elle ne peut comprendre encore et elle ne répond pas. Mais elle n'oubliera pas la permission.

- Au revoir, Fariolo et merci.

- Au revoir Fermin... et bonne chance!... Au revoir Agnès... Ah!... Hé, Agnès, ne mets pas trop de parfum comme les vieilles filles qui sentent fort... Ton frère flatte trop tes goûts de coquette!

Elle se retourne vers lui et lui tire la langue et les deux jeunes hommes rient de sa petite colère sans parole...

De son week-end exceptionnel Fermin en tire un désir impératif d'éloignement. L'ambiance du village lui est soudain insupportable. Agnès qu'il vient de recommander à Fariolo pendant son absence, est à ses côtés. Sans avoir échangé un seul mot avec sa sœur, il pilote la jeep à travers les mauvais chemins privés jusqu'à la maison de son père, rue Nostre Seigne. Là, Maurice, remis de sa noce crapuleuse, a pris la place de la jeune fille qui se tient maintenant debout sur la chaussée à la hauteur de son frère.

- Voilà ! dit celui-ci avec un simple geste désolé. Elle l'étreint et partage le chagrin fade et le dégoût qui l'accablent. Il lui dit doucement en lui caressant les cheveux :

- Je resterai plus longtemps sans venir, cette fois.

Comme elle ouvre la bouche, sans doute pour se plaindre, il ajoute :

- Chut ! ne me demande rien, soeurette... Mais Maurice, s'il n'a rien de mieux, te portera des petites choses que je me suis promis de trouver pour toi !

Les nerfs à bout, elle se met à pleurer.

- Pourquoi pleures-tu petite fille ? interroge-t-il bouleversé.

- Tu me le demandes ?... Je vois bien que tu es malheureux ?... C'est la première fois.

- Bah ! Ça me passera... Peut-être demain ce sera passé.

- Je n'aime pas que tu sois ainsi, toi qui es si bon pour moi, pour tous, et elle ajoute avec un pauvre regard :

... Moi, je commence à m'y habituer... Tu as vu comment Fariolo se moque de moi... On ne me prend pas au sérieux ! Le mot fait sourire vaguement son frère et elle continue :

... Et puis, tu vas beaucoup me manquer... à cause d'une fille qui va épouser un bon à rien... un... un Sébastopol !

- Veux-tu bien te taire ! dit-il tendrement.

- Ramène-toi une fille de la ville qui soit belle... belle... on la promènera tous les deux par le village... Sous le nez des Fourlassou et des Gastaldi... Tu leur feras tirer la langue de jalousie ! dit-elle avec véhémence.

- Il se fait tard, Fermin ! fait remarquer Maurice avec prudence.

- Allez, petite sœur jolie, calme-toi... Allez... Au revoir... Sois sage ! Et trop ému pour en dire davantage, il l'embrasse une fois encore et se met en route.

- Mais, qu'avait donc ton frère? demande le forgeron à Agnès qui entre le mouchoir sur ses yeux.

- Oh! rien... Des histoires de jeunes! dit-elle en pleurant, et elle disparaît dans l'escalier.

- Des histoires de jeunes! marmotte le père en tirant le ligneul.

... Je me demande si vraiment j'ai été jeune moi aussi... Je ne les comprends pas... C'est vrai que c'est si loin pour moi... Qu'est ce que c'est?

- Je viens chercher mes souliers, Monsieur le cordonnier, un ressemelage complet.

- Comment vas-tu?

- Et toi?... Tiens, voilà tes chaussures... Il n'y a que le dessous qui vaille quelque chose maintenant, parce que je viens de le faire... Attends que je trouve un journal pour te les envelopper...

- Qu'est-ce qu'il avait Fermin, il paraissait tout chose et j'ai vu ta fille pleurer.

- Oh! des histoires de jeunes!

- Histoires d'amour! achève le chaland philosophiquement. ...Allez, au revoir, cordonnier.

- Au revoir... Au revoir! fait l'artisan distrait. Quand l'homme a refermé la porte, il reprend son ligneul et son monologue :

- Histoires d'amour?... Fermin?... Eh! c'est son âge!... Mais, tron de Diou! je ne le croyais pas sentimental jusqu'à se rendre malade et faire pleurer sa sœur...

Fermin ne devait pas se montrer de six mois.

Marinette avait laissé Luigi désemparé à la barrière, et, le cœur trop plein, elle s'en était allée s'enfermer dans sa chambre. Elle a pleuré longtemps, puis étendue sur le lit toute vêtue, elle s'endormit sur ses larmes. L'heure a passé. Elle ouvre les yeux sans comprendre. Son ventre, sa poitrine et la moitié de son visage sont moites de transpiration. Elle se retourne sur le dos et, d'un geste lourd elle écarte une mèche de cheveux collée à sa joue. Le rayon de soleil qui inondait la chambre avant son sommeil lance maintenant un mince faisceau rougeâtre qui se brise sur les poutrelles. Elle revient à elle, à la notion du temps et de sa vie. Elle pousse un grand soupir et se lève lentement. S'approchant de la fenêtre, elle en écarte à demi le rideau et les yeux perdus sur le couchant teintant de rose les troncs bruns des arbres, elle rêve quelques instants. Puis, d'un geste brusque, elle se détourne de la fenêtre et refoule des larmes prêtes à revenir.

- Tant pis, il le faut !... murmure-t-elle. Alors, elle refait sa toilette, se recoiffe et remet un corsage propre.

Les mères ont un sens caché pour découvrir non seulement la peine de leurs enfants, mais aussi, souvent, leurs plus graves intentions, leurs imprudences. Maman Fourlassou l'avait entendue entrer. Le silence s'étant fait bientôt dans la chambre de sa fille, elle ne l'avait pas appelée. Mais son instinct de mère était déjà alerté, sa vigilance mise en éveil.

Marinette, sortant de sa chambre ne lui dit rien, elle-même ne lui fait encore aucune remarque, mais elle observe. Elle se laisse aider comme de coutume pour la préparation du repas du soir. Alors, elle voit ses yeux rouges et remarque le soin inaccoutumé qu'elle a pris à faire sa toilette alors que la journée s'achève.

- Il me semble que tu as mis beaucoup de parfum, dit-elle placidement.

- Pas plus que de coutume.

- Si... Si... Je t'assure.

Marinette ne répond pas, elle travaille, passant et repassant devant sa mère sans la regarder. Celle-ci ajoute sur le même ton :

- As-tu vraiment l'intention de ressortir ce soir ?

- Oui, dit brièvement Marinette qui évite les yeux de la paysanne.

- Seras-tu longtemps dehors ?

La jeune fille hésite, puis répond d'une voix déjà moins sûre :

- Je crois, maman !

Cependant que Fourlassou boit à petites gorgées son pastis devant la porte et jouit sans arrière-pensée de la fraîcheur tombant avec le soir, la mère de Marinette demeure intriguée et inquiète. Le repas est des plus silencieux. La jeune fille mange du bout des lèvres et paraît vivre ailleurs. La mère ne peut s'empêcher de demander :

- Marinette ! Luigi et toi, vous êtes disputés, n'est-ce pas ?

Marinette se tait. Son père répond pour elle :

- Laisse donc, Eugénie, les calignaïres se chamaillent toujours pour des choses qui n'en valent pas la peine... Ils s'arrangeront bien tous les deux... Vous sortez ce soir, les fiancés ?

Marinette fait un signe de tête, Fourlassou conclut :

- Alors, demain tout ira bien.

- Rentreras-tu plus tard que d'habitude ?... insiste la mère.

- Je crois que oui...

- Pourquoi... Où avez-vous l'intention d'aller pour rester si tard... à Pertuis ?...

- Mais pas trop tard, quand même...

Ces questions pressantes tourmentent Marinette. Elle ne peut y répondre comme d'habitude car elle a la gorge nouée et elle sent bien sa mère rôder autour de ses intentions. Celle-ci n'ajoute rien devant le Fourlassou qui bout au moindre feu. Enfin, à la fin du repas, l'homme le ventre plein, la ceinture défaite sort lourdement prendre l'air.

- Tu m'apporteras mon café, ma fille !...

- Oui, papa. Marinette s'empresse pour se dérober au tête-à-tête avec sa mère.

Celle-ci, alors, l'arrête par les épaules. Ses mains tremblent. Jamais elle n'a parlé à sa fille avec autant de tendresse :

- Garde-toi « chatto »... garde-toi !... Les hommes petits ou grands sont des gaspilleurs de vertu... Garde la Marinette jusqu'à ce que tu aies dit oui devant Monsieur le Maire et Monsieur le Curé.

- Pourquoi me dis-tu cela, maman ? répond la jeune fille saisie d'avoir été en partie démasquée.

- Il faut bien que je te le dise… J'aurais peut-être dû le faire avant. Et elle l'observe avec plus d'acuité. Mais ce soir ça me sort des lèvres : je ne saurais pas dire pourquoi… Peut-être, pourrais-tu me le dire, toi ?

- Maman ! et Marinette, tout émue, baisse la tête et, après quelques secondes de silence, elle répond à voix basse :

- Je me garderai, maman… c'est promis !

- Et puis, c'est tellement beau un mariage… un premier jour, un vrai… Il ne faut pas rendre les hommes trop fiers… et trop risquer pour eux… Embrasse-moi ma fille, et va vite le rejoindre ton Luigi. Les vieux ne savent plus votre âge. Ils peuvent se tromper !

- Non, maman, tu ne t'es pas trompée !

La mère sourit puis paraît se raviser :

- Que te voulait Fermin ?

- Rien, maman, rien. Et elle s'enfuit.

- Et mon café, tron de Diou !

- Je te l'apporte Fourlassou… Je te l'apporte.

Fourlassou qui a vu dans le noir Luigi en ombre fluette et immobile ne l'a pas appelé. Il aime les digestions solitaires, comme les penseurs, mais lui, à ces moments-là ne pense à rien, sinon parfois qu'il digère. Quand Marinette a rejoint son fiancé et qu'ils s'en vont tous les deux vers la route sans rien dire, alors Fourlassou lance son aubade :

- Bonne promenade les amoureux… Ne rentrez pas trop tard !

Marinette maintenant qu'elle est avec Luigi se demande bien pourquoi elle s'est si bien habillée et parfumée alors qu'il fait nuit. La colère de son amoureux est tombée. Elle le sent près d'elle modeste et aussi gêné qu'elle. Il est prêt à accueillir l'explication de Marinette, celle-ci l'aborde par un biais :

- J'ai parlé de toi à Fermin. Il m'a dit qu'il sera notre ami à tous les deux.

- Et le baiser ?

- Il me l'a demandé. C'est le premier et le dernier. Je te le jure et je t'en demande pardon !

Ils s'arrêtent. Il la prend par le bras.

- Tu m'as fait beaucoup de peine.

- C'est fini maintenant, Luigi ?

- Oui… oui… puisque tu me promets que c'est le dernier.

- Je te le jure !

Le soleil moins chaud ruisselle sa lumière dans le ciel que traversent quelques nuages blancs. De la pointe d'un promontoire calcaire d'où la plaine se découvre, l'horizon lointain, vers la Durance n'est qu'un blondoiement étincelant tombant sur les ajoncs qui illuminent de leurs fleurs d'or.

Les « Provence » sont là dans un pays de transition. La futaie, par endroits devient sous-bois et déjà se devine la garrigue sèche aux chênes kermès et aux touffes de bruyère dentelée qui remue, sous la brise tiède le parfum du thym et du romarin. Là est le domaine du mouton et du cabri bondissant. Plus loin, s'allongeant en direction du Rhône, les propriétés se préservent du mistral dans leurs entourages de cyprès sombres faisant des alvéoles protégeant les mas blancs dans leurs labours, aux sillons droits et leurs prairies vertes où paissent les bœufs. Des enfants courent dans le guéret à l'herbe folle. De nobles peupliers élèvent leurs faîtes de part et d'autre d'un tronçon de route. Le village aux tuiles rondes, qu'encadrent le Bois Bleu et l'Aigue-Brun, se tasse sous le promontoire.

Derrière ce panorama est le Lubéron qu'éciment des nuages roulants bordés d'argent étincelant.

Un grillon vigoureux fait les gros yeux à une coccinelle minuscule juchée sur un bouton d'or ; une cantharide vert doré se promène sur une angélique. Dans les olivettes les cigales crissent avec ardeur.

Miréio, couchée sur le dos, les mains jointes sous la nuque, découvre le duvet moite de ses aisselles. À ses côtés, Charles, en bras de chemise est allongé sur le ventre pour la mieux voir. Longtemps, ils se sont tus, paraissant écouter le chuchotis de la brise dans les genêts. Ils se sont promis de ne point parler de leur séparation prochaine dans le désir de vivre plus intensément cette dernière promenade au soleil. L'univers et le temps leur appartiennent encore : cela seul doit compter dans ce présent. Leurs chevelures blonde et brune se mêlent parfois dans un baiser, alors, en de longues caresses légères et silencieuses, le jeune homme moule le corps de sa bien-aimée donnant forme à son grand amour. Elle l'attire à elle et sa main aux doigts longs se pose tendrement sur la nuque de son fiancé dont la poitrine touche la sienne.

- Mon amour !... Mon grand amour !... murmure-t-il délicatement, mais, poursuivant quelque rêve, Miréio met un doigt de silence sur les lèvres de Charles, puis brusquement elle se retourne, et, flanc contre flanc, tous deux regardent le paysage qu'ils dominent.

Voilà tout le décor du passé de Miréio vu du haut de son grand amour. Maintenant pour les fiancés seul leur paysage et eux-mêmes sont à sa mesure. D'autres horizons plus vastes leur sont découverts... Mais, sur un signe du temps qui avance, une brise plus fraîche dans un ciel moins lumineux leur dit déjà l'échéance qui approche.

L'amour est dans leur sang, leur chair s'émeut de cette félicité qui s'en va, qui fuit. Leur tristesse, tue d'un commun accord, remonte à leurs lèvres qui se joignent avec plus de passion. En la frôlant d'un baiser qui la fait tressaillir, Charles murmure dans le cou de Miréio immobile :

- Ce soir, chérie !

- Chut !

Il lève vers elle ses yeux clairs, alors, elle le rassure dans une caresse en refusant son regard trop chaud.

- Ce soir, Charles… Maintenant ne dis plus rien… veux-tu ?

Déjà la nuit, venant du Rhône lointain, éploie ses ailes d'ombres et de fraîcheur. Issues de l'infini, les plus brillantes parmi les étoiles se posent au firmament… Alors, Charles et Miréio se sont levés, et, se tenant par la taille, ils redescendent et se confondent bientôt au paysage lilliputien, à l'univers, aux myriades d'amours des êtres. Mais, enlacés dans la nuit qui tombe, ils poursuivent ce qui est à la fois illusion et réalité, leur amour immense, qui leur suffit, si puissant en eux-mêmes, si fragile au regard du monde et du temps. Ils ne veulent pas voir dans la nuit les silhouettes anonymes des êtres qui sont des hommes, mais étrangers dans le jardin de leurs cœurs… Soudain, une lueur vient de la nuit, là est le bout de leur route, ils s'étreignent encore puis, leurs mains enlacées ils poussent la porte du mas.

Ainsi est achevé l'été enchanté de Miréio. Charles s'en va demain. Le déchirement de la séparation sera noyé dans la douceur de leur dernière sortie, ce soir, tout à l'heure. Ils se sont dit le gage qu'ils vont déposer et qui leur assurera encore, hors le formalisme craintif et méfiant, leur foi en eux-mêmes. N'est-ce point cependant trop défier le destin dont nous ne sommes pas maîtres ?… Mais, ils ont foi aussi en le leur.

Monsieur et Madame Vermandois savent combien les fiancés ont hâte de se retrouver seuls, aussi, malgré le plaisir qu'ils auraient pris à garder Charles plus longtemps pour ce dernier repas qu'il a pris parmi eux, ils n'ont rien fait pour le retenir et les jeunes gens s'apprêtent à sortir. Madame Vermandois recommande simplement à sa fille de ne pas rentrer trop tard. Elle comprend que pendant cette soirée ils vont s'entretenir longuement de leur bel amour et d'un avenir qui paraît leur appartenir. Aucune inquiétude ne l'effleure. Miréio est un être libre et raisonnable, pense-t-elle, à qui elle ne saurait faire des recommandations qu'elle juge autant injurieuses que superflues.

Miréio a pris la clé de la porte, et le mas derrière eux clôt ses volets. Les fiancés sont à nouveau seuls dans la nuit tombée... Un hibou à l'œil rond hulule dans un coin d'arbre. Charles et Miréio se rapprochent l'un de l'autre et se prenant à la taille ils vont à pas lents et gardent le silence...

Dans la féerie nocturne, le velours noir du ciel se pique de diamants. Une comète fugitive étale sa robe de lamé argent dans l'harmonie des grands espaces et emporte le vœu commun des amoureux. La terre, aux ombres parfois étranges, suggère des contes fantastiques peuplés de géants et de nains, parmi lesquels les fées distribuent dans le vent leurs charmes bénéfiques.

La présence des hommes se signale par les lumières pâles de leurs habitations et les cris assourdis des animaux domestiques.

Derrière ses murs élevés comme un castrum muet, le cimetière s'entoure d'un rideau de pins dont les cimes apparentes paraissent les lances d'une centurie de géants. Au loin, dans un murmure grondeur, la forêt évoque la voix multiple de l'armée des Barbares en marche vers les murs de Carthage... Dans un chemin le couple va comme dans un rêve feutré dont l'envoûtement ne sera rompu qu'avec le premier filet blanchâtre du jour qui viendra.

Miréio et Charles savent que cette nuit est leur nuit d'êtres libres. Leur conscience n'est effleurée d'aucun doute mesquin et ils suivent leur impulsion. Là, quelque part dans l'obscurité, où tout semble dormir quand on s'approche, le destin a marqué la place de leur étreinte et leurs pas les y amènent avec lenteur.

Pour traduire l'harmonie qui prélude ses accords dans leur âme, la parole ne suffirait pas, ils se taisent, possédés par le prestige ambiant qui les enchante.

Le destin les guide vers un acte de foi immense, mais demain déjà ce destin se nommera passé, et demain que leur réservera-t-il?... Au loin, dans un tintement familier la cloche sonne. La nuit multiplie ses frôlements. Des lumières se jouent de ci de là : lanternes de lutins découvrant leurs trésors qui échappent au regard de l'homme…

Soudain, pour deux êtres tout semble se suspendre dans l'atmosphère, tout s'arrête de bruire, de s'agiter, de comploter. la vie retient son souffle. Le destin lui-même paraît avoir suspendu le temps qui passe. Un long soupir passionné, comme l'âme d'un enfant qui monte au ciel, a fait tressaillir l'air léger : deux êtres viennent de s'unir…

Elle est encore haletante, et, les yeux mi-clos, sa tête aux longs cheveux renversée, les lèvres entrouvertes, elle prolonge la suprême transition. Elle est femme. Hésitant encore, son soi aborde le mystère de l'après : cette nouvelle vie qui ne peut promettre que félicité… Lui l'enveloppe de ses bras, de son regard qui exprime la reconnaissance et la soumission à l'amour. Mais déjà sans qu'ils s'en rendent compte, le destin a relancé le balancier du temps et poursuit la trame de leur vie.

Des heures durant les amants flâneront dans l'inconnu qu'ils découvrent jusqu'à ce que le levant, chassant les lutins, les fées et les étoiles éclaire les champs et les bois : le décor de tous les hommes, de ceux qui aiment et de ceux qui n'aiment pas… Alors Charles et Miréio reprennent conscience de leur jeunesse et de leur corps.

Le soleil brouit maintenant sur la Provence qui s'était éveillée tout en fraîcheur au sortir de la nuit. Charles et Miréio avaient dû accepter de se séparer pour donner le temps à celle-ci de réintégrer discrètement le « Paradou » et de s'apprêter tous deux pour la journée.

Vers huit heures, Charles se présenta au mas. Ce fut Madame Vermandois qui lui ouvrit. Bien qu'elle fût un peu troublée parce qu'elle n'avait pas entendu entrer sa fille elle ne fit aucune remarque aux deux fiancés. Sans doute comme toujours aura-t-elle l'explication de la bouche même de Miréio. Jamais rien ne lui fut caché.

Jamais elle ne dut la contraindre à lui dire la moindre chose qui eut quelque importance. Elle n'eut en conséquence aucune mauvaise surprise venant d'une dissimulation volontaire de son enfant. Elle lui fait confiance tout simplement et elle comprend que ces heures précédant une pénible séparation ne se prêtent pas aux confidences. Madame Vermandois, comme beaucoup de mamans, n'a pas vu grandir sa fille.

Elle ne pourrait pas comprendre, Miréio le sait, elle ne pourrait pas partager le grand élan qui justifie l'acte qui a porté Charles et Miréio à s'unir avant le départ. Madame Vermandois ne le saura jamais et jamais elle ne demandera pourquoi elle n'a pas entendu la porte s'ouvrir. Elle oubliera parce qu'elle se dira un jour : « Je devais dormir et Miréio n'a pas fait de bruit pour ne pas nous réveiller ».

Sur l'assentiment empressé de Charles, Madame Vermandois vérifie et met en ordre son bagage. Elle y ajoute sans mot dire l'inévitable attention d'une mère prévenante et les menus objets indispensables pour un voyage auxquels la plupart des hommes et surtout les jeunes gens amoureux ne pensent pas. Avant de refermer la valise elle comble un vide avec un bouquet de lavande qui parfume et conserve le linge. Miréio s'est réservé le droit de préparer le repas froid de son fiancé. Charles l'a rejoint à la cuisine et il proteste devant l'avalanche de petits paquets dont elle remplit un sac à provisions :

- Je ne vais pas dans le désert, Mireille !

- Embrasse-moi, veux-tu ?... Vite... Pendant que nous sommes seuls ! Et elle tend ses lèvres. Puis, elle ajoute en soupesant le colis :

- Voilà !... c'est fait !... Monsieur en sera quitte pour tout manger, devrait-il en avoir une indigestion pour l'amour de moi !

- Allons, les enfants, c'est l'heure ! dit Madame Vermandois qui se tient à la salle à manger.

- Oh ! chéri, comme cela va être dur.

- Je t'en prie, Miréio, nous avons promis d'être courageux.

- Alors, embrasse-moi encore, Charles.

L'auto qui doit les amener à la gare d'Aix-en-Provence est devant la grille. C'est Capoulade Hilaire, adjoint au maire, propriétaire du véhicule et marchand de vin de son état qui va les conduire.

Monsieur Vermandois, pour le faire patienter, est allé le rejoindre et lui parle des affaires de la commune, sujet quasi inépuisable pour Capoulade. Après un dernier coup d'œil à la pendule murale, les deux fiancés demeurés dans le mas, se lèvent de leur siège et sortent accompagnés par Madame Vermandois qui fait de discrètes recommandations au voyageur.

- À bientôt, Charles, termine-t-elle.

Et elle l'embrasse avant qu'il ne passe le portillon.

- À bientôt, Madame !

- Écrivez-nous à votre arrivée.

- Je n'y manquerai pas…

- Bien sûr ! appuie Mireille en essayant de sourire. Après une courte pause pour saluer Monsieur Vermandois.

L'étudiant ouvre la portière à Mireille et s'assied à ses côtés.

- On cause, on cause et on ne voit pas le temps passer ! s'exclame Capoulade… Allez… à ce soir Monsieur Vermandois !

- À ce soir !

Le véhicule démarre prudemment sur le chemin rocailleux. Un dernier geste de la main et bientôt le « Paradou » a disparu au premier coude du chemin avant de réapparaître quelque temps et soudain minuscule comme un jouet d'enfant. Épaule contre épaule, les mains unies, les fiancés sont à nouveau seuls au fond du véhicule. Charles se penche vers Mireille avec sollicitude et lui demande tout bas :

- Lasse, chérie ?

Elle sourit, les yeux clos, et fait non de la tête. Ils parlent peu. Ils ont pourtant tellement à se dire. Les mots ne viennent pas. Une bourrasque de vent, traversant la route devant eux, soulève un nuage de poussière.

- Le mauvais temps approche ! annonce le conducteur sans tourner la tête. Puis il dit plus haut sans réfléchir :

- Vous avez bien de la chance, Monsieur l'étudiant, de quitter la campagne avant les pluies !

- Tu parles ! ironise Miréio tout bas. Charles lui prend une main dans les siennes. Capoulade poursuit, semble-t-il, pour lui seul :

- Avec la pluie, la route sera difficile en automobile... Il faut être prudent, très prudent !

Charles et Miréio ne l'écoutent pas. Elle appuie sa tête contre l'épaule de son fiancé qui lui entoure la taille de son bras et effleure sa joue de ses lèvres. Capoulade continue son monologue :

- Je ne suis pas fait pour faire de la vitesse, moi. Je suis prudent. On veut gagner cinq minutes aux dix kilomètres et on se retrouve un jour dans un fossé, puis à l'hôpital... Il vaut mieux, tron de diou, partir cinq minutes plus tôt et arriver entiers !... Je la connais, cette route, quand il pleut elle devient mauvaise... tenez, à gauche, c'est un maraîcher qui n'avait pas vu le parapet. Il s'est réveillé à Aix avec un bras cassé, une plaie au visage et diverses « confusions » internes... Lui a eu de la chance, mais son auto était bonne pour la ferraille... Pourtant, l'homme ne buvait pas... enfin, pas ce qui s'appelle boire, mais il allait vite : ça s'est passé il y a quatre ans, à quelques semaines près. Ça lui a coûté cher, cette affaire !...

Tenez, il y a moins d'un an encore, vous voyez que ce n'est pas vieux ! c'est un étranger, avec une voiture américaine longue deux fois comme la mienne. Il estivait à Cadenet. C'était un conducteur comme on en voit peu. Sur une route comme celle-là, il dépassait le cent, il ne pouvait pas faire moins. Un jour, il a dû regarder une seconde péter les anges. ça suffisait. On l'a retrouvé, le volant dans la poitrine. Il avait du sang partout. La voiture n'avait presque rien, mais lui est mort. Il faut être prudent, c'est pas la peine de faire le mariole… Je pourrais vous en montrer encore, des endroits où il y en a eu, des accidents. Capoulade a la hantise de l'accident, les faits qu'il évoque l'incitent à regarder le compteur, oubliant qu'il est détraqué.

- Il faut que je le fasse arranger !

Il ne dit plus rien, mais, insensiblement, il « baisse » la vitesse. Les jeunes gens s'amusent un instant à l'idée que leur pusillanime chauffeur pourrait leur faire manquer un train dans son excès de précaution. Mais Aix approche. Doucement, Charles desserre son étreinte. Capoulade, qui se trouve en pays de connaissance, échange de sonores bonjours sans pour autant lâcher le volant qu'il tient solidement à deux mains.

- Té ! nous sommes arrivés ! annonce Capoulade, satisfait, s'arrêtant devant l'entrée de la gare.

- Je vais vérifier le moteur, Miréio, en t'attendant…

Allez, au revoir, Monsieur Charles… Revenez vite au pays… Faites-nous signe, on reviendra vous chercher.

- Combien vous dois-je ?

- Monsieur Vermandois m'a dit qu'il réglera ça.

- Bon… Alors, au revoir, Monsieur Capoulade, et merci.

Cependant que Capoulade soulève le capot et plonge le nez dans son moteur, les jeunes gens, après avoir pris le billet, passent sur le quai. Trouvant un banc vide, ils vont s'isoler. Le chagrin, déjà, se lit plus clairement sur le visage de la jeune fille. Les mots qu'ils veulent se dire ne viennent pas. Il leur reste quelques minutes, mais ces minutes-là sont cruelles. C'est trop court et il y a du monde. Ils ne sont déjà plus seuls. Hier encore, du haut du promontoire, ils vivaient leur amour, ils avaient en eux l'appel de la nuit qui avançait et qui serait à eux. Leur nuit les a grandis. Mais, soudain, dans cette gare, parmi cette foule étrangère, disciplinée dans un formalisme uniforme, ils se sentent désorientés. Le déchirement des derniers instants devient une banalité. Pour ne pas attirer la curiosité, ils doivent faire bonne figure. Miréio ne le peut complètement. Déjà les premières larmes roulent sur ses joues, elle sort son mouchoir.

- Le train venant de Marseille en direction d'Avignon... Lyon...

Les voyageurs rassemblent hâtivement leurs bagages, les porteurs s'affairent.

- En arrière, s'il vous plaît!

Au moment de s'arracher l'un à l'autre, l'émotion qu'ils avaient contenue les étreint. Ils s'enlacent étroitement.

- En voiture, s'il vous plaît! Et l'agent, en les croisant, leur glisse un sourire gouailleur.

- En voiture!

- Va! dit-elle, le cœur chaviré.

- Au revoir, chérie, à bientôt!

Quand le train s'ébranle, elle ne voit que lui : un visage un peu crispé derrière une vitre qu'il n'a pas eu le temps de baisser et qui le dilue rapidement en faisant fugitivement une vision qui se trouble puis disparaît. Elle enregistre machinalement : « C'est le troisième wagon! »

Ensuite, elle ne voit plus pendant quelques instants que l'arrière plat et grisâtre du wagon de queue auquel est accroché un fanal, qui va se perdre bientôt au-dessus de la parallèle luisante des rails. Encore un coup de sifflet lointain, un petit nuage de fumée qui s'évapore, et tout est fini.

La dernière vision que Charles a eu de Mireille n'était plus qu'un point minuscule immobile, perdu sous le grand auvent de la gare. Il a pris sa place dans un compartiment, près de la vitre. Le train fonce vers Cadenet. Le Luberon réapparaît quelques instants, puis s'éloigne à nouveau. Dans le lointain imprécis, Charles cherche encore à deviner « leur » paysage qui les grandissait, mais celui-ci est déjà anonyme, dérisoire avant de disparaître comme une illusion. Il prend un livre et l'ouvre pour donner le change, garder le plus longtemps possible au présent le lien avec son amour.

- Avez-vous du feu, Monsieur, s'il vous plaît ?

Un individu à barbiche et lorgnons se penche poliment vers lui. Être anonyme, correctement anonyme, comme le tout aveugle dans lequel il plonge soudain et auquel il s'intègre à nouveau, lui, le voyageur inconnu des autres.

Le lien est rompu. L'instant de la séparation lui-même se dit au passé.

- S'il vous plaît, avez-vous du feu ?

Il tâte ses poches et devine au passage le carton de quelques photos, il n'ose encore les sortir. Il ne peut les sortir pour plonger dans la clarté d'un doux visage ; il ne peut étonner, lui, l'anonyme, ce serait inconvenant. Se faisant violence, il pense d'autorité :

- À bientôt, chérie ! À bientôt !

Soudain, devant ses yeux, il rencontre ceux du monsieur à barbiche et à lorgnons qui attend, étonné, son bon vouloir.

- Oh ! pardon ! dit-il civilement. Et il tend la flamme de son briquet au voyageur.

- Grand merci, Monsieur !

L'inconnu lui sourit curieusement avec un petit air entendu qui pourrait vouloir dire :

- Tous les mêmes, ces jeunes gens… Distraits et moroses pour une amourette… Moi aussi, j'ai connu cela à vingt ans… C'est beau, la jeunesse qui croit à tout ce qu'elle touche et à tout ce qu'elle voit…

Charles a saisi cette lueur malicieuse dans la prunelle du monsieur compréhensif.

Non, Charles n'est plus comme les autres. Il aime Mireille. Il en est aimé. Elle est unique. Pour elle aussi, il est seul… « Charles et Mireille. Mireille et Charles »… Il scande mentalement leurs noms au rythme régulier des roues sur les rails. Ses paupières sont lourdes.

Qu'il est stupide d'être bouleversé à ce point pour une séparation de quelques mois ! pense-t-il encore vaguement. Puis sa fatigue le livre au sommeil…

Quand le train fut parti, le cheminot est repassé devant Miréio avec son petit drapeau rouge roulé sous le bras. Il est jeune et sans doute suffisant. Avec le même sourire goguenard au coin des lèvres, il lance effrontément :

- Allez, vaï, il reviendra l'été prochain, votre amoureux, belle demoiselle !

Miréio n'a pas répondu. À son chagrin s'ajoute maintenant dans cette gare immense, au large quai presque désert, une vague détresse, le sentiment d'un abandon. Alors, fuyant la curiosité qui se porte toujours sur les attardés sans raison et les femmes seules, elle s'en va se réfugier au fond du véhicule qui l'attend, et là elle éclate enfin en sanglots.

- Mon Dieu ! suis-je bête de pleurer ainsi... Nous allons nous revoir bientôt.

Capoulade se tait maintenant, dépassé qu'il est par cette peine. Miréio jette un regard rapide par la portière... Que les gens qu'ils dépassent lui paraissent soudain fermés à la douleur, égoïstes, ou cruellement heureux. Dans le fond de son siège, elle ferme les yeux pour ne pas les voir.

Le monde se referme sur son amour, et pour le retrouver, il lui faut vivre en elle, tourner ses yeux vers son cœur et son esprit. « Cet été... Hier... cette nuit ! » Mais leur vie s'est suspendue à l'aube. Il ne faut pas aller plus loin ni avant ni après... Il faut attendre quelques mois... de longs mois pour raccorder la chaîne du bonheur.

Septembre doux et pluvieux s'achève. Les granges se sont refermées sur la moisson. Les vendanges ont été abondantes et le chai sent bon le soufre et la futaille. Antoine, le « spécialiste », va de maison à maison tuer le porc gras. Il en fait deux par jour, un le matin, un le soir. Quand il est à la besogne, il ne connaît personne et personne n'ose s'aventurer au pendoir. Il travaille. Il fait son métier avec soin, honnêtement. Il ne se laisse presser par quiconque, ni non plus entourer de trop près. Il se laisse regarder de loin, mais lui ne voit que la bête offerte au sacrifice.

Mais, son ouvrage terminé, il revient à la société. Son sourire réapparaît et il le montre au propriétaire qui s'approche et à qui il dit courtoisement :

- C'était vraiment un beau porc ! Puis, s'essuyant son front ruisselant, il lance à la cantonade :

- À vous mes belles ! La fête peut commencer. Antoine se sent bien au milieu des femmes qui ont préparé les tables, la boudinière et le saloir. Comme il est le seul homme, en général, avec le maître des lieux, parmi les fermières venues des alentours, il s'en donne à faire le coq, à raconter des blagues qui les font rire pendant qu'elles font le boudin, les jambons et les confits, et, bien entendu, on lui sert déjà à boire à gogo.

La coutume veut que la fermière qui a fait tuer son porc apporte aux voisins les morceaux qu'elle ne peut garder pour l'hiver. Le même don lui a été fait ou lui sera fait les jours suivants. À midi, si le porc a été tué le matin, ou le soir, elle dresse une grande table, avec beaucoup de viande, comme il se doit, du vin blanc et rouge en bouteilles qui font plaisir à voir alignées complaisamment sur le drap blanc de la nappe et entre lesquelles il fait bon rire en les vidant. Parfois, quelques hommes viennent se joindre à la compagnie de leurs femmes et participent à la fête, en louant comme il se doit la viande fraîche, le bon vin et, bien sûr, parce que c'est son temps, Antoine le tueur de cochons qui fait figure de héros :

- Antoine, bois un coup !

- Mange, Antoine !

- Bois encore !

- Bois donc, ivrogne !

- Et donc que fais-tu ?... Ton verre est vide.

- Remplis-le !

- Vide-le ! Et l'homme, parce que cela fait partie de la tradition, boit jusqu'à plus soif, mange comme un ogre et débite ses histoires entre deux fourchetées vigoureuses. Certaines datent de sa jeunesse et il les a dites cent fois, qu'importe, il les ressert. Il en raconte parfois de nouvelles et les gens qui sont gais par le vin se disent entre eux :

- C'est à se demander où il va les chercher !

On le trouve spirituel et il est tacitement établi que seul il peut l'être ce jour-là. Cependant, ceux qui ont bonne mémoire lui demandent en fermant les yeux à demi :

- Antoine, raconte-nous un peu celle du capelan.

- Laquelle ? demande l'homme, faraud et complaisant.

- Celle du capelan, de l'âne et de la meunière !

Et chacun s'esclaffe au rappel de cette histoire usée, mais qui, dite ce jour-là par Antoine, est toujours de mode.

- Il en connaît, ce grand carcan !

- C'est égal, dit parfois une femme, celle-là est un peu salée ! Mais, ce disant, elle rit et chacun voit qu'elle prend plaisir comme tout le monde.

- C'est pas jour de messe, mignonne.

- Bravo, Antoine... Continue.

- En parlant de messe, je vais vous en raconter une bien bonne !

- Allez !... Allez !... Vas-y, nous t'écoutons !

- Ah ! si vous faites du chahut, je m'arrête.

- Chut ! Chut ! un peu de silence, s'il vous plaît !...

Antoine, vas-y !

Mais les porcades, les gros travaux des récoltes, faisant le bilan d'une année de bon travail, n'empêchent pas la vaillante jeunesse d'être de son âge, et Fraissin fait toujours recette aux bals de fins de semaines. Fariolo, à nouveau, y fait de courtes apparitions. Marinette, par contre, craignant pour son fiancé et protégé, ne veut plus le connaître. Elle sait bien que les garçons, quand ils sont par bandes et qu'ils enlacent les filles sur la piste de danse, s'échauffent forcément, surtout s'ils ont bu autre chose que de la limonade ! Au demeurant, Luigi ne s'est jamais risqué chez Fraissin, elle ne pourrait donc le faire sans lui. C'est encore un gros sacrifice qu'elle lui a consenti sans se plaindre.

- J'ai autre chose à penser maintenant ! se dit-elle délicatement.

Agnès éprouve de l'abandon depuis que Fermin est retourné à la ville, car il était son lien avec la jeunesse du pays. Il avait dit à son dernier départ :

- Je resterai plus longtemps sans venir ! Cela date déjà de six semaines et elle ne peut se faire d'illusion sur la durée de son absence. Ses rares lettres ne laissent pas déborder ce plaisir des êtres spontanés qui vont bientôt se revoir.

Elle a, certes, voulu profiter de l'invitation que lui avait faite Fariolo de venir la voir quand cela lui ferait plaisir ou qu'elle aurait quelque chose à lui demander. Mais sa déception était toujours la même. Il ne sortait pas d'un brin de son rôle de grand ami fraternel, elle n'avait pas d'autre part l'excuse d'être avec son frère pour se permettre de rester bien longtemps en sa compagnie, pas plus qu'il n'avait le loisir facile de son côté, à cette époque de grands travaux, de s'occuper particulièrement de sa précieuse petite personne.

Elle le suivait au chai, sur l'aire, aux étables pendant un long moment, puis, dépitée et lasse, elle lui disait au revoir et s'en revenait tête basse, le cœur gros. Le soir, elle pleurait longuement sur son amour incompris. C'était décevant. Cela menaçait de durer.

Elle eut alors sa première hardiesse quand elle apprit incidemment que celui qu'elle aimait revenait au bal de « Chez Fraissin » parler avec quelques camarades, faire deux ou trois danses et retourner de bonne heure chez lui. « Là, au moins, pensait-elle, il n'aura pas les travaux de ferme qui l'occupent. Il y vient pour se détendre. Ne penser qu'à son plaisir et à ceux qui l'entourent. Et moi, si je suis parmi ceux-là, je lui demanderai de me faire danser…

Si je peux le lui demander… Mais de me raccompagner, cela, il le fera… Lui seul peut me raccompagner chez moi : il le sait… Quand nous sortirons du bal, je lui donnerai le bras, c'est normal puisqu'il fera nuit… Puis je pèserai un peu sur son bras… Oh ! ça, je ne le pourrais pas, non, ce n'est pas possible… Mais je pourrais lui demander de revenir me chercher pour retourner chez Fraissin ! »

Agnès construisait son petit roman. La conclusion logique était bonne. Elle en était convaincue. Alors, pour aller à ce bal, elle travailla le soir sur un tissu offert par Fermin. Elle se fit ainsi une gentille petite robe prise sur un modèle. Chaque coup de ciseau pour la taille était une menace au mauvais sort et chaque coup d'aiguille pour la couture une promesse de bonheur. Enfin, elle fut prête et le grand soir est arrivé. Elle prend grand soin de sa toilette, d'une façon à se donner un air de grande fille. Puis, émue par cette entrée dans un lieu fait pour les grands, elle pousse la porte de la guinguette. Elle est venue avant l'heure pour permettre aux gens de se faire à sa présence les uns après les autres…

Elle a certes bien mijoté son affaire…

Quand une personne fait sa première apparition dans un lieu fréquenté par des habitués et que ceux-ci sont déjà rassemblés, les regards convergent immanquablement vers le nouveau venu. On le détaille. On en parle. On l'épluche. Cela est pis quand il s'agit de jeunes à la fête.

On en rit pour pas grand-chose, pour rien… On en parle haut avec l'assurance du nombre. Chacun dit la sienne et les plus hardis se mettent en vedette aux frais de l'étranger… Quand cet étranger est une petite jeune fille délicate, les plaisanteries de gros sel qu'on lui débite risquent de la démonter, de la placer dans une situation difficile… Par contre, en arrivant avant les autres, ceux qui la suivent immédiatement sont certes surpris de la voir en ces lieux, mais comme ils ne sont pas assez nombreux pour la regarder avec insistance, voire sourire de son embarras et de la tournure de sa personne, et qu'ils ne doivent pas eux-mêmes manquer leur entrée, ils s'habituent à sa présence qui leur devient naturelle. Elle a le pas sur eux parce qu'elle est arrivée avant… Les premiers habituent les seconds par contagion et ainsi de suite. Ce n'est qu'à la fin que les gens se disent :

- Té ! tu as vu la petite Agnès ? Elle était au bal.
- Hé, c'est de son âge.
- Elle dansait avec Fariolo.

- Ma foi, ça ferait un beau couple.

Elle a tout prévu, la jeunette… sauf l'imprévu. Ayant donc poussé la porte de la salle de bal, elle y jette, le cœur battant, un rapide coup d'œil. Quand le père Fraissin, qui en connaît de longues sur la jeunesse, la voit, il manque de la faire s'enfuir en lui disant, le sourcil relevé :

- Hé ! chatto, que viens-tu faire ?

- Je regarde ! Alors elle repense à Fariolo, au roman qu'elle s'est bâti, à la robe qu'elle s'est faite. Tout cela lui redonne un peu de son courage.

- Je prendrais bien une orangeade, Monsieur Fraissin. Mais elle reste debout.

- Une orangeade ? Bien… Bien… Eh bien ! assieds-toi !

Elle est venue un peu trop tôt quand même. Elle doit faire figure de voyageuse, seule qu'elle est, égarée entre les chaises en bois et les tables en granito disposées autour de la piste.

Le tenancier revient vers elle et lui pose sur la table la consommation demandée, puis il pose ses poings sur ses hanches :

- Ainsi, tu viens au bal ?

- Oui, répond-elle, toute rose.

- Seule ?

- J'attends Fariolo.

- Ah !… bon… bon… bon… bon…

… Eh bien ! « chatto », tu es chez toi… Et puis, quand tu veux quelque chose, dis « père Fraissin » comme tout le monde.

- Oui.

- Monsieur, ça me gêne ! Ici, personne ne m'appelle Monsieur.

- Bien !

Le père Fraissin se retire. Elle est à nouveau seule ; la salle demeure vide pendant encore un long moment. Elle tient bon. Il faut tenir. Enfin le premier couple fait son entrée, son cœur bat à nouveau très fort, mais elle ne doit pas paraître troublée, car les arrivants lui font un simple geste d'amitié comme à n'importe qui. Puis les danseurs arrivent en chapelets dont les premiers grains tomberaient de la porte au ralenti. La musique se fait entendre, le bal est ouvert.

Elle n'a plus peur. Deux couples partagent maintenant sa table qui était demeurée une des seules où il y eut de la place. Si on la regarde maintenant en passant, c'est parce qu'elle est jolie et non plus parce que c'est la première fois qu'elle vient au bal.

Elle découvre ainsi qu'elle ne s'est pas trompée de classe et que la danse est bien de son âge. Elle est soulagée et un peu étonnée d'avoir grandi si vite.

Dégagée de son appréhension, elle pense enfin pour qui elle est venue : Fariolo n'est pas là et le bal bat son plein… Il y a dans la salle, à quelques sièges seulement du sien, un cigalon qui la couve des yeux et se penche parfois pour mieux la voir. C'est François, le fils du boulanger, celui à qui Fermin flanqua une raclée mémorable pour avoir escamoté l'échelle de dessous la fenêtre de la Marthe alors qu'il était en visite d'amour… François la regarde et Fariolo ne vient pas. Elle voudrait sortir et elle n'ose pas, et elle ne peut pas croire encore que celui pour qui elle a tout fait ce soir ne viendra pas…

Cependant, Fariolo a bien pris le chemin qui mène chez Fraissin. Il est même arrivé jusqu'à la porte, mais, par-dessus le rideau posé à mi-fenêtre, il a jeté machinalement un coup d'œil dans la salle. Il tournait déjà la poignée pour ouvrir quand son regard s'arrêta étonné sur Agnès et Agnès paraissait attendre. C'était la première fois qu'elle venait au bal. Personne ne l'y avait amenée, elle attendait visiblement quelqu'un, et ce quelqu'un ne pouvait être que lui, Fariolo : il le savait. Il hésitait encore quand son attention tomba sur le jeune François qui ne voyait qu'Agnès dans la salle. Il les observa tous les deux quelques instants. Il pouvait être tranquille, il ne serait fait aucun mal à la petite sœur de son ami.

François était un garçon honnête et brave, et il le savait amoureux d'Agnès, car tout se sait dans un village, même ce qui ne s'avoue pas. L'occasion était excellente. Il lâcha la poignée de la porte et revint lentement chez lui.

- Laissons faire, se dit-il, ils sont faits pour s'accorder… c'est bien le diable qui s'en mêlerait s'ils n'arrivent pas à se rencontrer ! Et sa pensée glissa vers Miréio à qui le facteur apporte des lettres de Paris…

Le bal continue. François, bien que timide, s'enhardit. Il s'approche d'Agnès et lui demande une danse. La jeune fille ne peut prétendre être venue au dancing pour une autre raison que la danse, elle accepte donc. Elle a le cœur lourd d'être dans les bras de ce garçon qu'elle a à peine regardé jusqu'alors :

- Tu danses bien ! dit-il pour rompre leur silence.

- Toi aussi ! répond-elle poliment… Et il l'invite à nouveau un moment après. Il ne veut pas qu'un autre la fasse danser. Désemparée, elle danse chaque fois qu'il lui demande. Cependant, un gros chagrin de petite fille brûle ses yeux. C'est le chagrin de l'enfant qui doit se séparer d'une vieille poupée pour en adopter une autre toute neuve qu'on lui impose… Elle devine l'illusion qu'elle a vécu et pressent qu'il n'est plus possible qu'elle se détourne instinctivement d'elle pour voir « autre chose »… Quelle chose ?…

- Qui ? Elle ne veut pas se le demander, elle danse. Les vieilles idées, même fausses, nous appartiennent, ce sont des êtres vivants qui pleurent en nous qui les abandonnons quand la raison froide les éloigne pour les remplacer par une vérité déchirante… Elle est venue pour Fariolo et François la fait danser. Dans le bruit et la chaleur, ses pensées sont en déroute. Elle danse. Elle ne pense plus. À la place est une douleur qui va s'engourdissant. Agnès est grisée et sans joie, bientôt sans peine, tant que durera ce qui l'engourdit : la danse, le bruit, la chaleur. À la faveur d'un départ de plusieurs danseurs parmi lesquels elle se glisse, elle sort. Elle est dehors. Plus de bruit, plus de danse. L'air frais fouette son visage et la réveille brutalement. Elle passe une main lente sur son front moite.

- Qu'ai-je fait ?

« Tu n'as rien fait, petite Agnès. Tu n'as rien fait de mal… Tu es venue pour Fariolo et tu l'as oublié un moment… Mais oui… c'est simple comme la vie, quand on n'y pense pas trop… Tu as oublié Fariolo en dansant avec François… Le petit François, le fils du boulanger… Il est très gentil… Il ne t'a rien dit qui ne soit innocent… Il n'a fait que danser et te regarder… et tu as dansé. »

- Que vais-je faire ?

« Rien, bien sûr… laisse-toi faire !… Tu es jeune et tu es pure : que risques-tu ? La nuit n'est pas aussi noire que tu la vois au sortir de la lumière. Regarde au ciel, sont des étoiles, des fenêtres sont allumées, des portes ouvertes… et tu connais ton chemin, tous les bons chemins… Reconnaissons que tu n'aurais pas dû venir seule au bal… soit… mais qu'y faire ?… Allons, n'aie pas peur, avance !… Non, tu n'as rien fait de mal. Tu ne feras jamais le mal… Sais-tu seulement ce que c'est ?… N'aie donc aucune crainte. Tu es forte et tu n'as que dix-sept ans ! »

- Agnès… Veux-tu que je te raccompagne chez toi ? François se trouve maintenant au côté de la jeune fille.

« C'est ça, Agnès, ne dis rien… va… ne dis rien, c'est bien mieux ainsi. Tu dirais peut-être des choses que tu ne connais pas. La jeunesse ne doit pas s'abîmer, se ternir de vilaines paroles… Garde le silence… le petit François va à côté de toi. Il ne dit plus rien non plus. Il t'accompagne parce qu'il t'ai… non, ne te fâche pas. Je ne dirai pas le mot, ce mot terrible et combien pur à vous deux. Mon Dieu, que tu es jeune ! Que tu es pure ! Et lui aussi est jeune, et il est fort et droit… tendre… très tendre. Il est amoureux… Bon, n'en parlons pas ! Tout ce qui touche au cœur t'effarouche parce que tu es dans le cycle des belles choses qui ne se disent pas à ton âge. Tu n'oses même pas les murmurer tant le cœur de la jeunesse telle que la tienne est transparent et se lit et se blesse au moindre heurt.

Te voilà arrivée au seuil de ta porte. Ton compagnon ne t'a pas dit un mot, n'a pas fait un geste qui puisse t'effaroucher. Il n'oserait pas. Il t'a accompagnée pour être près de toi. Pour lui, c'est déjà une belle soirée. Il s'en contente malgré ton silence et le bouleversement qu'il a lu sur ton visage.

Mais il a dansé avec toi seule, et toi avec lui seul. Malgré toi encore, c'est un commencement de la réalisation du plus cher désir de François : Toi à Lui. Il est jeune et ce désir n'a plus la facilité d'un caprice d'enfant, ni non plus la fantaisie d'un blasé qui ravale les plus beaux mouvements à la hauteur d'un scepticisme. François, lui, est neuf et vigoureux. Il croit encore, il a la foi. Il t'aime…

Non, ne t'en va pas sans lui tendre la main, sans lui dire bonsoir ! »

- Sais-tu pourquoi Fariolo n'est pas venu au bal ce soir ?

Comment le saurait-il ?

- N'y vient-il pas d'habitude ?

- Il y revenait depuis quelque temps… Je ne sais pas pourquoi il n'y était pas aujourd'hui.

« Tu lui as jeté tes questions sur un ton de révolte. Mais n'es-tu pas surtout en rébellion contre toi-même ?… Tu sens une emprise imprévue dont tu voudrais te délivrer avant qu'il ne soit trop tard… Pour cela, tu as voulu faire mal, mais tu ne sais pas, François non plus ne sait pas le mal. Il n'a pas trouvé tes questions irréfléchies, stupides ni désobligeantes, non, mais presque normales… Il sait que tu aimes Fariolo, oui, ça se sait ! et que Fariolo ne t'aime pas… du moins tel que tu l'entendais. Mais François t'a fait danser et il t'a accompagnée. Tu as accepté ce mouvement vers toi, et lui, sans avoir encore l'idée de se l'expliquer, sent que tu es plus près de lui. Un fossé est franchi. Un champ se découvre. D'instinct, le véritable amour, si jeune soit-il, celui dont vous êtes capables tous les deux, est prêt à cultiver ce champ, à le défendre. »

- Bonsoir, Agnès !

- Bonsoir…

- Tu reviendras au bal ? hasarde-t-il.

- Non !

« Et vlan ! tu as claqué la porte sur son nez... Tu l'as laissé brusquement seul dans la rue sombre... Eût-il été moins amoureux et un peu moins jeune, l'amour-propre s'en serait mêlé. Bah ! cela est réflexe de votre âge... N'est-il pas naturel en somme qu'il souffre un peu, pas trop, puisqu'il t'aime ?... Allez, va, monte dans ta chambre... Sans trop de bruit, voyons ! Les parents, père et mère, se sont endormis, las qu'ils étaient de t'attendre pour te faire la leçon. Que veux-tu, ils ne sont pas « dans la course », et, c'est leur devoir de t'interdire de sortir seule le soir avec n'importe qui... Mais un grand ami arrangera cela demain, Fariolo : n'est-ce pas lui qui remplace ton frère en son absence ?... Mets-toi sur ton lit et pleure sur ta vieille poupée sur ton premier manteau d'illusion qui t'enveloppait comme une chrysalide : demain, tu y verras plus clair. Demain, l'énormité du drame qui s'est joué dans ton joli cœur te paraîtra déjà bien exagérée... Bonsoir ! tu dormiras quand même, les larmes faciles d'un gros chagrin aident souvent à dormir... Bonsoir, Agnès, dors bien... Les vieux seuls ne savent pas s'endormir sur leurs soucis... »

Agnès a vu passer François sous sa fenêtre. Il portait vaillamment à dos ses sacs de farine. Il lui a souri sous sa charge en tournant la tête un peu de côté pour la voir. Elle a répondu parce qu'il était poudré à blanc.

- Un « Pierrot » ou un bonhomme de neige ? s'était-elle demandée. Son sourire à lui était fait de joie juvénile parce qu'il l'avait vue en passant, c'était un « bonjour ». Celui d'Agnès était déjà de la bonne humeur malicieuse... et chacun sait qu'un sourire rendu en appelle un autre et que les raisons qui les provoquent varient dès lors comme la couleur du temps ; par une disposition de l'esprit, l'évolution du cœur... par exemple...

Agnès est retournée deux fois au bal... peut-être trois. François était son seul cavalier... Puis Fraissin a fait danser sans eux. Leur timidité se choquait au bruit et à la bousculade, adieu le bal !… Puis un jour, Fariolo les découvrit mignotant sur son chemin. Il pleuvait. Toutes les amours ne sont pas du printemps ! Ils étaient confus de s'être laissés surprendre par la pluie. Fariolo, le grand ami, leur a fait geste amical en les croisant, alors ils lui ont souri, puis, se donnant la main, ils ont couru joyeusement sous l'averse pour aller se mettre à l'abri.

Le facteur est passé au « Paradou » quelques minutes avant dix heures. Du seuil de la porte, il a tendu un pli à M. Vermandois qui l'a glissé dans sa poche après s'être assuré de l'expéditeur. Il a un bref entretien familier avec l'agent qui s'excuse bientôt et reprend sa tournée.

Vermandois referme la porte derrière lui.

Au passage, il tourne le bouton de la radio, puis il s'installe confortablement dans un fauteuil tiré près de la cheminée. Il prend encore le temps de bourrer et allumer sa pipe, et, enfin, il pense à la lettre qui vient de lui être remise. Elle est à son nom, « Henri Vermandois » et porte en coin, en capitales, la mention « Personnelle ». Le timbre est de Paris.

L'expéditeur est le père du fiancé de la fille. C'est la première fois que Monsieur Lesueur père lui écrit. Monsieur Vermandois est étonné et vaguement inquiet déjà par cette mention « Personnelle » qui, à première vue, lui paraît, pour le moins, superflue. C'est avec soin cependant qu'il découpe l'enveloppe et chausse ses lunettes. Il déplie alors le rectangle de papier sur lequel une main rapide a tracé seulement quelques lignes. Presque aussitôt, son visage s'altère. Il suspend sa lecture et pousse une sourde exclamation : le drame inattendu se révèle brutalement dès la première ligne.

« Notre grand fils adoré Charles était parmi les victimes de la catastrophe aérienne de Nancy. Son corps ramené à Paris, nous… »

D'un geste machinal, le père de Miréio abandonne la lettre sur le coin de la table, puis il passe une main tremblante sur son visage : le malheur est tombé sur sa maison !

Autour de lui, qui sait déjà, qui est le seul à savoir, tout respire la paix, le rythme paisible d'une vie ordonnée, solide. La radio donne une musique douce qui semble s'inspirer de la quiétude ambiante. Sa femme est à côté; à la cuisine, poursuivant, comme tous les jours à cette heure, la préparation du repas de famille. Sa fille, sa grande, est quelque part, non loin de la maison. Seule, isolé dans la paix de l'automne à penser encore, elle qui ne sait pas, que son fiancé viendra bientôt :

- Oh ! Miréio ! ma petite fille ! quelle douleur ! quel abîme de douleur vais-je t'annoncer... Moi qui ai voulu toujours t'épargner le moindre chagrin. Moi qui n'ai jamais touché ton cœur d'un moindre reproche qui ne soit justifié... Dieu ! que vais-je faire ?... Comment lui dire ?... Non, je ne peux pas ! Il faut que je prévienne ma femme... Pauvre femme ! Les mains appuyées sur les accoudoirs de son siège, le buste penché en avant, il appelle :

- Jeanne ! Jeanne !

Avec le bruit de la radio, Madame Vermandois n'entend pas ce premier appel lancé d'une voix étouffée. Elle est dans sa cuisine à vider une volaille. Le ménage est fait. Les cuivres astiqués la veille par Miréio resplendissent.

Une légère odeur de cuisine flotte dans la pièce. Miréio ne devrait pas tarder maintenant à rentrer pour mettre la table.

- Jeanne !

Sans relever la tête de son ouvrage, elle répond :

- Oui, que veux-tu ?

- Jeanne !

Elle s'immobilise soudain. La voix de son mari est singulière.

- Jeanne... Viens donc !

Elle se lève, s'essuie hâtivement les mains à un torchon et accourt, alarmée.

Un chat errant, qui guettait la préparation du repas, saisit l'occasion qui se présente de l'absence de la maîtresse de maison pour s'approcher prudemment de la cocotte en fonte abandonnée à terre…

Madame Vermandois est dans l'encadrement de la porte donnant sur la salle commune.

- Qu'y a-t-il, mon ami?…

Elle voit alors la pâleur de son visage, son immobilité et son regard qui se fixe sur elle avec détresse. Elle s'empresse.

- Tu ne te sens pas bien? dis-moi. Que ressens-tu?

Sur le visage pathétique qu'il montre, elle pressent un drame. Elle voit la lettre.

- Qu'y a-t-il?

- Jeanne!… Charles… le fiancé de notre grande chérie, est mort!

Les époux restent pétrifiés face à face à cette exécution cruelle du destin. La lettre annonciatrice fait une tache crue sur le meuble vernis sombre. Madame Vermandois s'en empare enfin et, se laissant choir sur une chaise, elle lit un passage au hasard :

« Nous n'avons pas eu le cœur de vous adresser un télégramme. Nous croyons maintenant, ma femme et moi, qu'il a mieux valu que Miréio, dont nous avait tant parlé Charles, ne l'ait pas vu ainsi, lui qui était si beau, si bon, qui ne nous avait donné que des satisfactions. Il a été déjà bien pénible d'avoir eu le triste devoir de le reconnaître…»

Madame Vermandois, les yeux noyés de larmes, regarde son mari, et sa main se pose sur la sienne :

- Qu'avons-nous donc fait pour mériter un tel châtiment du ciel?

- Oui, il était beau, Henri. Qu'allons-nous faire? Comment le lui dire?

Soudain elle se rappelle que la jeune fille peut être là d'un moment à l'autre. Cette crainte lui redonne un peu de courage. Elle se lève vivement et va soulever le rideau de la fenêtre.

- Je ne la vois pas encore. Elle a dû retourner au village... Je vais au-devant d'elle... Il faut la préparer... Laisse-moi faire ! Elle s'empare de la lettre tragique et l'enfouit dans son corsage, puis elle ajoute avant de sortir :

- Remets-toi, mon mari... Prends un livre ou un journal !

Madame Vermandois s'arrête un instant à la clôture du jardin. Sa fille n'est pas sur le chemin venant du village. Elle reporte alors son attention aux alentours du mas... Miréio, immobile comme une statue, est assise sur un rocher surplombant la route vers le Bois Bleu. Seuls ses cheveux tombant sur ses épaules ondoient dans le vent. Depuis le départ de Charles, la jeune fille reste souvent à rêver ainsi en solitaire, sans doute à son retour. Elle n'y met plus cette tristesse des premiers jours, mais une tranquille espérance, un besoin de revivre avec lui les jours passés.

La mère ne bouge plus, le cœur soudain chaviré. Miréio l'aperçoit et lui fait signe de la main. Elle revient. La mère, qui a trop présumé de son courage, est affolée.

- Comment lui annoncer ?

Elle se rend toutefois compte que l'attitude de son mari et la sienne ne sont pas faites pour donner le change. Soudain, elle avise un gamin qui passe. Elle l'arrête et le prend par la main.

- Viens vite à la maison, vite, et elle se met à courir avec lui. Déjà, Miréio descend lentement de son belvédère et s'en revient au mas.

À son mari qui a un mouvement de mise en garde à son entrée, Madame Vermandois dit rapidement :

- J'envoie le petit des Jarasson prévenir Marinette... Miréio n'est pas loin derrière nous.

Elle trace quelques mots pressés sur un morceau de papier, le glisse dans une enveloppe qu'elle ferme et le tend au gosse en recommandant :

- Tiens, voilà cinq francs pour toi. Dépêche-toi...

Porte-le bien à Marinette Fourlassou, tu entends ?

- Oui, m'dame.

Il était temps. L'enfant courant croise Miréio dans l'allée du jardin.

- Et où vas-tu si vite ? fait-elle, étonnée.

- Porter un mot à Marinette… Je dois faire vite !… Je crois qu'on t'attend !

La jeune fille a l'intuition d'un événement important. Elle rentre. Ses parents ont entendu sa voix. Ils la regardent. Ils sont bouleversés et sa mère, brusquement lui ouvre les bras. Elle est en larmes.

- Ma pauvre enfant ! Ma toute petite !

Le destin aveugle a frappé le jeune couple. Lui seul avait le pouvoir de briser leur jeune bonheur, leur bel amour confiant. L'accident stupide l'a détruit, faisant une vacuité tragique dans leur univers désolé.

C'est hors d'haleine que le jeune Jarasson arrive chez les Fourlassou. Eugénie, qui besognait un balai à la main dans une chambre, est saisie de la voir les joues empourprées surgir brusquement devant elle, tel un diable hors d'une boîte.

- Ne pourrais-tu frapper à la porte, malappris ?

- Elle était ouverte.

- C'est pas une raison… Que veux-tu ?

- Marinette est là ?

- Non, elle est à la fontaine… Que lui veux-tu donc de si important pour que tu oublies la politesse ?

- Il y a de quoi… et puis, j'ai couru !

- Qu'est-ce qu'il t'arrive ? demande-t-elle intriguée… tu es tout « chose »

- Je ne sais pas exactement ce que c'est, mais au « Paradou » ça va pas.

- Ah ! Qu'y a-t-il donc ? Ils ne t'ont rien dit ?

- La mère de Miréio m'a remis un papier en disant : « Cours… cours… va vite ! va chercher Marinette, donne-lui ce papier… qu'elle vienne tout de suite : c'est un malheur ! »

- Elle t'a dit : « C'est un malheur » ?

Il a un regard un peu en dessous et la voix moins assurée pour ajouter :

- Elle ne me l'a pas dit comme ça… mais presque.

- Mais qu'est-ce qu'elle t'a dit, drôle ?

- Elle m'a dit de faire vite… Pour le malheur, ça se voyait sur leurs figures.

Elle quitte le balai contre le mur et dit avec autorité :

- Fais voir le papier.

Il se fouille maladroitement en voulant faire vite et présente enfin l'enveloppe déjà froissée. Il a un rire en dedans pour ajouter :

- Elle est fermée.

Visiblement déçue, la mère Fourlassou perplexe tourne et retourne l'énigmatique message. Elle donnerait cher pour savoir tout de suite ce qu'il contient ! Comme l'enfant est aussi impatient qu'elle de savoir il se fait complice :

- Allez, vaï… Vous pouvez l'ouvrir, puisque c'est pour Marinette !

D'abord, il n'a pensé qu'aux cent sous promis par Madame Vermandois, mais maintenant, à causer avec Eugénie Fourlassou, il pense qu'il pourrait bien être porteur d'une grosse nouvelle dont parlera tout le village et qui fera dire :

« C'est l'aîné des Jarasson qui est allé prévenir Marinette ! » Malgré la tentation, Madame Fourlassou, héroïque, rend le pli intact à l'enfant. Elle l'aurait peut-être ouvert si celui-ci n'avait rien dit :

- Tiens, va lui porter à la fontaine. Apprends, mon petit, que l'on ne doit jamais ouvrir une lettre qui ne nous est pas destinée.

- Oui… Oui… dit-il avec humilité et il se dirige vers la porte.

Elle regrette déjà son honnêteté et avant que la porte ne se soit refermée sur lui, elle l'arrête un instant :

- Et tu reviendras me dire ce qui est arrivé au « Paradou »… Tout de suite… Allez… va… va vite !

Donnant-donnant, il fait son marché :

- Tu me donneras cent sous si je reviens tout de suite ?

- Oui, foutu mendiant… Maintenant dépêche-toi, ou je te fais courir à coups de balai au derrière.

Et l'enfant reprend sa course vers le village.

« Cent sous de plus, ça fait dix francs… avec dix francs j'achète un sac de billes ou dix grosses agates. Si Marinette me donne aussi cent sous… » et il repense à son papier :

« Qu'est ce que ça peut être ? Si ce n'est rien, je perds cent sous, peut-être dix si Marinette… »

Il arrive sur la place, et, bruyamment, éclaboussant sans vergogne au milieu de l'eau savonneuse ruisselant sur le pavé, il s'écrie :

- Marinette… Marinette… Il n'a pas le temps d'en dire davantage. Il perd l'équilibre, glisse et se retrouve par terre, le derrière dans l'eau et vexé d'avoir manqué son arrivée de grand courrier. Tout le monde rit de la cocasserie de sa position et de sa mine déconfite. Il relève la tête. Marinette le regarde en poursuivant son savonnage et lui dit en riant :

- Maintenant que tu es assis, je t'écoute.

- C'est pour toi… un papier du « Paradou »… c'est « zurgent ». Et il achève avec un peu de rancune : je crois qu'il ne te fera pas rire ! Et il se lève, la culotte collée aux fesses. Toutes les femmes présentes lèvent la tête. Devant les ménagères qui ont suspendu leur ouvrage et attendent ce que Marinette va leur apprendre. Marinette, se torche les mains sur son tablier et déchire nerveusement l'enveloppe que le fils Jarasson lui tend… Elle lit… Les témoins se rendent bien compte qu'il n'y a que trois lignes… mais ce qui est écrit doit être terrible au point de blêmir Marinette.

- Un malheur !…

- Qu'est-ce donc ? Qu'est-il arrivé ? Quel malheur ? Marinette remet précipitamment son linge lavé ou non dans sa lessiveuse et demande qu'on veuille bien le lui porter chez elle :

- Qu'est-il arrivé ? Quel malheur ?

- Je vais au « Paradou », dit-elle simplement et sans en dire davantage, au grand dépit des commères, elle s'en va d'un pas pressé vers le mas des Vermandois, suivie par le gamin qui court après les cent sous de Madame Fourlassou et après la nouvelle, comme tout le monde.

- Dis, Marinette, qu'est-il arrivé ? et il supplie presque :

... Tu peux bien me le dire ! Au fait, pourquoi ne le diraitelle pas !

- Le fiancé s'est tué dans un accident !

Le gosse reste un instant figé sur la route, puis, le plus vite qu'il peut, il rebrousse chemin pour tambouriner la nouvelle par le village...

Une nuit hermétique et humide est tombée sur le désespoir de Miréio. Tout l'après-midi s'est passé dans sa chambre qu'elle remplissait de sanglots. Maintenant, seule une veilleuse à verre rouge allumée aux pieds d'une statuette de la Vierge, montre une lueur immobile dans ce néant. Longtemps, son regard s'accroche à ce point lointain, son cœur désemparé, opprimé par la fatalité cherche à se rapprocher de ce signe de vie. Mireille sent se pencher sur elle le visage de Marinette qui lui a posé sa tête brûlante sur ses genoux. Elle lui caresse les cheveux sans mot dire, mêlant ses larmes silencieuses à celles de son amie. Au contact de cette affection qui l'arrache à sa solitude, le tumulte de son chagrin engourdi s'apaise. Elle se laisse aller, rompue de lassitude. Sans pensée, abattue, elle s'endort lourdement dans les bras de son amie.

La triste nouvelle s'était vite répandue par le village et quelques jours durant, elle alimenta la conversation. Le sentiment commun était la compassion. Chacun s'accordait en général à reconnaître que Charles Lesueur, bien qu'étranger au pays, fut un jeune homme sympathique et le deuil des Vermandois, et, singulièrement celui de Miréio était un peu partagé par cette grande famille que sont les gens du village. La seule appréciation discordante est apportée, ce jour-là, une fois encore par la « Choise » qui ne se rend plus bien compte que sa hargne tombant maintenant souvent à faux, elle ne rencontre guère d'oreilles malveillantes pour écouter des propos touchant certaines personnes qui ont acquis l'estime de la quasi totalité de la communauté. Comme à son habitude, il lui fallait un auditoire pour entendre ses mauvaises paroles et c'est encore à la fontaine aux causettes, devant un groupe de femmes, qu'elle lance de sa voix éraillée :

- C'est le Bon Dieu qui l'a puni, ce vergogneux… Lui et la Miréio… qui s'en allaient se cacher tous les deux dans la montagne et faire du mal !

La « Choise » compte depuis longtemps sur son âge pour lancer en toute impunité ses tirades aigres-douces, étant donné par ailleurs le peu de crédit qui lui est fait, elle n'eut jusqu'alors aucune réplique sévère à ses divagations. Mais les paroles cyniques qu'elle vient de prononcer, en présence de Marinette, dépassent la mesure généralement tolérée avec indifférence ou mépris. Marinette voit rouge :

- Bête faramine !… Vieille garce !… Cœur de serpent !. C'est pas toi le bon Dieu, heureusement ! Il y a longtemps que nous serions tous crevés et voués au Diable cornu ! et elle tourne autour de la « Choise » lui interdisant toute retraite, cependant qu'elle poursuit, hors d'elle :

… Tu la voudrais encore ta jeunesse pour la galvauder et faire des misères aux honnêtes gens ! Nique ! Tu ne l'as plus !… Tu l'envies la jeunesse ! Elle te rit au nez ! au lieu de parler du bon Dieu qui ne te connaît pas, et de laisser courir ta mauvaise langue d'antique p… tu ferais mieux d'aller faire un petit tour à l'église et parler à monsieur le curé de toutes les miséricordes que tu dois demander pour ne pas aller brûler en enfer… Je ne voudrais pas y être en même temps que toi : ça sentira si mauvais que Lucifer lui-même sera obligé de prendre l'air ! Marinette est méconnaissable. Les veines de son cou sont gonflées et tout le sang lui afflue au visage. Ses mains frôlent dangereusement celui de la vieille femme suffoquée et dont la terreur lui laisse la bouche ouverte et lui donne la trémuline. Les autres femmes, d'abord surprises de l'éclat, interviennent avec prudence :

- Laisse-la, Marinette... On la connaît... s'il fallait prêter attention à tout ce qu'elle dit, tout le pays serait en guerre.

- Laisser une bagasse insulter mon amie, une brave petite comme Miréio ? Quine !

- Elle ne l'a pas insultée !

- Pas insultée ?... Que te faut-il ? Tais-toi, vaï ! elle ne l'a pas insultée ?... c'est bien pareil... c'est comme si elle avait dit « Il est mort ; il l'a bien mérité... et elle aussi, Miréio... » et vous êtes d'avis qu'on doit laisser dire ça ?

- Tu as raison, Marinette, mais... arrête-toi de crier... tu fais venir tout le monde sur la place : ça fait un scandale !

- Je m'en moque de tout le monde !

Parfois, on réussit à éloigner la « Choise » qui tremble et balbutie complètement défaite :

- Elle m'a insultée, moi, une vieille !... Elle insulte la vieillesse !

- Tes fesses ! rime Marinette qui n'a pas eu le loisir suffisant de bien polir son langage sur les bancs de l'école. Et les hommes présents de rire.

Ah, mais !... La Marinette en a par-dessus le bonnet de la « Choise » et de sa maladie de méchanceté. Justin qui est là en spectateur, comme beaucoup d'autres, que le charivari a attirés, a ainsi que d'habitude, suivi la scène sans mot dire, les mains dans les poches. Et le marchand de vin donne son opinion :

- On aurait dû lui tordre le cou depuis longtemps à cette sorcière qui empoisonne le village.

Le fada se tourne vers lui et sur le geste homicide évoqué il ferme instinctivement ses poings dans ses poches.

Monsieur le garde-chasse, revêtu de son uniforme d'agent de l'autorité arrive moustaches au vent, le sourcil relevé.

L'affaire était terminée, le rassemblement de curieux qu'elle avait provoqué commence à se disperser, mais son arrivée rappelle les gens et fait rebondir l'incident.

- Qu'y a-t-il ici ?... une dispute ?

- On dirait ! fait une voix gouailleuse.

- Tu as manqué le plus beau ! enchaîne un autre.

- Elle a pris la « Choise » entre quatre yeux.

- Elle l'a frappée ? sursaute l'agent, gardien de la loi.

Marinette qui est la première à s'être remise à l'ouvrage, répond sans lever la tête :

- Non, je ne l'ai pas battue, Monsieur le garde-chasse !

- Enfin, c'est le principal ! apprécie le bonhomme paisiblement, satisfait qu'il est de pouvoir faire de l'autorité sans histoire. La fille aux Fourlassou reprend sur un ton plus élevé :

- Elle a bien de la chance d'avoir ses cheveux blancs !... Je lui aurais bien flanqué une trempe.

- Teu, teu, teu ! fais pas la mauvaise tête « chatto » : ça n'a jamais rien arrangé de porter la main sur autrui. Je connais la Loi et ça peut aller loin !

- Et pourtant c'est comme je vous le dis.

- C'est une vieille, Marinette.

- Je respecte la vieillesse comme tout le monde, mais pas celle qui se fait un bouclier de ses cheveux blancs et qui trouve toujours le mal chez autrui... Je ne me cache pas pour vous le dire.

- Bon, bon, tu me le dis, mais maintenant qu'elle n'est plus là... ce n'est plus la peine d'en parler.

- Ça n'enlève rien à la honte du village, Monsieur le garde-chasse... De la « Choise », les vieux qu'on respecte, en parlent à cinquante kilomètres d'ici, ils disent que chaque fois qu'elle allait glaner le bois mort dans la forêt il y avait la bûchette à prendre !

Femmes et hommes à cette tirade se détendent bruyamment, leurs rires n'empêchent pas Marinette de poursuivre tout en travaillant :

- Les galants revenaient des « Lunières » avec un drôle d'air, on eût dit qu'ils étaient ivres : c'est une démone cette femme. Autrefois c'était avec son... ses... enfin son « truc » et maintenant avec sa langue !

- Oh ! Oh ! Ah ! Ah ! Pendant quelques instants elle ne peut ajouter un mot tant les spectateurs hilares font du bruit.

- Elle ne les craignait guère les piquants des bogues sous ses fesses !... Il y a vingt ans.

- Tu ne devais pas être bien grande ! coupe le brave agent qui n'a pas le beau rôle.

- Possible ! mais tout le pays savait, et l'a fait savoir aux enfants qui grandissaient que vous aviez vu et verbalisé la « Choise » qui faisait... un attentat à la pudeur près de la rivière avec un garçon de Cadenet qui n'avait pas les yeux en face des trous parce qu'il revenait de noce... Il cherchait sa maison... il est tombé sur la « Choise » et... vous sur tous les deux avec votre carnet à la main... C'était à la limite de la commune... Il n'y avait alors que le chemin de fer et le diable qui ne l'avaient pas... couchée !

- Pardon. Pardon, Mademoiselle, interrompt le garde-chasse dans ses petits souliers. Je n'ai pas transmis mon rapport à cause de la commune !

- Vous êtes pardonné, Monsieur le garde-chasse... N'empêche que c'était vrai !

- C'est vrai ! Je ne le nie pas... Je ne dis pas le contraire... Mais soyons justes, ce n'était pas un homme de la commune.

- S'il n'avait pas de femme, cet homme qui n'était pas du village, et qui ne se rendait pas bien compte, parce qu'il était saoul, s'il avait à faire à une libellule ou à une chauve-souris, on pouvait le comprendre, mais pour elle, la « Choise » qui avait déjà son temps et ses cheveux blancs... Hein ?... alors, pour le respect... elle repassera...

- Tu ne sais pas encore qu'il ne faut pas prêter attention à ce qu'elle dit ? Elle est méchante ? peut-être, mais ce qui est encore plus sûr c'est qu'elle n'a plus tous ses esprits ! Allez calme-toi… dit le brave homme un peu bousculé dans ses principes par la pétulance de Marinette.

- Vous pouvez être tranquille… la séance est terminée !

- Je l'espère, « chatto ».

- Elle est terminée pour aujourd'hui…

- J'y compte bien.

- Mais si vous avez deux mots à lui dire un jour, dites-lui en un pour qu'elle tienne sa langue de vipère !

Sitôt la querelle terminée, Justin a suivi le marchand de vin qui lui avait proposé de l'ouvrage. Celui-ci, en se dirigeant vers l'entrepôt conclut :

- Quand les femmes s'en mêlent, ça fait toujours beaucoup de bruit !

Justin fait sa réponse d'un grognement, ce qui est normal, pour lui. Sans escompter une plus claire approbation, le commerçant interroge condescendant :

- Qu'est-ce que tu en penses, toi ?

Il est bien étonné de s'entendre dire :

- Il faudrait lui tordre le cou.

Et le marchand de rire en lui donnant une tape amicale sur l'épaule.

- Tu me donnes raison, hein ?… Sacré fada, vaï ! On va boire un bon coup et puis au travail… Tu t'en sens ?…

Justin le fada est redevenu muet, il suit… et il pense à la « Choise », puis à Marinette et au Malfoutu qu'il voit un peu comme un inconnu bizarrement accoutré, surprenant.

Depuis que Marinette est fiancée et qu'elle l'envoie coucher chez Fariolo, Justin, le Fada de Cavaillon n'est plus le même. Il se fait craindre, et, alors que naguère il ne refusait jamais le travail qui lui était demandé, maintenant il va où bon lui semble. Marinette n'a certes pas grâce à ses yeux. Bien au contraire il l'évite, il la fuit. Il a refusé tout ouvrage pour elle. Il dit : « Non » et il poursuit son chemin les mains fourrées dans ses poches. Intuitive, Marinette se garde d'insister. Un seul lui fait encore faire ce qu'il lui plaît, c'est Fariolo.

Le Fada sent confusément l'ascendant calme du jeune homme. Justin fait fuir les gamins qui le moquent maintenant de moins en moins, leur cercle s'élargit autour de lui quand il passe, le regard absent, au milieu d'eux. Personne ne le reconnaît, mais tout le village se dit le motif de ce changement.

- Justin est jaloux du Malfoutu qui lui a soulevé Marinette !

Et ce n'est pas sans un peu d'inquiétude que certains écoutent et répètent cette boutade. Les gens sérieux savent qu'il y a du vrai.

- Marinette a eu raison de l'envoyer coucher chez Fariolo, il aurait pu faire du grabuge.

- Hé donc ! ajoutent quelques malicieux « la capouno[1] » l'a fait déguerpir de la grange pour y dégourdir un peu son galant !

Certains disent les avoir vus rentrer très tôt le soir de leur promenade « sentimentale » de calignaïres pour jouer à zizi perdu tout à leur aise et tout leur saoul dans le foin... Ceux-là vont certainement plus loin, que Luigi n'y est autorisé, mais aux plaisantins se mêlent aussi les envieux qui voudraient bien être à la place du Sébastopol.

Le cabanon de la « Choise » a son assise sur une terrasse surplombant la route de Cadenet. Un étroit sentier le dessert qui, serpentant au milieu des hautes herbes, aboutit devant la porte. Sur la façade du maigre logis s'ouvre une étroite fenêtre sans rideau. Du linge sèche sur une corde épaisse nouée grossièrement à maints endroits. Chaque jour, depuis qu'elle fit bâtir son refuge, la Françoise effectuait deux ou trois fois par jour le trajet de son cabanon au village avec son filet à provisions à bout de bras. Elle était une figure du pays, une de ces habitudes qui, disparues, touchent une génération faite à un passé commun quel qu'il fût, et, partant, créent un déséquilibre certain, un vide embarrassant que rien ne peut combler…

Personne n'a vu la « Choise » de la matinée, personne ne s'en est inquiété. Elle vivait seule avec sa chèvre solitaire qui broutait l'herbe folle aux alentours et qui fut sa seule affection de portée en portée, depuis le temps déjà lointain de ses dernières amours. La nuit, elle lui ouvrait la porte et l'attachait à un vieux meuble avant de s'étendre à moitié dévêtue sur son grabat.

C'est la chèvre qui fit savoir ce qui était arrivé à la « Choise »

La propriété la plus proche de son cabanon est celle des Perlagon que son voisinage ne gêne guère. La chèvre, derrière la porte, béguète depuis le matin de bonne heure. Perlagon est au casse-croûte. Ce repas est sacré pour lui. Après une nuit de repos il est l'instant de jouissance du propriétaire.

Il retire d'abord du buffet la bouteille de vin rouge et le verre et va les poser sur l'unique marche de pierre soulignant le pas de la porte, puis il revient prendre son lard et son pain. Il s'assied, sort son couteau de poche à manche de bois, et, le nez en l'air, son chapeau de paille remonté sur le front, il mange avec lenteur. Avant le travail du matin, il fait bon penser, pour doubler son courage, à ce que l'on fait pour pouvoir être là en « possédant », à regarder ceux qui passent et qui vous saluent d'un cri ou d'un geste et à qui on répond honnêtement à la manière « d'un » qui ne doit rien à personne…

Ce matin-là, donc, la chèvre a appelé dans le cabanon, et, comme les vieilles personnes ont l'habitude de se lever avant les poules, le Perlagon s'est dit :

- Té !… la « Choise » n'a pas encore sorti sa chèvre ! Et il n'y a plus pensé. Après avoir tout à son aise pissé contre le mur, il s'en va dans son bien. C'est un jeudi, et, Sébastien, son fils, un morveux de huit ans, s'est d'abord laissé préparer par sa mère son bain de pieds chaud hebdomadaire, puis, il est parti dans le champ. Les enfants ont souvent des manies et Sébastien en a une tenace : il pourchasse les cigales.

C'est d'abord entre elles et lui un jeu passionnant. Il écoute, elles chantent. Dès qu'il approche, elles se taisent. Mais, le galapiat, qui a le sens de l'ouïe très développé, arrive souvent à en surprendre ; c'est un chasseur de cigales ! Dès qu'il en tient une, il la serre entre ses doigts pour qu'elle ne lui échappe pas et se couche sur le ventre, et il la regarde. Quand il est las de la voir ou qu'une autre l'appelle au-dessus de lui sur l'olivier il lui arrache sauvagement les « miroirs » qui la font chanter. Elle ne l'intéresse plus. Il la jette et se met à nouveau en chasse.

- Et de une !... et de deux !... Et le temps passe. Sa mère l'a surpris une fois à se livrer à cette pratique barbare, elle lui a flanqué une calotte qui fit du bruit et marqua les cinq doigts.

- Si je t'y reprends, je le dirai à ton père !

Et comme celui-ci tient à faire de son fils un homme comme lui et comme fut son père et tel que furent tous les Pergalon depuis que le nom existe, il ne lui ménage ni les leçons tonitruantes, ni les coups retentissants.

- Quand on a des garçons il faut savoir en faire des hommes ! Ainsi, comme tous les enfants mâles Sébastien a une vocation, celle de chasseur de cigales. N'étant pas suivi dans ses idées, il poursuit sa lubie avec plus de prudence. C'est un garçon de caractère Sébastien ! Il ferait certainement quelque chose de bien dans la vie, un bon paysan par exemple, s'il avait la même constance pour la culture et l'élevage.

Le jour de la « Choise » il ne s'est pas adonné longtemps à son plaisir secret sans que sa mère ne l'envoie quérir le pain au village. Il est resté une heure à badauder et à jouer avec d'autres drôles avant de revenir en musardant et grignotant un chanteau de pain frais. D'abord, parce que même les paresseux s'ennuient à ne rien faire, mais également parce que les petits ont l'esprit plus vif, Sébastien s'est arrêté davantage à l'idée qu'il doit se passer quelque chose de pas très normal chez la « Choise » : la chèvre ne cesse de se faire entendre derrière la porte fermée. Alors, il est monté mettre le nez contre la vitre du cabanon... Il voit la chèvre tirer sur son licou et réclamer sa pitance. Le pitchoun ne voit rien d'autre remuer dans la pièce. Le lit est défait, le feu éteint. Il fait sombre à l'intérieur, il a la sensation qu'il y fait froid. Une masse indistincte le gêne pour mieux voir, il lève les yeux.

Quelque chose d'immobile et raide est pendue au plafond. Sébastien a peur. Il prend sa course, puis, le cœur battant, il s'arrête à quelque distance de là en se mordant les doigts, les yeux rivés sur le cabanon.

- Si c'était la « Choise »?...

S'il racontait cette histoire à son père, celui-ci, qui travaille ferme pour arrondir son bien, lui botterait les fesses pour le guérir de ses visions et lui apprendre à ne pas le déranger quand il est à l'ouvrage; sa mère tirerait profit pour lui donner une nouvelle commission au village où on oublie toujours une emplette et puis :

- C'est jamais bon pour un enfant qui reste trop longtemps seul à ne rien faire. Et comme il n'est pas bien sûr que ce soit la « Choise » accrochée au plafond, il lui vaut mieux attendre. Il s'en ferait lancer des plaisanteries s'il faisait un conte perdu!... Mais... en y revenant, il pourrait mieux voir si la grosse cloche à deux battants qu'il a cru deviner est bien les deux jambes raidies de la vieille dépassant sa robe. Il se remet sur ses pieds dans l'intention de s'en assurer mais c'est chez lui qu'il se retrouve tellement il est bouleversé... Il ne dit rien. Il ne bouge pas de place à observer si la porte du cabanon va s'ouvrir devant sa propriétaire. Au fond il serait vaguement déçu. Mais la porte reste close et la chèvre infatigable et affamée continue à lancer son appel. Midi sonne au clocher et Perlagon mère appelle sa progéniture immobile, fascinée par le cabanon de la « Choise ». Maintenant le père, les pieds allongés sous la table, les poings dessus, l'estomac creux, attend que Félicie, sa femme, lui remplisse son assiette. Sébastien qui est tout « chose » de ce qu'il a entrevu sans trop y croire, se fait chanter pouilles par son père qui a quelques secondes à perdre avant de se sustenter :

- Qu'est-ce que tu fous là, planté comme un chandelier?

«... Et si c'était vrai? » se répète le gosse. Le père comprendrait pourquoi je ne peux pas remuer. L'idée seule de manger lui soulève le cœur. Il lui semble que la vieille pendue à la peau de vieil ivoire promène ses pieds nus sales et rigides dans son assiette.

- Alors, tu la manges ta soupe, garnement, ou tu regardes voler les mouches?

- Je ne me sens pas bien, papa !

- Il ne se sent pas bien!... Tu entends ça, Félicie?... Ton fils ne se sent pas bien!... Qu'est-ce que je devrais dire, moi qui trime depuis six heures à tourner et à retourner la terre, réponds?... Tu ne te sens pas bien!... Que mangerais-tu, si chaque fois que je ne me sens pas bien, je restais à la maison le cul rivé sur une chaise, ou couché dans mon lit pour écouter ce que j'ai?... Sais-tu de quoi tu es malade, grand cagnard?... C'est de ne rien faire... Tu me suivras au champ tout à l'heure et ce soir tu te sentiras mieux... et tu auras gagné ta soupe!

Et sur ces paroles d'autorité, il avale à grand bruit sa première cuillerée de soupe fumante.

Sébastien est pris entre le souci qu'il a d'obéir à son père et l'impossibilité qu'il éprouve à manger. La mère, qui observe son manège depuis un instant, s'avance vers lui et lui soulève le menton :

- Fais voir si c'est vrai!... C'est bien vrai, papa; il est pâlot... Il est malade ce petit! Je vais lui faire une tisane... Laisse ta soupe, Sébastien, tu la mangeras ce soir si tu te sens mieux!

Perlagon lève le nez et regarde la Félicie avec inquiétude : c'est que le garçon, qu'il mène dur comme il a été mené lui-même, est son bien le plus précieux, comme lui-même l'a été pour son père. Lui, un homme, ne peut voir qu'il est malade. Mais si la Félicie, qui le lui a fait, le dit, il faut y croire.

- Il est malade?… Il ne me manquait plus que ça!… Qu'est-ce qu'il y a?

- Qu'est-ce que tu as mon cigalon?… Où as-tu mal? interroge la mère avec tendresse.

Perlagon rugit en donnant du poing sur la table :

- Tu devrais le savoir, toi!… Ce n'est tout de même pas à moi à m'occuper de la santé de l'enfant!

- J'ai mal là… et là! et Sébastien montre son estomac et son ventre.

- Il faut appeler le docteur! décrète Perlagon. La mère couve son enfant en cherchant à comprendre et Sébastien lâche d'un coup en la regardant :

- C'est à cause de la « Choise »

- Quoi, la « Choise »? s'emporte le père qui est perdu.

- Je peux pas le dire!

Les parents le regardent effarés. Perlagon, soulagé à demi, conclut :

- Mon « drôle » devient fada, et, l'enfant, lancé, de poursuivre :

- Elle n'est pas sortie de tout le matin et la chèvre crie toujours à l'intérieur!

Et il baisse les yeux dans l'attente d'une avalanche.

- C'est vrai qu'elle n'est pas sortie de chez elle, remarque la mère.

- Elle est peut-être malade! avance Perlagon et il s'exclame :

-… Et c'est pour ça que tu as mal au ventre?

Le paysan, après la belle peur qu'il vient d'avoir, a retrouvé la colère. Sébastien, pour se sauver des foudres paternelles, affirme brusquement :

- Non!… Elle n'est pas malade!

- Explique-toi, tron de Diou, ou je te fous la tête dans l'eau pour te remettre les idées en place!

- Tu es allé voir? reprend la mère plus intriguée et plus calme. Le gosse, les yeux baissés, fait oui de la tête.

- ... Et, alors? Sébastien lève sur elle un regard implorant :

- J'peux pas le dire... ça me fait mal!

Les Pergalon, troublés, se regardent à nouveau d'un air entendu. Le père se lève, remonte son pantalon et, jetant sa serviette sur la chaise, sort en avertissant :

- Si tu me racontes des blagues, Sébastien, je te mets les fesses en peau de tambour!

Par la porte ouverte et dont ils se sont rapprochés, la mère et le fils ne quittent pas des yeux le chef de famille qui se dirige en grandes enjambées vers le cabanon. Instinctivement Sébastien s'appuie contre sa mère, se fait tout petit, comme naguère avant qu'il n'aille à l'école, et elle lui caresse doucement les cheveux :

- Même si mon fils s'est trompé, son père ne le frappera pas parce qu'il a cru voir quelque chose qui le rend malade! Et le petit de se redire, le cœur fléchissant :

- Et si c'était vrai?... Et si ce n'est pas vrai?...

Ils ont suivi Perlagon des yeux. Celui-ci frappe poliment à la porte en homme qui sait vivre. Sans doute n'a-t-il aucune réponse car il s'approche prudemment de la vitre. Pendant un court instant ils peuvent croire qu'il ne verra rien... Soudain, il leur semble qu'il veuille briser la vitre avec son nez... Lui aussi vient de distinguer la chose lourde et baroque accrochée en haut... Il se tourne, fait un grand geste d'émotion et d'alerte et crie :

- La vieille est pendue!

Un villageois qui passait placidement tenant sa veste sur une épaule, s'arrête un bref instant, stupéfait, puis rejoint Perlagon en courant. Et tous deux à la fois collent leur nez contre la vitre, puis ils se relèvent et, discutant avec animation, appellent le voisinage à la nouvelle.

La mère Perlagon se met à croupetons devant son fils et le tient embrassé :

- C'est toi qui l'as découvert, mon pitchounet !... c'est horrible !... viens que je te soigne... tu dois avoir le cœur tout à l'envers...

Et son amour primant la curiosité, elle l'amène doucement dans sa chambre où elle le dorlote et lui pose mille questions sur ce qu'il ressent.

- Ça va mieux, maman !

Son appréhension est tombée, il sait maintenant, il n'est plus seul à savoir, il lui semble soudain que les autres qui ont vu la « Choise » pendue au plafond prennent chacun un peu du poids qui pesait dans sa poitrine et l'oppressait. Comme par enchantement la moitié du village se retrouve autour du logis de la « Choise » qui prend soudain une importance que personne ne se serait certes attendu à pouvoir lui donner un jour : c'est la maison de la Pendue, objet de curiosité et de crainte, qui en fera naître des histoires de clair de lune !

Chez Perlagon, le voisin de celle « qui n'est pas morte comme tout le monde », on sert à boire en commentant l'événement qui se corse au fur et à mesure que les détails du drame y parviennent. Le père a mis une chemise propre, et le drôle, qui, le premier, a vu la « Choise » pendouillant immobile accrochée à son plafond, fait figure de héros méritant.

- C'est un brave garçon, dit le père d'un air faussement détaché, ça l'a rendu malade de voir ça. Le fait est que c'est pas beau !...

- Oh ! le pauvret !...

Cependant, les officiels commençaient à s'emparer du drame. Le premier d'entre eux à arriver est garde-chasse, parce qu'il est toujours en tenue. Le maire, revêtu de son écharpe tricolore, le rejoint sur les « lieux », puis c'est un couple de gendarmes, Boniface et le Merlusson, qui viennent prendre la consigne en main avec une autorité bon enfant qui ne manque pas de superbe.

Et chacun des spectateurs de cette mise en scène de lancer la sienne à la volée :

- Elle s'est pendue !
- Allez, vaï ! on l'a bien un peu aidée à se pendre.
- Le garde-chasse dit qu'elle n'aurait pas pu accrocher sa corde si haut !
- Il est bien brave le garde-chasse, mais il en dit toujours trop !
- Boniface est de son avis.
- Si le Boniface le dit, c'est une autre chanson.
- Et puis, tu crois qu'étant pendue, elle serait redescendue pour renverser la table qui a servi à la hisser ?
- Alors... c'est un crime ?
- Et... oui... un crime.
- Qui ?
- Ah !

La probabilité, à laquelle chacun s'est arrêté secrètement, leur paraît énoncer une énormité. De mémoire de vieux, il n'y eut jamais de crime au village. Il y a entre eux un lourd silence embarrassé.

- Et pourquoi l'aurait-on tuée ?... questionne un jeunot.
- Pourquoi ?... Pourquoi ?... gros malin... personne ne le sait !
- Elle était vieille.
- Et sans le sou !
- Ça, c'est pas prouvé ; les vieilles ont souvent un coin pour cacher leur magot qui doit leur coller au cœur jusqu'à la mort.
- Peut-être quelqu'un qui lui en voulait... pour autrefois... un de ses « anciens »
- Compte-les ceux qui restent !... Elle les a presque tous enterrés et ceux qui sont encore de ce monde ne pensent plus guère qu'à la manière la plus douce pour en sortir. L'arrivée d'une traction noire fait sensation. Les conversations tombent pendant quelques minutes. La foule s'écarte mollement pour laisser descendre du véhicule des messieurs en chapeau qui font claquer les portières et se dirigent affairés vers le cabanon.

- Circulez… circulez… laissez passer, font Boniface et le Merlusson qui ne connaissent plus personne. Le maire avec un air de circonstance accueille ces messieurs qui abrègent les politesses pour se mettre à l'enquête.

- Le Parquet ! dit quelqu'un à mi-voix comme à la messe.

- C'est bien un crime… On cherche l'assassin.

- Moi, je m'en vais, le travail m'attend !

Il se trouva en plaisantin pour lancer une boutade :

- Si tu t'en vas maintenant, ils vont t'interroger comme suspect.

- Ils te couperont le pastis pendant vingt-quatre heures.

- Ils le boiront devant toi, ivrogne !

- Un coup à te faire avouer.

- Ce n'est pas le moment de rigoler, fada… Tant que le coupable n'est pas trouvé nous sommes tous à interroger.

- Si tu vois le Justin, en parlant de fada, dis-lui de venir me voir.

- Hier, le Fada était saoul comme une bourrique.

- Il ne voulait plus rien faire.

- Il a changé.

- C'est la première fois qu'il était ivre, insinue l'un à voix moins haute.

- Et c'est la première fois que l'on pend la « Choise »… C'est ce que tu veux dire ?

- Moi ?… Je ne dis rien.

- Il vaut mieux… C'est pas notre affaire !

L'homme relève le menton en direction des officiels en ajoutant :… Qu'ils se débrouillent.

L'affaire fut vite débrouillée. L'assassin était tout désigné. Quelques heures après l'ouverture de l'enquête un mandat d'amener était lancé contre Justin que les brigades de gendarmerie recherchaient aux environs du village et dans les communes limitrophes.

La veille du crime, Justin ne se rendit pas dans la grange

de Fariolo pour y dormir ainsi qu'il en avait été convenu entre celui-ci et Marinette depuis quelques semaines. La force de l'habitude, une lubie peut-être le remena chez les Fourlassou. Il était tard. La maison ne laissait filtrer aucune lumière. Le chien le reconnut et ne donna pas de la voix. Le Fada ouvrit la porte de la grange qui grinça longuement sur ses gongs rouillés. Il tourna le commutateur diffusant une lumière jaune à l'intérieur. Justin resta figé sur place au spectacle issu de l'obscurité. La Marinette, les jupes relevées à mi-cuisses était avec son galant qui la tenait embrassée. Les jeunes gens surpris, autant que lui, le regardèrent comme une apparition. Ils s'étaient immobilisés. Le rouge de la colère monta au front de Justin. Il serra les poings, puis, brusquement, il disparut laissant la porte ouverte. Il erra toute la nuit, les épaules humides de la mouillure de la nuit, il se présenta à nouveau chez les Fourlassou. Il attendit sans bouger, assis sur une souche, que la porte de la demeure ouvrit. Enfin, la Félicie apparut sur le seuil un balai à la main. Justin se découvrit à l'étonnement de la paysanne :

- Que fais-tu là de si bon matin?

- Je veux voir la Marinette! Il ricana. Elle le dévisagea avec perplexité et dit simplement :

- Attends dehors, veux-tu? Je fais le ménage.

- Cela te ferait-il grand-chose si je m'assois? grogna-t-il.

- Je te demande d'attendre dehors, est-ce clair? elle se radoucit quelque peu pour ajouter :... Tu as un banc devant la porte où tu seras aussi bien.

Il obéit. Elle reprit son travail en lui jetant des regards furtifs. Justin se passa la langue sur les lèvres encore engourdies de froid et lui demanda sur un ton égal cependant qu'elle passait devant lui :

- As-tu du café chaud?

- Il est à passer. Je t'en donnerai un verre...

Et elle s'en fut à l'intérieur. Un moment après, alors qu'elle l'a presque oublié, elle voit l'ombre allongée de l'homme se confondre avec la sienne, elle se retourna vivement. Il était immobile dans l'encadrement de la porte qu'il remplissait presque complètement :

- Et la Marinette ?

- Et bien, quoi, la Marinette ?... Que lui veux-tu à ma fille ? dit-elle excédée.

Il se fit brusque :

- Je veux lui parler.

- De quoi ?

- C'est mon affaire.

- Je t'ai dit d'attendre dehors. Compris ?... Sinon j'appelle le patron.

Il recula de mauvaise grâce et resta sur le seuil. Sur les dernières paroles échangées sur un ton plus élevé, Marinette sortit de sa chambre. Elle rajusta sa robe de chambre. Elle avait les cheveux défaits. D'un geste nerveux, elle traversa la pièce de son pas de bataille, puis se campant devant le Fada, elle lui demanda sèchement :

- Que me veux-tu ? Elle lui en voulait de l'avoir surprise avec Luigi, elle était aussi vaguement inquiète. Cette visite au lever du jour n'était pas faite pour apaiser son appréhension. Lui, la regarda en silence des pieds à la tête sans répondre à la première question. Elle répéta à son nez :

... Que me veux-tu ? Réponds.

- Mon argent.

- Non.

- Il est à moi... et je l'ai gagné.

- Il est à toi et tu l'as gagné... et je le garde pour le jour où tu en auras besoin.

- Je le veux.

- Qu'en feras-tu ?

- Cela me regarde.

- Tu ne l'auras pas.

- Je l'aurai.

- Tu auras cent francs, pas un sou de plus.

- Je le veux tout ; j'en ai besoin.

- Mais pourquoi faire ?... A-t-on déjà vu une pareille tête de mule ?

- Mon argent.

- Nous le savons que c'est ton argent... Mais je le garde.

La mère qui avait suivi la scène intervint :

- Donne-lui son argent, qu'il foute le camp.

- Je ne le lui donne pas... non... ce serait trop facile... aujourd'hui il lui passe quelque chose par la tête et demain il le regrettera... Ça sera trop tard... Cent francs lui suffiront aujourd'hui.

Et elle s'apprêta à rentrer, le Fada la retint par un bras.

- Il me faut tout.

Elle se dégage en douceur :

- Pour les dépenser avec de mauvaises filles de Cadenet et boire le reste pour enrichir le bistrot ?... ou te les faire voler ?... non.

Il ricana à nouveau et appuya :

- Pour les dépenser avec les filles qui se font rouler dans le foin par leurs galants... Pour boire à être soûl comme une bourrique que je suis, oui, tu me les donneras... Que je sente que mon argent est bien à moi, dans ma poche... tu me donneras tous mes argents... tout...

Marinette, éberluée, le regarda un instant la bouche ouverte, cependant que son rire à lui se faisait mauvais, sardonique. Comme réveillée soudain à une réalité, elle répliqua :

- Tu as de la chance d'être Justin.

- Alors, vas-tu encore me les disputer mes sous ?

La mère intervint à nouveau avec plus d'autorité.

- Et donc... laisse-le faire ce qu'il veut avec ce qui lui appartient à ce grossier personnage.

- J'en fais ce qui me plaît... s'entêta-t-il. La jeune fille irritée céda.

- Bon... tu l'auras voulu... mais ne viens pas te plaindre demain quand tu retourneras la doublure de tes poches... ne viens pas me dire qu'elles étaient trouées.

- Je ne dirai rien.

- Je suis bien bonne de perdre mon temps avec toi ! fit-elle en se retirant. Redevenu indifférent, il remit les mains dans les poches de son pantalon trop court sans faire réponse, et, il attendit le nez en l'air à regarder vaguement la couleur du temps. Marinette revint presque aussitôt. La colère concentrée lui faisait les lèvres exsangues ; d'un geste brusque elle tendit à l'homme une liasse de billets. Il la prit et la regarda un instant avec satisfaction :

- Voilà ta fortune, fit-elle... ça fait deux ans que je gardais tes sous, Fada, compte ! Il y a onze mille quatre cent quarante-cinq francs !

Il n'écoutait pas. Il était satisfait. Il fit disparaître le magot dans la poche de son pantalon.

- Compte donc. L'argent filera si vite que demain tu ne pourras faire tes comptes et tu pourrais prétendre que je ne t'ai pas tout donné... Mets-toi bien dans la tête que je n'ai plus un sou à toi... et que je ne veux plus en garder.

Il souleva les épaules avec indifférence, porta un doigt à sa casquette dans un vague salut, et, de son pas lourd, un peu balancé, il s'éloigna lentement vers le village sans détourner la tête. Il était soudain heureux de se sentir presque riche pour la première fois de sa vie. Marinette le regarda un instant disparaître avec perplexité :

- Pour un homme qui ne boit pas et qui n'a jamais eu plus de vingt ou trente francs sur lui, je me demande ce que ça va donner... Surtout qu'il n'est plus le même depuis quelque temps !

Madame Fourlassou rétorqua sceptique :

- Tu es bien naïve, Marinette, de croire encore que Justin est, sur ce point, un phénomène. Tout simplet qu'il soit, il est bien comme les autres... Les hommes se tiennent pendant des mois et des mois. Je m'y suis laissé prendre aussi. Il leur fait deuil de s'acheter un mouchoir de poche. Ils chicanent pour les dépenses essentielles... On se fait l'illusion quelque temps qu'à la fin de l'an on pourrait avoir deux bœufs au lieu d'un, ou qu'il nous sera possible d'agrandir le bien. On en parle déjà, on en rêve, on s'en réchauffe, et un jour, hop...

Ils font le mur avec la moitié du produit de la vente d'un cochon gras qu'on avait déjà vu en lopin de terre tant il était beau, ou bien ils escamotent subitement une partie de la vente d'une bonne récolte : ils cassent, pour une mauvaise raison ou une occasion imprévue, le pot au lait de Perrette. On se morfond à les attendre au coin du feu sans savoir, la plupart du temps, où on pourrait les chercher... et puis ils rentrent... ou on les rentre ivres comme des Polonais, sales comme des peignes, l'esprit noyé dans la débauche...

Pour la question des femmes, qui se couchent sur un billet de votre travail que la raison ne leur dispute plus, ça ne se voit pas... Alors, on se demande comment ils ont pu boire tant d'argent, comment ils ont pu s'amuser et rire pour autant... Justin part avec plus de onze mille francs ?... De quoi acheter une barrique de bon vin qui pourrait soûler un homme pour les cinquante-deux semaines d'une bonne année ?

Ou voir les filles de mauvaise vie pendant tous les jours d'un mois... Et bien ! Je te joue ma part de ciel que dans deux jours, le Fada n'aura plus un noyau d'olive sur lui !...c'est à se demander ce qu'ils font quand ils perdent la tramontane : cherche, tu ne trouveras pas... Et, mieux, de leur noce crapuleuse, ils gardent la tête lourde et le sang fatigué... Et comme ils n'ont pas gardé le moindre franc sur eux, tu es obligé de sortir de tes sous pour leur acheter une purge... Ils font et disent tout de travers... Ce n'est pas le moment de leur chercher des poux sur la tête. Leur conscience les ronge et leur humeur est chatouilleuse. Tout va mal pour eux, même quand on se tait et qu'on ne leur demande rien, ils vous cherchent noise à l'envers... Justin, heureusement, n'a pas de femme à tourmenter ! Marinette, qui s'était assise, l'a écoutée à demi. Sur un ton bas et découragé, elle dit, surtout pour elle-même :

- Sou après sou, je les lui avais économisés. Je pensais il y a seulement quelques jours que je pourrais l'habiller tout de neuf, des pieds à la tête, pour qu'il puisse faire ses dimanches comme tout le monde… ça fait tout de même mal au cœur !

- Tu es bien sotte de te tracasser pour Justin… Il n'a jamais regardé la chemise qu'il mettait sur le dos, ni le jour qui le laissait vivre… Lui, avec ses vêtements tout neufs que tu voulais lui acheter, il aurait fait n'importe quel travail, n'importe quel jour… Ce n'est pas toi, ma pauvre fille, qui changera le Fada, et les hommes en général !

Marinette soupira avec résignation en se levant :

- Tu as raison. Il ne mérite pas qu'on se « mange » les sangs pour lui ! Et elle ajouta d'une voix grave qui fit sourire sa mère :… J'ai assez à penser maintenant !

Et elle s'apprêta à sortir pour aller faire quelques emplettes de maison. Fourlassou, qui était sur l'aire depuis l'aube, rentra et questionna sur le ton un peu rogue d'un homme qui vient de se donner de la peine :

- Et mon casse-croûte ?… Personne n'y a pensé aujourd'hui… Faut-il que je vienne le chercher à la maison maintenant ?

- J'avais oublié, mon homme, on parle, on parle, le temps passe et on laisse passer ce que l'on doit faire.

- Le matin, on ne devrait pas avoir le temps de parler, fait-il en s'asseyant, puis il demanda :

- C'est Justin qui était là tout à l'heure ?… Que voulait-il ?…

- Il voulait l'argent que Marinette lui gardait.

- Pourquoi faire ?

- Il n'a pas voulu le dire… Il nous a fait comprendre que ça ne nous regardait pas.

- Je ne veux plus le voir ici, tu entends ?… Et toi, Marinette, ça t'apprendra à t'occuper des affaires qui ne te regardent pas.

- Tu as bien raison, fit la jeune fille qui se peignait… la leçon est bonne, je n'aurai pas à la repasser !

L'approbation de sa fille calma Fourlassou qui conclut philosophiquement :

- Fais du bien à Bertrand… il te le rend en c… Maintenant, Eugénie, à manger.

Nanti de sa fortune par un si beau matin de semaine, Justin erra en oisif par le village. On ne voyait que lui de la fontaine à l'Esplanade. Il se montrait. Il s'arrêtait même pour regarder les autres travailler. Il étonna. C'était son luxe ce jour-là. L'appelait-on pour qu'il donnât un coup de main ? Il tournait ostensiblement le dos et allait un peu plus loin : il jouait au chien de Jean Nivelle. À force d'aller et venir, tourner et virer, il tomba sur le bistrot qu'il resta un instant à regarder du milieu de la rue comme s'il voulait en refaire la devanture. Il froissait les billets encore sans emploi entre ses doigts. L'argent réveille des besoins et procure un pouvoir, il voulait l'exercer : il se sentit soif, alors, brusquement, les épaules rentrées, il poussa la porte.

Le patron, qui était seul, faisait son rangement.

- Eh ! Fada ! Quel bon vent ? s'exclama-t-il.

- Sers-moi un rhum.

- De bon matin ?… Ça va te faire mal.

- Es-tu marchand, oui ou non ?… J'ai dit « un rhum » : j'ai des sous.

- Bien !… Bien !… Tu veux du rhum, je te sers !

Justin s'apaisa :

- Prends-en un à mon compte.

- Jamais le matin… Avec ta permission, je prendrai un demi de bière.

- Comme tu voudras ! Et, ce disant, il vida son petit verre d'un seul coup, puis, faisant claquer sa langue sur le palais, il le tendit au tenancier :

- Encore un, ça réchauffe.

- Il ne fait pas froid ! objecta le bistrot doucement, mais il servit. Justin lui faisait peur.

- Sers, tron de diou, foutu marchand ! tiens, voilà un acompte : qu'il te rassure. Et il sortit un billet. C'était cent francs.

- Chaque verre fait quarante francs ! fit remarquer son interlocuteur avec inquiétude.

- D'accord. Excuse. Je me suis gouré. Il sortit un billet de mille qu'il plaqua sur le zinc avec bruit.

- Que ça te rassure.

- Reprends tes cent francs, Justin.

- Garde… garde-les. Tiens ton compte…

- Tu n'as pas l'intention de…

- T'occupe… J'ai des sous… Prépare-moi un casse-croûte, je sens l'appétit !

Justin ne quitta le bar qu'à midi, après un repas noyé dans la boisson, il se remit à boire sec. Déjà on parlait de l'ivrogne par le village. Le bistrot se défendait comme il pouvait de vouloir faire des affaires à ce prix-là.

Marinette, tenue au courant du comportement de son ancien protégé, voulait faire prévenir Fariolo qui était bien le seul capable de se faire entendre et obéir de Justin, si besoin était par la force. On ne le trouva pas chez lui. Il était parti pour la ville négocier des achats de matériel. Fourlassou s'opposa catégoriquement, ainsi que sa femme, à ce que Marinette tentât elle-même de faire sortir le Justin de devant son verre. Justin avait menacé de se servir lui-même : il l'aurait fait… Et dans ces moments-là, on ne peut trouver les gendarmes qui sont toujours en tournée dans une autre commune. Le garde-chasse avait ses cheveux gris, il n'était pas à la pointe du combat. Même à vingt ans, il ne se serait pas frotté tout seul à Justin ivre. Il informa le maire. Celui-ci n'y pouvait rien, il savait fort bien que l'écharpe tricolore, insigne de ses fonctions, ne pouvait rien dire à Justin, surtout dans l'état où il se trouvait.

- Qu'il se soûle. Je n'y peux rien… Demain, je lui parlerai !

Tard dans l'après-midi, et au grand soulagement de tous, le Fada, titubant, s'engagea sur la route de Cadenet où on eut moins de scrupule à lui servir à boire à gogo.

- Bon… bon… Tu en veux, tu en auras… Autant de verres que tu pourras en payer… Si tu fais des histoires, comme tu n'es pas de la commune, on te dérouille… grand et fort de muscle et de gueule, l'alcool t'a coupé les jambes, les bras et les réflexes… Paye, bois et si tu casses tu payes double comme tu y vois. Soûle-toi, dors bien, demain il fera jour, même pour toi… Ce soir, laisse-nous rire autour de toi…

La « Choise »? Qu'est-ce que tu dis?… Marinette?… Histoires de femmes, c'est sûr. Pas fières de prendre un arlequin de ton espèce… Bon, noie ton chagrin… Encore un petit verre double?… À la tienne, mon compagnon… Sors tes sous… Bigre! il t'en reste encore…

Mais oui c'est la fête! faut pas s'en faire. L'argent, c'est fait pour ça!… À toi de jouer, Ernestine ou Rosalie, faut bien que chacun gagne son pain! Mais n'oublie pas la ristourne, c'est moi qui t'ai amené le client. Amène-le au dodo. Il ne te fera pas de mal. Il ne tient pas sur ses jambes, y a pas de raison que l'autre tienne mieux. Il ne te fatiguera pas et question fric, t'inquiète pas, il t'en reste bien assez pour ce qu'il peut faire…

Allez, on va te donner un coup de main pour te livrer le colis à domicile, après je ferme… il se fait tard. Bon Dieu! Ce qu'il est lourd!… Eh! l'homme, doucement, t'agrippe pas comme un forcené : tu ne sens pas ta poigne, mon garçon… Méfie-toi quand même, la fille, il est fort… c'est ça… tu es gentil, bien gentil. Là, lâche-moi… Ouf! quel phénomène. Un conseil, mignonne, ne le garde pas longtemps chez toi… On ne sait jamais…

Allez, bonsoir… et bonne chance…

Les petites images qui font du bien sont dans son froc, ne m'oublie pas, mon amour… bonsoir.

Justin chantant à tue-tête par le chemin qui le ramenait au village, il aborda celui-ci alors que les feux, noyés de brumes, s'étaient éteints. Pourtant, dans l'univers de la nuit, une faible lumière brillait encore… Il s'en approcha par l'abrupt du remblai. Il était devant le bastidon de la « Choise ». Il sonda l'abîme d'obscurité. Une angoisse grandissait en lui. Des ombres au milieu des ombres dansaient la gigue avec les étoiles. Près de la lumière du cabanon, la vague terreur de sa solitude stupide se dissipait. Il s'assit et soliloqua, embarrassé, mêlant jurons et menaces.

Puis il se coucha sur le dos pour dormir à même la terre mouillée et grasse. L'alcool lui tordait les nerfs, fermait sa nuque dans un étau, lui suggérait le passé trouble d'un enfant maudit, bourré de coups, accablé de tâches ignobles au-dessus de son âge, au-dessus de la raison, forcé jusque dans son âme par des parents avilis qui maudissaient Dieu de leur avoir donné cet être… Jamais Justin n'y avait plus pensé, ne s'en était souvenu. Son esprit abalourdi s'était refermé douloureusement dans une coque épaisse, insensible, durcie, que l'alcool traversait inexorablement comme un trépan retentissant…

Ses yeux, qu'il voulait fermer, restaient ouverts. Une sueur d'angoisse ruisselait sur ses tempes. L'immensité obscure piquée d'étoiles avait un mouvement lancinant de balancier. Il se leva péniblement sur une dernière plainte, puis, en jurant sourdement, il poussa la porte du logis de la « Choise » : un refuge providentiel à sa hantise, un frein à la course contre la raison.

La vieille était recroquevillée devant son feu de chenevotte. la chèvre égrenait son chapelet de crottes qui roulaient sur la terre battue. Une mauvaise odeur chargeait l'atmosphère : odeur aigre de renfermé et de moisissures.

Le lit énorme et défait, dans cette pièce unique du taudis encombré, ne montrait rien de blanc. Les solives étaient noires de fumée. La lampe enrobée de poussière ne laissait filtrer qu'une lumière dérisoire. Des amas de toiles d'araignées retombaient inertes en haillons noirâtres.

L'âtre allumé avait des soubresauts qui déplaçaient et tordaient dans ce capharnaüm sordide des silhouettes funambulesques et tourmentées.

Devant la cheminée brillante, la vieille aux cheveux courts hirsutes se dédoublait en ombres fantastiques hydrocéphales.

Quand la porte battit le chambranle étonné, sous la poussée de Justin, la « Choise » tourna la tête, nullement effrayée, la conscience bardée de sa cangue de malveillance sous sa carcasse peaussue.

- Qui est là ? fit-elle seulement.

L'homme, silencieux, resta debout, immobile sur le seuil. Elle ne voyait de lui que ses grands souliers éculés cloués au sol… Le reste de l'individu était dans la pénombre. La porte ouverte laissa passer un courant d'air frais que la chaleur du foyer appela. La flamme se tordit encore, devint plus brillante. La « Choise » voûta un peu plus les épaules sous le froid et grogna :

- Sors et ferme la porte ! L'homme hésita à peine. Le battant fut refermé, mais il était maintenant dans la pièce. Il négocia un pas en avant qui le fit tituber, puis il s'immobilisa à nouveau, les bras ballants. Elle le reconnut vaguement à sa taille :

- Est-ce toi, Justin ?

Son nom pénétra en son esprit comme une habitude rappelant un état réel.

- Oui, c'est moi !

- Que veux-tu ? Parle ! J'allais me coucher… Ce n'est pas une heure à s'introduire chez les gens sans leur permission !

- J'ai vu de la lumière chez toi, je suis entré !

Il avait au fond de la gorge cette angoisse de l'humain qui se sent attiré par la lumière dont la sienne commence à baisser en lui. Comme elle ne répondait pas et semblait le toiser, il ajouta sur le même ton :

- Alors, je me suis dit : la « Choise », ne dors pas, je vais me réchauffer un peu et lui tenir compagnie… Dehors, il fait noir, il n'y a pas de feu ! Sa voix était pâteuse, incertaine, mais elle contenait la supplique d'un homme acculé.

Plus rien ne pouvait la surprendre, elle l'accueillit avec autorité :

- Allons, viens, approche. Réchauffe-toi !

Justin s'avança pesamment, tira un escabeau à lui et ramassa son corps épais près du feu au-dessus duquel il présenta ses rudes mains calleuses. Elle le regardait. Il était de profil. Sa présence ne l'offusquait pas. Il la vengeait de cette jeunesse vigoureuse et saine qui la connaissait et qu'elle enviait encore, sans plus bien savoir pourquoi, avec une constance de maniaque ; cette jeunesse inaccessible parmi laquelle elle vivait dans ce village sans pouvoir en approcher la brillante puissance. Justin, le Fada, le taré, qui la rejoignait dans le petit clan des bannis, lui était presque sympathique, elle n'était pas seule. Il justifiait par sa déchéance mentale sa propre décrépitude physique. Elle n'était plus pressée de le voir partir.

Lui, resta un long moment sans remuer, acceptant sur ses mains tendues et son front bas la chaleur sèche et intense du foyer. Puis la vie animale parut revenir dans ce corps de colosse. Sa lippe trembla, la marche vers la déraison reprenait. Il tourna vers elle qui le regardait placidement ses yeux éraillés. Il voulait encore boire :

- As-tu de vin ? demanda-t-il.

Elle retrouva un instant son humeur hostile.

- Le vin coûte cher. Il ne m'en reste qu'une demi-bouteille qui doit terminer la semaine… Et ce n'est pas une heure à se mettre à boire…

À l'effarement de la « Choise », il sortit une poignée de billets froissés, maigre reliquat de sa petite fortune, se pencha pour en extraire maladroitement cent francs qu'il jeta aux pieds de la vieille qui se trouva requinquée et de meilleure disposition à cette aubaine :

- Paie-toi et donne ! fit-il, injonctif.

Elle examina la coupure, la plia avec soin et la fit disparaître dans son corsage par l'échancrure de sa robe, elle découvrit sa bouche à chicots dans un rictus de satisfaction.

- Tu traînes bien de l'argent sur toi, garçon ! fit-elle, complice.

- Donne ton vin, j'ai soif! coupa-t-il, têtu.

Elle se leva péniblement, prit une bouteille, mais un soupçon suspendit son geste :

- Où as-tu pris cet argent?

- C'est le mien! fan de garce... Et le vin que je t'ai payé? À cet éclat, elle eut une première crainte encore mal expliquée. Elle se tut avec prudence et lui tendit un verre crasseux, il le repoussa.

- Je le veux tout... c'est le mien... je l'ai gagné! divagua-t-il. Et il arracha la bouteille des mains de la vieille et but à grandes lampées à même le goulot. La « Choise » remarqua alors en le dévisageant avec méfiance :

- Tu as trop bu déjà! Quand tu auras fini, tu partiras : je veux dormir!

La peur glissait de plus en plus en elle. Il ne dit rien. La boisson épaisse et tiède le fit frissonner. Quand il eut fini son vin, il saliva sur le feu et y lança la bouteille dont le goulot se brisa sur le contrecœur. Le bruit le fit ricaner fugitivement.

Justin ne voyait plus la « Choise » : elle n'existait plus pour lui. Ses yeux fixes luisaient devant les flammes. Il restait apparemment immobile...

Il y avait dans son délire des images et des bruits : Marinette et le Malfoutu, le marchand de vin, Fariolo et d'autres... Mille visions et mille bruits multipliés, confondus... le bruit de la forge aux gerbes incandescentes, les gamins criant par bandes, qui cabriolaient en se moquant de lui et qu'il ne pouvait saisir. Certains ne montraient qu'un œil, cet autre découvrait une bouche édentée... des appels sans fin suraigus... des cris, des cris épouvantables, des sensations d'écrasement, de chute lente dans un abîme sans fond... Tout se soulevait et faisait tintamarre pour lui qui avait trop bu. Une évocation ininterrompue de bruit, de violence, le tourmentait et glissait en lui la folie, la suggestion de la violence.

Dans ce phantasme intérieur, une voix froide venue de dehors de lui-même pénétra, creva la suggestion atroce.

- Allons, va te coucher, maintenant !

La vieille, au visage qu'il lui présenta, sentit la peur aux entrailles. Justin la tenait sous son regard de dément.

Des yeux inintelligents de félin découvrant petit à petit, à sa portée, l'objet de sa fureur, de son terrible besoin de violence.

Elle s'était remise debout et son tabouret, choquant la table, fit du bruit… encore du bruit. La « Choise », debout, tremblait et n'osait faire un pas.

- Qu'as-tu donc ? parvint-elle à murmurer. Il ne répondit pas. Elle aurait dû se taire. Le laisser seul ! Fuir, quand il était temps ! Ses paroles dirigeaient sa démence sur elle. Il la regardait et se disait :

- Elle a peur, Marinette, parce que la « Choise » est une méchante… Quelqu'un avait dit : « Il faut lui tordre le cou »… oui, il le faut, il le faut !

Il la regarda et grinça :

- Sorcière !… Sorcière !… Il se leva lentement sans la quitter de son regard fixe. « Peut-être, alors, tous ces bruits, ces cris, ces images cesseront », se dit-il dans un vague désespoir. Et la même voix irritante appela le meurtre :

- Pars, Justin… pars… tiens… tiens…, je te rends tes cent francs… va… sors… sors… Elle ne pouvait crier, car la mort horrible au visage de dément approchait d'elle…

Alors, c'est parce qu'elle eut peur qu'il lui a sauté dessus. Elle poussa un cri qui se multiplia à l'oreille et dans le crâne du fou… encore des cris, et, pour la faire taire, dans une courte lutte au sol, il serra le maigre cou à tendons de la « Choise » entre ses doigts à la force décuplée. Il était à cheval sur elle. Il serra, serra de toutes ses forces, de tout son poids de bête. Elle ne bougeait plus, mais ses yeux ouverts paraissaient vouloir sortir de l'orbite dans un visage grimaçant, il serra encore dans un ahan forcené. Il ne voulait plus la voir ; ce n'était plus une succession d'images, mais une seule image horrible, fixe…

Elle lui faisait peur ! Il chercha une corde. Coupa ce que la chèvre avait de trop au licol. Il en fit une cravate au cou de la morte, la hissa en force sur la table et la pendit à la solive. Sous la fureur de la folie et de la peur, il renversa la table… Puis il sortit en claquant la porte et s'enfuit en hurlant dans la nuit. Des chiens aboyèrent, puis la quiétude du petit matin retomba sur le crime de Justin…

… La battue qui lui donna la chasse tout le jour le retrouva errant par la campagne. Il se laissa d'abord passer les menottes, puis, ne pouvant plus se servir de ses grosses mains, il se débattit en hurlant. On le mena à l'asile.

Il y a foule à l'enterrement de la « Choise ». Le temps d'ailleurs, ce jour-là, se prête à ce genre de cérémonie. Le ciel est couvert et il crachine, justifiant une éclosion noire de parapluies, ce qui ne permet pas le coude à coude des phalanges et augmente, par l'étirement conséquent de la colonne, l'impression du nombre : il semble qu'il y ait là toute la commune. Il est certain que beaucoup d'assistants n'auraient pas effectué le voyage si la défunte eût « passé » de sa belle mort. Il est normal cependant que la « Choise » fasse encore une fois sensation : sa « sortie » est bien digne d'elle.

Comme le chemin est long de son bastidon au cimetière, les gens du cortège parlent affaires côté hommes, chiffons et cancans côté dames : la vie continue. Quelques-uns, cependant, mais ils sont rares, parlent de la disparue. En termes prudents, feutrés, presque avec pudeur parce que les uns « respectent les morts » - paix aux cendres ! - et que d'autres encore ont la sainte frousse secrète que la sorcière pendue, poussant la malveillance outre-tombe, vienne les tirer par les pieds quand ils seront à dormir de leur sommeil de vivants. Ces derniers, beaucoup de femmes, se marmottent dès l'ébranlement du convoi funèbre des Ave et des Pater pour chasser les démons rôdeurs et apaiser l'âme tourmentée de la morte.

Baptistin, le très vieux Baptistin, qui n'a guère d'yeux pour y voir, a tenu à être des obsèques malgré le long et mauvais chemin à suivre. Il pense, en ce lent départ gris de la « Choise » vers la terre, au jour lointain où elle fit son entrée au village, tout doucettement comme elle part aujourd'hui au milieu d'un monde qui ne l'a pas connue alors.

Ce devait être en fin de printemps ou au début de l'été…

Baptistin a fait un effort de mémoire pour se souvenir que, garçon de ferme, il n'avait pas encore fait les foins. La « Choise » était alors une belle étrangère qui ne devait être que de passage, comme tous les étrangers. Elle était arrivée avec un sac de voyage pour tout bagage. Elle loua une chambre près de la mairie et prit pension ainsi que font souvent les gens de la ville qui viennent se reposer quelques jours dans un « petit trou pas cher et tranquille ».

Baptistin était alors jeune et vigoureux, il faisait rouler les muscles de ses bras et portait gaillardement les moustaches en croc : autres temps, autres modes !… et il avait alors bonne vue, ce qui était particulièrement agréable pour regarder la « Choise »… Mademoiselle Françoise, ainsi qu'on l'appelait alors, avait de quoi caresser l'œil. Elle avait une superbe chevelure blonde qu'elle portait long… Il le savait bien aussi, car il lui avait quelquefois défait son chignon tiède et le ruban léger de sa ceinture !…

Il ne fallait pas lui en promettre à lui, dans sa jeunesse, et il en donnait. Il se souvient encore des beaux yeux bleus de porcelaine de la fille, de ces yeux que l'on prête trop volontiers aux candides enfants de Marie ; ses dents étaient superbes dans une bouche gourmande, semblable à un fruit toujours mûr et toujours offert et qui prodiguait de si beaux sourires, pour eux on aurait damné père et mère. Rien qu'à ce souvenir de ces charmes resplendissants, Baptistin voudrait pouvoir faire éclater sa carcasse de vieux.

Mademoiselle Françoise était un marbre, mais qu'animait un tempérament d'enfer. Elle avait l'allure modeste et la voix douce. Nul ne savait d'où elle venait, nul ne savait quel « rôle » elle se proposait de jouer parmi eux.

Elle était prudente et hardie à la fois. Maintenant que Baptistin est vieux et qu'il n'a plus les idées claires, les souvenirs se sont racornis, mais ils lui ont laissé une image symbolique de ces temps-là. Il se représente l'étrangère, tous charmes dehors, poussant avec précaution d'un doigt fragile les portes, et si elles grinçaient un peu en s'entrebâillant, remettant à plus tard ses visites, elle les refermait sans bruit dans un sourire angélique et les braves gens simples à qui elle apparaissait ainsi soudainement, pour disparaître aussitôt, étaient stupéfaits de sa beauté, puis de sa témérité silencieuse.

Ce fut d'abord un jeune cantonnier, pas plus malin et pas plus beau qu'un autre, qui l'a mise sur l'herbe, derrière un talus, entre sa faux et sa musette. Le naïf glorieux crut à l'exclusivité. Il bomba le torse et chanta victoire. Il se consumait à vide à la seule pensée de renouveler l'aubaine.

Bah ! Bah ! Bah !... le pauvre garçon ! Elle ne lui dit rien que bonjour et ne lui fit que sourire, et, à quelques jours de là, il ne manqua qu'un mot de trop pour qu'il en vienne aux mains avec un heureux rival qui n'eut guère le temps de pavoiser. Tout un chacun comprit dès lors que Mademoiselle Françoise était un artisan habile qui pouvait s'établir au village et cesser le porte-à-porte pour se faire connaître : le chaland vint dès lors à elle avec ses besoins et sa contrepartie en devises.

L'homme qui n'allait pas alors lui faire visite, disait-on communément, gagnait le Paradis ou était bon pour l'hospice des vieux ou l'asile des fous, tant cette jeune femme avait pour elle les armes visibles de sa beauté et des armes secrètes qui abattaient la vertu des hommes les plus fidèles.

Les femmes qui avaient époux cherchèrent la parade à grand bruit, elles n'étaient ni de taille ni organisées. Françoise les laissa dire et les maris se ménagèrent avec plus d'habileté leurs rendez-vous avec la belle.

Baptistin, qui ne distingue donc presque plus ni par ses yeux ni par sa tête, n'a pas souvenance de la triste métamorphose physique et morale de Mademoiselle Françoise, que les femmes ont appelée d'abord la « garce », la « roulure », la « traînée », ce qui était trop, puis, comme tout le monde, la « Choise », un nom de bataille qu'elle sut porter jusqu'à son dernier jour.

La mort de l'ancienne belle fait murmurer à Baptistin, en péroraison, cette phrase de vieux que l'on se passe fidèlement de génération en génération :

- C'était le bon temps !... Ce qu'il en est de nous, quand même ! Et sur le cercueil, il jette en tremblant une pincée de terre, cependant qu'un de ses petits-fils respectueux le soutient en lui disant à voix de sacristie :

- Attention ! grand-père, tu vas tomber dans le trou !

La catastrophe qui coûta la vie au jeune Lesueur frappa la famille Vermandois en pleine quiétude. Rompit un équilibre. Maintenant, Mireille, silencieuse et prostrée, se réfugie la plupart du temps dans sa chambre et s'y enferme. Elle vit en elle-même. Marinette, que ses travaux ménagers retiennent au village, retranche cependant presque chaque jour une heure sur celles consacrées à son labeur pour faire sa visite au « Paradou ». Elle échange d'abord quelques mots rapides avec Monsieur et Madame Vermandois, puis elle monte frapper à la porte de son amie. Marinette entre, décidée à parler et à faire parler, cependant que Madame Vermandois prête parfois l'oreille.

La visiteuse se force à l'entrain et se fait seule entendre pendant un long moment. Les réponses sont brèves et lasses. Alors, après quelques tentatives méritoires de Marinette pour sortir son amie de son chagrin, le silence retombe lourdement entre elles et la jeune fille redescend en déplorant un nouvel insuccès. Mireille demeure accrochée à ses derniers souvenirs que tout autour d'elle rappelle et jusqu'à l'attitude de ses proches. À Marinette désolée, Madame Vermandois confie à mi-voix :

- Elle mange à peine... Elle ne nous dit rien... Elle ne pleure même pas, elle garde tout en elle : elle s'enferme avec lui... Je n'ai pas vu ses yeux en face des miens depuis des jours et des jours. Elle les ferme ou les baisse pendant tout le temps qu'elle est obligée d'être en notre compagnie... Souvent, elle n'entend pas les questions que son père et moi lui posons. Et Marinette prend congé en promettant de revenir le lendemain.

Parfois encore, Mireille disparaît pendant toute une matinée ou un après-midi. Elle prend le chemin qui monte vers les Hauts et reconnaît les sentiers qu'elle faisait naguère avec son bien-aimé. Elle ne va plus au Bois Bleu... Le Bois Bleu, c'était « avant ». Il a perdu tout pouvoir d'évocation car elle ne l'a pas connu avec « Lui ». Elle ne vit que de sa « présence » et de tout ce qui est empreint de leurs souvenirs. Elle ne parle de lui à personne, car cela lui ferait mal d'être consolée, distraite d'un « mort », d'un « absent », car, pour elle seule, « Il » est là, avec elle, invisible, avec ses cheveux blonds, ses yeux clairs et son beau sourire frais et loyal.

Les Vermandois, impuissants, devinent tout cela.

Ils sont étrangers à ces méditations. Car Mireille, repliée sur elle-même, juge prudent de se garder de leur réalisme brutal à sa douleur, réalisme qui se place au-delà de la frontière de son souvenir qu'elle s'obstine à ne pas franchir. Au delà, c'est la froide raison toute de noir vêtue, la fatalité, en deçà, il fait encore chaud. L'été enchanté est encore autour d'elle, avec sans doute ses couchants plus solennels, plus lourds, ses nuits plus longues. En fait, Mireille dépérit. Ses parents seuls paraissent le voir. C'est alors qu'ils prennent la décision de forcer à tout prix la prison dans laquelle elle s'abîme.

Monsieur Vermandois fait une lettre à sa sœur, une vieille demoiselle : Élise Vermandois, qui est demeurée fidèle à sa Touraine natale.

C'est une bonne personne sur laquelle l'épreuve ou la malveillance n'ont prise. Ses cheveux blancs sont doux et abondants, toujours coiffés avec le plus grand soin. Elle conserve encore de sa belle jeunesse des yeux transparents posés bien francs sur ses interlocuteurs. Il est avéré qu'elle a une expérience de la vie. Elle fut très belle, on le devine encore en la voyant, et eut quelques tendresses calmes et de bon ton.

Elle ne trouva certes rien à redire aux fiançailles rapides de sa nièce. Elle écrivit tout simplement après ses vœux et compliments :

- C'est si joli, les fiançailles ! « Mais ils sont si jeunes tous deux qu'ils se devraient de prolonger raisonnablement ce temps fleuri et chaste : ils sont si jeunes ! »

Elle fut des premières à être informée de la mort du jeune homme. Elle ne répondit que bien plus tard. Les Vermandois comprirent son silence. Dans sa grande bonté, le malheur l'avait désemparée. Elle savait ne pouvoir traduire par des mots sa propre consternation : la banalité des formules, en pareille circonstance, lui échappait.

Elle était trop près de ce deuil par le cœur pour écrire des pensées de consolation, sa réponse, quand elle vint, était une union intime dans la douleur. Elle sait que la jeunesse a sa parade avec le temps, comme pour ceux qui ont des chagrins et que l'âge n'autorise plus à éteindre complètement, et, trouvent avec leurs cheveux blanchissant cette douce résignation, qui leur font comprendre, aider et aimer la jeunesse qui avance sur leur route toute neuve.

La pitié qu'ils pourraient avoir pour leurs propres épreuves trouve le secret d'une fin de vie paisible en l'offrant toute bonté à ceux qui ont la fleur de leur printemps, la croyance au bonheur tout en rose et la confiance envers tous leurs semblables.

Mademoiselle Élise Vermandois reçut la demande de son frère concernant la jeune fille. En personne pour qui le temps ne se brûle pas, parce que chaque mot a sa valeur, elle lut posément la lettre qui lui était adressée pour mieux s'en remplir le cœur et l'esprit, en comprendre le sens intime, en faire son écho.

Ainsi Mireille lui serait confiée pour la rendre au monde duquel elle s'est retranchée. La réponse a son importance, si courte soit-elle. Elle doit faire comprendre, même tacitement, le rôle qu'elle est prête à tenir avec toutes les fibres de son âme. Non, elle ne foulera pas le jardin secret que garde farouchement la jeune fille ; cela lui appartient, il est de son cœur. Mais, non loin de ce jardin, de ce foyer de chaleur et de lumière, qui se consume en vase clos, il est un monde inconnu de Mireille et si doux caché dans les plis de l'âme où l'on découvre des liens secrets avec notre cœur, si meurtri soit-il et qui desserre les souvenirs, les sentiments personnels, prêts à s'étouffer, cela est déjà un pas hors de la barricade dont on a entouré ce trésor sans emploi. Ce trésor peut avoir son rayon de lumière et de chaleur s'épandant librement sur toutes choses, comme « avant », quand le bonheur était présent.

L'amour et la bonté éclairent les mêmes panoramas que le cœur ouvre à l'esprit. La bonté aide l'amour à tourner ses rayons vers le « dehors », vers nos prochains.

Cet amour et la bonté n'ont pas couleur de deuil, ils sont clairs. Mademoiselle Vermandois donna donc son acceptation.

Elle rappela, dans sa réponse à son frère, qu'elle lui avait demandé depuis déjà longtemps de lui envoyer Mireille, elle ajouta que sa nièce serait bien accueillie en Touraine et qu'il serait fait tout le possible pour prévenir les désirs de sa chère nièce qu'elle sait par ailleurs fort raisonnable. L'accueil sera bon, sinon le temps que la saison commence à aigrir.

Mireille ne fit aucune difficulté pour accepter la suggestion de son père. Dans son farouche isolement, il lui semble que tous épient sa douleur, prêts qu'ils sont à saisir le moindre prétexte à porter atteinte à son amour.

C'est le même Capoulade qui attend devant le portillon pour l'amener au train, à Aix-en-Provence. Son départ passa presque inaperçu. Il n'a guère comme autre témoin que Marinette. Madame Vermandois ne se sent pas le cœur de supporter sans larmes le bouleversement d'une séparation sur le quai d'une gare. C'est donc son mari seul qui prend place dans le véhicule aux côtés de sa fille. Le cœur, à ces instants, paralyse l'esprit, les mots ne viennent pas, on contient le mieux possible la grosse peine et cela prend les dernières minutes que l'on vit ensemble…

L'auto s'en va avec précaution vers la route, un signe, un geste, c'est tout. Madame Vermandois rentre chez elle en pleurant, suivie de Marinette.

Pour Mireille, le trajet est bien cruel en ce qu'il rappelle le départ de Charles quelques semaines plus tôt. Il lui semble, en ressassant ses pénibles souvenirs, soudain plus proches encore, plus au vif, que certains de leurs gestes d'amour, ses larmes même, qui lui avaient alors brouillé parfois le visage aimé, étaient marqués du destin fatal, de leur séparation définitive. Que d'espoirs cette journée d'été avait-elle emportés avec lui à jamais !…

La réalité froide est autour d'elle, elle l'investit, elle va toucher son cœur, elle le frôle comme un métal. Elle garde les yeux clos et les larmes coulent sur son beau visage tourmenté. Son père voit son désespoir muet. Il fait tout ce qui est en son pouvoir pour la distraire, la noyer de recommandations qu'il sait lui-même bien inutiles. Les hommes en général, les pères surtout pour leurs filles sont tellement embarrassés devant le malheur qu'ils en sont maladroits et font et disent tout de travers. Il parle, il n'en a pourtant aucune envie.

- Je t'en prie, papa, laisse-moi ! dit-elle, et, pour atténuer la peine qu'elle sait lui faire, elle repose sa tête sur son épaule et ajoute simplement :

- Tu comprends, n'est-ce pas ?

- Oui, ma grande !

Il se tait. Alors refusant l'obsession de sa mort, elle s'isole à nouveau avec Charles dans le cœur, tout près d'elle, et ils se parlent, se redisent leurs promesses. Le temps lui parut court à cette évocation.

- Nous arrivons, Mireille… Voilà la gare !

Elle ouvre les yeux sur une image réelle. Elle se mord la lèvre. Le monde la reprend, car elle lui appartient. La gare, avec sa grosse horloge est là pour lui rappeler l'absent. La grisaille d'un ciel couvert ajoute encore à sa tristesse. Un jeune employé en casquette, un petit drapeau rouge roulé sous le bras, la dévisage. C'est le même qui leur avait souri quand Charles la tenait encore embrassée avant sa… disparition. Il la reconnaît. Elle le reconnaît… Il lui paraît soudain qu'elle a eu son visage à un doigt du sien :

« Il reviendra l'été prochain votre amoureux ! »

Elle se détourne et se blottit un instant contre son père…

- En voiture, s'il vous plaît, en voiture !

Le train est là, tout sombre avec ses numéros épais plaqués sur les portières. Les rails luisent et poursuivent leur course parallèle jusque derrière le talus.

- En voiture !

- Oh ! papa, mon bon papa !

- Mireille… ma petite… va… va… ma chérie… va… et reviens-nous vite… Fais bien attention… ne prends pas froid… Pense à nous qui t'attendons… monte vite !

Elle sanglote. Il essaye de lui sourire. Elle lui fait un pauvre geste de la main et le train démarre presque aussitôt. Elle se réfugie dans un coin de son compartiment et regarde elle aussi, comme lui l'avait fait, le pays qui s'éloigne si vite derrière la vitre sur laquelle une ondée venue d'ailleurs a élongé quelques larmes… Pendant un long moment, le train refait le chemin qu'elle a fait avec son père et le Lubéron réapparaît au loin, il semble qu'elle revienne sur ses pas. Quelques minutes encore et, puis, sans qu'elle ait pu distinguer le décor que voile un léger rideau de brume, leur paysage s'amenuise et disparaît.

Alors elle ferme les yeux pour le revoir dans son cœur, tout près, tout vivant, avec le détail familier d'un chemin, la grâce d'un sentier, l'étendue d'un panorama. Tout cela est prisonnier en elle, elle l'a scellé. Elle aussi en quittant le pays enchanté de son amour, a la notion soudain perceptible que son bonheur est devenu passé en un instant. Les vives couleurs qui habitaient son cœur et son esprit reçoivent alors l'estompe légère du temps qui scande sa marche inexorable au rythme rapide des roues du wagon sur le rail qui file vers l'inconnu, vers une nouvelle étape du destin.

Une dame aux cheveux gris, à l'autre coin du compartiment observe Mireille. Un mince sourire de sympathie et de compassion glisse sur ses lèvres.

- Ce doit être un chagrin d'amour !

Elle accueillerait sans doute avec autant de curiosité que de bienveillance la tendre confidence de cette jeune compagne de voyage. L'âme des femmes va vers la consolation. Mireille n'en veut point. Mireille ferme les yeux sur son secret et la dame, détournant son regard, le pose sur un magazine fortement colorié. Mireille à son tour s'intègre au monde anonyme qui va avec toutes ses douleurs, ses drames et ses joies vers les mêmes buts inaccessibles et les mêmes consolations illusoires avec l'énigme du silence des foules.

Et la dame aux cheveux gris, sûre de son expérience de la vie, dira avec mélancolie, en pensant à la jeune voyageuse pelotonnée et immobile dans son coin :

- C'était une belle jeune fille triste qui devait avoir un gros chagrin d'amour… comme beaucoup d'autres… Les hommes sont si égoïstes et les filles si naïves, si vite prises à leurs belles promesses… Mon Dieu que le monde est bête !

Et avec la douceur de souvenirs lointains, cette inconnue pénétrera dans le vieux musée de sa propre vie, de son passé à elle que les foules ignorent, elle sortira des photos jaunies, de vieilles lettres à l'encre à demi effacée, mais qui disent des mots, des choses toujours uniques que se répète la jeunesse et dont se souviennent les vieux.

C'est avec quelques jours de retard que Fariolo apprit le départ de Mireille pour la Touraine. Aucun commentaire n'est permis à quiconque sur l'opinion qu'il peut avoir sur le drame qui frappe le « Paradou » et sur la signification du voyage que vient d'entreprendre sa compagne d'enfance. Respectant le deuil qui a brisé le premier amour de Mireille, Fariolo se tait. Et, parce qu'il demeure un honnête homme, il ne veut tirer aucune conjoncture favorable à son plus cher désir. Fariolo en est au point mort de ses projets tenaces, et, il le sait, Mireille ne s'est jamais autant éloignée de lui par le cœur qu'en ce moment. La mort de Charles soustrait, peut-être pour longtemps la jeune fille au monde et à ses manifestations.

. .

Comme autrefois, quand ils étaient enfants, la jeune fille se dit une histoire. La sienne et celle du Prince Charmant. Histoire douloureuse. La seule qu'elle n'ait point inventée parmi les fleurs des champs et des chemins. La seule encore qui n'exprime pas la joie de vivre et de chanter son printemps et que d'autres que lui connaissent. Alors, comme autrefois, il l'écoute. Il paraît l'entendre se raconter. Histoire triste certes, mais une histoire comme les autres qui l'a blessée à se l'imaginer trop réelle. Lui aussi y a cru un moment car elle était belle. Coupée par le malheur, elle garde la meurtrissure d'un souvenir pantelant, inachevé. Le Prince Charmant n'est plus. Il a perdu son visage, son nom, et, chacun se tait car le silence doit se faire pour apaiser la douleur, mais, la vie continue impérieuse, et, tout se tient.

Mireille reviendra lentement à la vie. Ceux qui l'aiment sincèrement attendront que, d'elle-même, elle sorte un peu du refuge d'isolement pour l'accueillir avec sollicitude, signifiant par leur présence discrète qu'elle peut librement s'appuyer sur eux pour reprendre la trame d'une existence prédestinée.

Jamais, sans doute, la famille de Fariolo n'a autant songé à elle mais son nom est rarement prononcé devant lui. Son père et sa mère comprennent à son mutisme qu'il désire qu'il en soit ainsi pendant le temps d'une méditation, celle de la jeune fille repliée sur son malheur. Mais, depuis toujours, ils ont fait la volonté de leur fils de la prendre sous leur toit. Fidèles en cela au sentiment des jeunes années de Fariolo pour sa compagne d'enfance, dont la continuité à leurs yeux est une garantie logique de choix. Mireille, plus qu'agréable, est devenue la seule fille qui puisse porter dans l'avenir la grave responsabilité de leur descendance.

Le père de Fariolo est un homme entier dans ses conceptions, fier de tout ce qu'il a créé, de sa race, de ses biens et surtout de son fils qui portera son nom après lui. L'âge et les marques nobles du travail en ont fait une figure de patriarche écouté.

Il domine cette terre qui, pour une bonne part, est sa création, qui lui est redevable depuis longtemps de sa beauté et de sa richesse. Elle ne lui a pas été toujours docile. Il la força par sa ténacité, la connaissance profonde et lucide de ses besoins et de ses possibilités. Il identifie en Fariolo, son fils, un homme de sa trempe, qui, comme lui, mâtant la glèbe, fera surgir pour l'autre génération les moissons opulentes mûries sous le soleil des étés embrasés de Provence.

Fariolo donna la mesure de son jeune pouvoir et de son attachement héréditaire à un idéal antique dès le premier jour d'hiver où l'infirmité cloua le vieux travailleur près de l'âtre. Maintenant, il se fait respectueusement les bras et les jambes de son père. Cela est une grande consolation pour l'impotent de jouir de cette vénération et d'épuiser pour son bien-aimé successeur l'expérience qu'il a acquise tout au long des ans sur cette terre qu'il a faite généreuse.

C'est sur elle que la raison du vieillard s'était éveillée jadis quand les limites du bien étaient à la moitié de ce qu'elles sont maintenant.

Adolescent aux cheveux drus et noirs, il avait suivi, un jour, pour la première fois, sur l'aire, son père à lui, un homme austère et sobre qui ne riait jamais, qui ne se mettait jamais en colère parce qu'il n'avait pas de temps à perdre, mais qui, peu à peu lui avait passé sa vigueur et sa science et lui avait mis en mains, une charrue toute neuve, tant il avait la certitude que son fils était devenu digne du bien qu'il lui laissait.

Lui, jusqu'alors, s'était contenté de l'araire rudimentaire, peut-être aussi avait-il voulu secrètement que ce vieux compagnon de labour cessât le dur travail avec lui. L'araire de l'ancien demeura longtemps sous la porte charretière comme un aïeul qui achève sa vie dans l'ombre paisible d'une retraite où on l'oublie un peu en le vénérant et, qui disparaît un jour sans qu'on s'en rende compte. L'ancien, parfois, courbé par les ans, allait doucement à pas comptés, sous le soleil chaud, rendre visite au vieil instrument de sa fortune. Il le touchait en tremblant du bout de sa canne de vieux, puis il regardait ses terres cultivées, et son fils les travaillant, et sa bru portant le linge de sa buée. Devant ce mouvement il était en droit de se dire encore :

- Nous, les deux compagnons des mêmes temps et des mêmes sillons, nous avons vu de semblables étés et nous sommes les responsables de cette œuvre qui se poursuit maintenant sans nous : nous pouvons partir en paix.

Le fils de l'aïeul est là, il a rempli sa mission et il est le père de Fariolo. Il est devenu vieux à son tour, mais il y voit clair et parle net. Si ce n'était ses maudites jambes, il serait encore des semailles et de la moisson et ce, jusqu'à la limite que l'âge aurait pu le lui permettre. Demeurant toujours le maître honoré, comme le fut son ascendant à lui qui ne craignait pas davantage la vie ou la mort, il aspire comme celui-ci à un parachèvement harmonieux à son ambition pour avoir le droit à la quiétude jusqu'à sa dernière heure avant que la branche rituelle de buis ne fasse une croix d'eau bénite sur son corps rude et froid.

C'est pour cela, avec la sobriété calme des gens, accoutumés à penser par la terre et par le ciel, qu'il fait siennes sans restriction, les pensées et les aspirations de celui qui est, lui, par le sang et par le cœur, avec l'orgueil et l'assurance apaisante de savoir que par le Fils, formé suivant son âme, il ne mourra pas tout à fait. Avant la paix de la tombe, il veut assurer à cet autre lui-même, la vie à laquelle celui-ci aspire profondément. Ayant passé la charrue à son double bien-aimé, il ne veut pas se survivre autrement que par la pensée de celui-ci dont la jeunesse a ses exigences sourdes, ses droits indiscutables, comme lui les avait eus en contrepoids équitable des devoirs que les générations ont légués.

Fariolo, le dernier de générations de travailleurs de même nom n'a pas la tâche la moins ingrate de tous. Depuis le premier de la famille, qui a dû sans doute se louer de seigneur à seigneur, de ferme à ferme, en des temps plus troublés par les passions religieuses qui servaient et attisaient l'arrogance et la cupidité des grands, la misère des petits ou de médiocres, faisant massacres, pillages et destructions, jusqu'à lui, le patriarche vivant de cette terre, qui amena le Bien à sa forme idéale fait à la main d'un seul maître, savent que Fariolo ne bénéficie plus de ce but tonifiant qui est celui de créer le Bien, de l'agrandir.

Celui-ci a maintenant sa forme pleine. L'horizon de famille est atteint. Lui, l'ancien à y penser, en demeure parfois désemparé.

Fariolo doit maintenir. Ce n'est pas la meilleure des tâches car, il lui faudra, d'abord, conserver la jeunesse de la terre et utiliser sa richesse et sa propre puissance en excès pour d'autres fins que celles qui ont guidé ses ascendants. Le père lui fait confiance. Ce n'est certes pas lui, qui n'ayant plus à pousser plus avant le bornage, bâillera d'ennui et dilapidera les biens acquis pour permettre à l'autre génération de refaire le travail défait.

Le bien est fait, il faut le maintenir. Il faudra toujours sur cette terre sacrée la présence vigoureuse de l'arbre de famille, mais, le temps est venu de lui donner des surgeons, de faire profiter de cette richesse et de ce sang de nouveaux foyers, de nouvelles valeurs extérieures qui porteront leur nom anobli par des siècles de travail obscur et obstiné ayant visé le même but et qui sauront où tourner leurs regards pour donner une raison à leurs efforts. Cet orgueil, le patriarche sait qu'il le porte au nom de tous les ascendants qui l'ont fait.

Mireille et Fariolo sont le couple noble que le destin a choisi : le mariage de la grâce et de la force issues de la terre chantante et vigoureuse de Provence. C'est à ce couple qu'échoit l'honneur de couronner l'œuvre.

La patience, l'attente du moment propice, n'est pas la moindre des vertus qui font la richesse honnête. Voilà pourquoi le silence s'est fait jusqu'à ce jour autour de Miréio en présence de Fariolo. Mais, c'est encore à lui, le père, qu'il appartient de faciliter la réalisation d'un destin désiré et logique. Ce destin est encore le sien, car il veut que ce soient les mains douces de cette fille élue qui lui ferme les yeux le jour où la bénédiction divine lui donnera à son tour le repos dans cette terre qu'il aime tant.

L'absence de Mireille est fortuitement favorable à ses projets. Il se doit de renouer, d'abord à l'insu des jeunes gens, des liens qui furent chers aux deux familles et qui se sont sensiblement relâchés depuis la découverte de Miréio par un étudiant parisien. Dieu lui pardonnera certainement cette ruse d'amour, car lui saura dire au divin Maître combien il lui en fallut user pour mériter sans honte son paradis à gagner son pain à la sueur de son front en travaillant, pendant des ans et des ans, cette terre que lui, le Très-Haut, avait créé pour l'Homme en un seul jour.

- Voilà longtemps, dit-il un jour à sa femme, que tu n'es allée rendre visite aux Vermandois. Ne vont-ils pas croire bientôt que nous avons de mauvaises raisons de nous éloigner d'eux ?... Va, ma femme... va... et dis-leur bien de ma part que je leur envoie mes bonnes amitiés... Si ce n'était mes mauvaises jambes qui me clouent à la maison, je t'aurais accompagnée… N'oublie pas de leur répéter tout ce que je te dis… et surtout que mes satanées jambes ne peuvent plus me porter, rappelle-leur.

Il s'arrête quelques secondes pour laisser le temps à sa vieille compagne de comprendre mieux sa pensée, puis il termine d'une voix moins forte et plus lente :

- Demande des nouvelles de Miréio… Demande si elle sera bientôt de retour parmi nous.

Elle l'a compris. Elle sait que le pouvoir de ses deux hommes est de savoir quand on sème et quand on récolte ; quand une idée germe et quand on doit l'exploiter. Elle n'attendait sans doute que cela. Effacée et travailleuse elle mène pieusement son labeur, fidèlement attachée à n'être que l'auxiliaire modeste qui fait le linge blanc, la maison luisante. L'ordonnance et le mouvement régulier du logis lui appartiennent pour le confort de son époux et de son fils. C'est pour celui-ci, qui seul maintenant va aux champs, qu'elle crée la pénombre et la fraîcheur bienfaisante qui reposent du soleil d'été qui hâle et qui darde.

Fariolo est l'orgueil de son père mais sa mère lui voue un culte silencieux, elle respire par lui, et, pour lui elle émietterait sa part du ciel. Elle ne peut comprendre qu'on ne puisse l'aimer et l'admirer. C'est pour cela qu'il lui paraît illogique que Miréio, étant aimée de lui, ne soit pas encore sa femme, qu'elle puisse être encore ailleurs que sous leur toit. Mais, son sentiment est si dénué de malice qu'elle ne peut en vouloir à la jeune fille. Là, est le gros mystère de sa vie, la pieuse rengaine de sa vieillesse.

- Enfin pourquoi ce mariage n'est-il encore fait ?

Et, parce que Fariolo aime Mireille, elle trouve naturel de l'aimer aussi. Elle a ignoré Lesueur. Lesueur était un étranger… une de ces étoiles filantes qui passent, un inconnu qui n'avait rien à voir avec sa future bru. Son oreille a certes souvent entendu son nom en même temps que celui de la mère de ses futurs petits-enfants, des chérubins qui attendent là-haut qu'on leur fît signe ; ses yeux les ont vus ensemble. Les yeux et les oreilles et la langue des gens disent des menteries. La vieille paysanne parle peu, mais elle pense beaucoup à son mari qui ne peut plus aller sur l'aire, mais surtout à son fils qui veut donner leur nom à Miréio.

- S'il la veut, il l'aura !

Et elle est contente de se le dire. Elle a su attendre le moment et le moment est venu. Le maître a parlé. Il a toujours su ce qu'il fallait faire. Elle remplit sous les yeux de l'infirme placide un panier des meilleurs produits de leurs terres, puis elle va dans sa chambre passer sa robe du dimanche et mettre un fichu sur ses cheveux blancs. Par la porte ouverte elle croise le regard de son vieux compagnon. Leur complicité glisse une lueur de joie dans leurs yeux. Ils sont contents. Avant de sortir, elle passe au vieux travailleur son pot à tabac et sa pipe.

- Je ne serai pas longtemps dehors.

- Fais ce que tu dois faire, dit-il simplement, et elle s'en va.

Les Vermandois l'ont accueillie en bonne amitié, elle voit qu'ils sont heureux de sa visite. Alors, tout naturellement, tout simplement elle dit et demande fidèlement ce qui lui a été recommandé. Quand elle revient au logis, le vieillard ne lui dit rien, il la laisse parler. Le raccord est fait, il n'est besoin encore que d'un petit coup de pouce pour mettre les deux jeunes gens sur le même chemin.

À quelques jours de là, et sans qu'aucun préambule ne l'ait laissé prévoir, le père de Fariolo engage la conversation avec celui-ci au sujet de Mireille.

Le jeune homme revient des champs et il est à se laver les mains et le visage dans la cuvette émaillée. Il lui tourne le dos.

- Sais-tu que Miréio sera de retour dans quelques jours ?

- Je sais qu'elle ne devrait pas tarder à revenir.

Après un temps de réflexion le père reprend :

- Je crois qu'il est temps, mon garçon, que je te dise ce que je pense. Tu es libre maintenant d'agir comme il te convient vis-à-vis de Miréio, cela te regarde seul…

- Tu auras toujours ton mot à dire, père, car cela est aussi un peu tes affaires… Tu es le maître ici.

- Je voudrais seulement te faire connaître ma pensée…Tu me diras tes intentions ensuite.

- Je t'écoute.

- Miréio est une brave petite, loyale et sincère… Ce n'est pas son histoire avec le monsieur de Paris qui lui fera du tort. Elle se mariera. Elle est trop jeune pour ne pas y penser un jour. Et, c'est toi Fariolo qui l'épousera… Tu dois lui faire savoir que tu la veux toujours comme femme… Offre-lui ton amitié et plus tard vous verrez bien. Mais, je ne voudrais pas disparaître, et ta mère non plus sans savoir qu'une femme digne de nous dirigera notre maison. Bien sûr, Mireille n'est pas une femme de la terre, mais notre famille a travaillé depuis si longtemps pour que nous soyons riches que notre bien demande maintenant quelqu'un d'autre.

Fariolo n'a pas bronché et le père admire secrètement cet équilibre cette assurance tranquille qui vient de lui.

Son fils prend tout son temps pour répondre et lui, sait qu'un homme comme Fariolo, mérite de peser ses mots.

- Je n'ai jamais pensé de mal de Miréio parce qu'elle fréquentait Lesueur.

Il hésite quelques secondes à poursuivre, puis, en s'essuyant lentement il continue :

- C'était son droit. Je ne lui ai jamais retiré mon amitié. Lesueur est mort et je comprends qu'elle en ait beaucoup de peine.

Son père approuve en hochant la tête et il ajoute en le regardant :

- Il ne saurait être question pour quiconque de ne pas respecter son deuil.

Prenant place en face du vieillard, il dit enfin :

- Je pense bien comme toi. Un jour, elle prendra un mari… mais laissons-nous le temps de réfléchir, et, surtout pour elle de se faire à l'idée que tout ne doit pas s'arrêter à l'étudiant… Un jour certainement je lui ferai comprendre que je n'ai pas changé à son égard. Je lui dirai aussi de revenir chez nous, comme autrefois, car ici nous avons toujours de l'affection pour elle…

Je crois, père, que c'est cela que nous pensons tous les deux, et, comme s'il eut trop dévoilé de ses pensées les plus secrètes, il sort sur le pas de la porte à regarder le ciel.

La mère, maintenant, fait son entrée dans la salle commune et met le couvert. Les hommes se sont tus. Pendant le déjeuner, ils n'échangèrent que quelques rares paroles où il n'est plus question de Miréio.

À la fin du repas, cependant que la mère débarrasse la table et que le père pousse sa chaise roulante près de la cheminée, Fariolo se lève et sort. Il pense à Mireille qui va revenir, qui sera à nouveau du village. Il en est heureux car il craignait un moment que sa compagne d'enfance demeurât plus longtemps éloignée par crainte de revoir trop tôt le cadre de ses souvenirs. Elle revient et Fariolo, pour la première fois, s'autorise à penser librement à elle.

Ce que son père a dit est juste et raisonnable. Il ne l'a pas surpris car Miréio a de tout temps été considérée comme la fille de la maison.

Mais, les paroles du vieillard donnent soudain à Fariolo le désir d'évaluer son bien sous un nouveau jour, d'en faire le tour pour se convaincre que Miréio s'y trouverait bien. Il pénètre sur l'aire, cette partie du pays qui a fait la maison et sa richesse. Il monte d'un pas rapide le coteau sur le versant duquel est la vigne : Fariolo peut s'enorgueillir du plus beau chasselas de la région. Il lui a donné cette année sa pleine récolte. Sur l'autre versant est une large prairie où paît au bon temps un gros bétail. Au-delà, les terres se découpent en parcelles géométriques sur lesquelles viennent le blé, le sarrasin, l'épeautre, le maïs et les cultures maraîchères qui donnent généralement plusieurs récoltes l'an.

Tout au fond, par où vient le mistral, s'élève la noria qui proche la pinède faisant lisière.

L'été, au moment de la fauche, à l'heure de l'angélus de midi quand le soleil vibre sur les gerbiers lourds, hommes et femmes y vont manger à l'ombre et retirent les jattes de vin qui avaient été plongées à demi dans l'eau vive, fraîche et limpide.

C'est aussi l'époque avant les vendanges et le surmoût du pressoir où l'on charge le foin odorant bien haut sur les charrettes à ridelles qui roulent doucement jusque derrière les granges où, en grosses fourchées, on monte les meules autour des bigues de bois. Les femmes en jupes de toile légère, une étoffe aux couleurs vives en bandeau sur les cheveux, y rivalisent de vaillance avec les hommes et leur présence les stimule et les rend gais. Quand la meule gagne en hauteur un homme y reste à demeure et la façonne. Fariolo aime cet ouvrage et se le réserve.

Juché sur le foin il peut contempler son bien et surveiller parfois et le ciel changeant et le travail qui se fait.

Quand les boules de fourrage se lèvent vers lui, il voit le front des travailleurs tendus par l'effort, se perlant de sueur et leurs yeux clignotants pleins de soleil. Lorsque le soir tombe sur ces jours d'été et que leur corps est rompu de fatigue, les ouvriers et les ouvrières se tiennent par groupes sous les étoiles naissantes et chantent la joie de l'opulence et parlent d'amour.

Parmi ces jeunes hommes et ces jeunes femmes qui ont donné ensemble de leur peine s'ébauche souvent une idylle de moisson qui réserve son secret pour le printemps.

Fariolo, immobile, regarde ses terres. Un gros trait sombre trace un vaste quadrilatère. C'est la limite d'un empire familial qui suit fidèlement les courbes du terrain et donne à ce tout son cachet de perfection. C'est l'œuvre exclusive de

Fariolo. Il est fait de haies d'aubépines et d'arbres au tronc court qui dressent à poings fermés leurs frêles gaules.

Fariolo aime la terre et il trouve plus normal de lui confier le soin de marquer ainsi le bornage plutôt que de lui imposer les servitudes inertes de barrières. Le mas, vers lequel il revient maintenant, a l'allure cossue des castels de jadis. Le corps de logis est solide, les écuries et les granges confortables. Dans le prolongement de celles-ci est la fontaine. À son jet continu et frais, la mère y vient puiser l'eau claire de leurs repas et de sa blanche lessive. Des abreuvoirs creusés dans le bouleau y sont aménagés.

Fariolo y mène le bétail. Les bœufs et les vaches aux flancs luisants lui donnent ainsi rassemblés la meilleure expression de la fortune paisible. Le trop-plein de la coulée de la fontaine s'en va courant, par d'étroits canaux vers les carrés de légumes et le verger en passant les éclusettes s'ouvrant ou se fermant avec des planches.

L'ensemble de la propriété forme un hameau avec ses feux et ses habitants. Il suffirait, si quelque événement heureux survenait, d'apporter quelques modifications intérieures pour sacrifier au modernisme dont la nécessité ne se fait pas sentir jusque-là.

Miréio se plaira ici où tout respire l'aisance, la santé et le bon vouloir, avec cette sobre apparence que prennent parfois les grandes demeures rurales de Provence.

Fariolo s'attarde un instant encore devant la maison et il s'imagine un printemps parmi tant d'autres, quand la ferme se repeuplant d'ouvriers agricoles se fait ruche, Miréio, sa femme, servant avec sa mère et d'autres femmes le repas à la communauté laborieuse sur la longue table de chêne qui est laissée pendant le long temps des travaux devant les granges.

Cette image, ce jalon désiré est l'équitable récompense de sa vie jusqu'à ce jour dont il n'a pas à regretter la passée, parce qu'il fut celui du même geste.

Le geste de notre vie dont on se souvient le plus volontiers est celui de l'effort sobre qui élève, parce qu'il contient l'enthousiasme réfléchi, la force consciente et la confiance raisonnable.

C'est le geste utile, le témoin de notre valeur, notre joie grave d'exister.

L'homme qui a le regret du geste perdu, parce qu'il ne peut se renouveler pour en faire d'aussi valables, ne tarde guère à éprouver l'angoisse d'une certitude plus rapide, celle d'une certaine déchéance.

La vie de Fariolo, sa jeunesse, est privilégiée parce qu'il a trouvé dans les facteurs de l'atavisme, dans sa foi pour la terre, les moyens constants du geste utile que nulle morale ne lui a imposé pas plus que la servitude des nécessiteux. Il a le mouvement de l'homme libre. C'est pour cela que chaque heure du présent est bonne pour lui et « vient en son temps ».

Il n'a pas l'hypnotisme et l'immense regret d'un souvenir faste et unique, qui, pareil à un bijou rare, qui aurait été le sien un instant, serait perdu.

Cette chose, il la tient dans le présent entre ses mains viriles et savantes ; il la façonne constamment ; il la sent vivre avec lui avec plus d'amplitude, plus de beauté, et, il ne la laissera pas se perdre dans la poussière du passé par inconstance, paresse ou faiblesse. Il la tient et il la travaille avec soin, il la travaille toujours inlassablement avec toujours plus de sollicitude, d'expérience, d'enthousiasme.

La satisfaction n'est pas statique. Elle va. Elle enrichit encore sa raison d'être, de mener sa vie, car, si elle arrêtait inconsidérément sa raison de demeurer présente, donc vivante, elle ne deviendrait plus que ce regret dégradant du geste perdu, cette déprimante certitude qu'un autre soi-même, l'être actif d'un passé fut, un temps, plus grand que nous-même, être passif d'un présent amer.

Le temps, sans doute, ne se prête pas toujours volontiers au geste noble, sans doute aussi avons-nous souffert parfois à le faire, mais le fait que nous l'ayons exécuté avec encore plus de courage nous a grandi, tonifié et donné le sens d'une vie pleine et de bonne volonté, le pouvoir d'aimer les trois temps de notre vie : le passé, le présent et l'avenir par une constante création.

Jamais Fariolo n'a éprouvé aussi fortement la sensation de plénitude qu'en ce jour.

Il est un jour de notre vie, bien qu'il ne soit marqué souvent d'aucun fait notable, qui se détache singulièrement de la chaîne des temps que nous avons déjà vécus. C'est ce jour-là que nous faisons spontanément le bilan de ce qui a contribué, et, de ce que nous avons apporté nous-même à ce que nous constatons être subitement la réussite ou l'échec de notre existence.

Le médiocre peut se complaire de revers successifs ou d'obstacles qu'il prétend insurmontables pour justifier son échec aux yeux de ses semblables, il n'attire généralement que la compassion et le mépris ; le pain des autres sera un peu le sien.

L'homme fort, celui qui est à la recherche inlassable de sa personnalité réelle dans le but à atteindre, et qui lui est bien particulier, taira stoïquement les coups que lui porte le sort ; il stimulera sa puissance de vouloir et de mouvement devant l'obstacle inerte ou la rugueuse hostilité que le moindre vent de malveillance ou d'envie amplifie. Sa résistance positive donnera plus de prix à ce chaînon du succès, quel que soit le temps que lui ait pris ce combat. Un jour vient donc où l'homme voit soudain qu'il n'a plus d'épreuves majeures à subir, parce qu'elles se sont amenuisées à ses yeux grâce aux armes qu'il s'est forgées au prix d'expériences, d'exercices graduels qui lui procurent un pouvoir.

Fariolo sent soudain ce pouvoir. Il a fait son chemin et il lui est permis de faire halte pour le mesurer. On l'appelle Fariolo, ce nom lui vient de longtemps. Il lui avait été jeté comme une cape qui l'avait distingué de la masse, protégé contre les premières tentations de facilité, les premières faiblesses possibles. Il l'avait prédestiné car il avait eu l'orgueil d'en vouloir être digne.

Il était enfant alors mais il avait déjà le respect des choses saintes venant de Dieu et des hommes des champs qu'il saluait en passant son chemin.

En ce temps-là était un prophète, un poète appartenant au monde des enfants. Il vivait de charité, disait-on, et il allait par les chemins pleins de soleil faisant la terre blonde. Il allait de village en village, homme sans âge aux yeux clairs à la barbe grise ; il était noueux et dur comme les arbres qui projetaient leurs ombres sur les chemins qu'il parcourait et qui lui servaient de parasol quand il sortait le pain et le vin de ses repas de noble vagabond, de vieux troubadour des petits.

Il appartenait aux enfants qui moquaient d'abord son long habit poussiéreux : haillon glorieux fait de pièces surprenantes de fantaisie, mais il racontait de si belles histoires que les moqueries tournaient court. Et, cela n'était pas la moindre de ses récompenses quand les petits se rassemblaient autour de lui.

Il racontait de si belles histoires !

C'est lui qui fit Fariolo, qui fit passer le Fariolo de son conte dans l'âme et dans le corps d'un écolier bien droit et bien fort, semblable à un jeune chêne de nos augustes forêts ou à l'enfant d'un dieu rustique de notre histoire.

Le vieil homme des chemins s'appelait Bachigaloupo, et seul l'État Civil froid dira depuis comment Fariolo était nommé avant l'histoire qui le fit.

C'était un jour de printemps sentant la sève de toutes choses, avec des fleurs de toutes couleurs sur l'herbe verte des champs. Bachigaloupo était sur le bord d'un chemin, la tête appuyée sur un gros bâton que l'usage avait poli.

Sans qu'il fût besoin de les appeler, des enfants revenant de l'école leur cartable sur le dos ou battant leurs flancs, s'étaient rassemblés devant lui qui n'avait pas encore bougé.

Et, bientôt, comme les disciples écoutant la parole d'argent du Maître, ils posèrent là le fardeau de leurs livres et de leurs cahiers. Ils s'assirent en rond et s'immobilisèrent, attentifs, l'esprit prêt à saisir le mouvement et l'image.

Bachigaloupo, le regard perdu au-dessus de leurs têtes, fermait à demi les yeux pour faire venir de l'horizon des temps reculés, un monde toujours réel et vivant au cœur des hommes initiés. Puis, le bras tendu, il refit le décor antique :

- En ce temps-là, commença-t-il, la tour des Sarrasins n'existait pas. D'un geste brusque de sa grosse main aux doigts en spatules, il escamota la tour au souvenir des enfants subjugués par ce magicien du passé.

... L'école, les maisons n'étaient pas encore... à la place était un village de huttes en terre battue, aux toits de chaume percés en leur mitan d'un trou d'où s'échappaient des fumerolles...

La forêt immense et puissante, que les besoins des hommes n'avaient guère entamée, était le refuge du loup, du sanglier et d'autres bêtes sauvages. Elle venait jusqu'aux abords du village duquel partaient des pistes. Mais « l'aspro » Lubéron dominait comme aujourd'hui le pays cavare. L'Aigue-brun coulait ses eaux claires, toujours les mêmes, venant des Hauts, allant à la mer et par la mer retournaient aux Hauts dans les nuages noirs qui courent comme des cavaliers du temps jadis montés au ciel, et s'approchent menaçants de la terre quand le mistral souffle la tempête.

Le pays en remontant jusqu'à Apt par la combe de Lourmarin, était réputé pour ses chevaux, une race inconnue et magnifique dont les habitants étaient naturellement fiers. Ils en faisaient l'élevage et ils étaient fort adroits pour les dompter et les dresser. Il était notamment au village un garçon plein de courage et de vigueur qui avait la bonne renommée d'y être passé maître. Très jeune, en compagnie de son père, il s'était familiarisé hardiment à son futur métier.

Alors que ceux de son âge jouaient à des jeux moins violents ou conduisaient les porcs à la glandée, Fariolo - c'est le nom que nous a laissé de lui la légende - se hissait sur les bêtes les plus farouches et, agrippé à leur crinière, il les excitait à la course, et, ne faisant qu'un avec sa monture, partait comme le vent. Il lui arrivait parfois de rouler dans la poussière, il se relevait et recommençait jusqu'à ce que l'animal le plus récalcitrant fût maté et s'arrêta à court de souffle cependant que sur elle Fariolo riait de sa nouvelle victoire. Il eut dû se rompre cent fois le cou pour le moins, mais il devait être protégé par les Dieux et il ne lui arriva jamais rien de bien grave. Bien qu'il fût donc courageux et fort il ne cherchait querelle à personne, mais gare à celui qui l'eut défié, il était prompt à la réplique. Enfin il était très aimé, et ses camarades le prenaient le plus souvent en exemple.

Quand il fut grand il prit la place de son père et se choisit parmi les chevaux la bête la plus belle et la plus forte qu'on n'avait jamais vue dans le pays. Elle était qualifiée d'indomptable, il la fit à sa main, et l'aima beaucoup car jamais un cheval ne lui avait paru aussi beau et aussi intelligent et ne lui donna autant de peine.

À cet endroit de son conte, Bachigaloupo s'arrêta pour reprendre son souffle, et, les enfants intéressés posèrent mille questions. Il répondit aux uns qui voulaient toucher à ce qui fut dit, pour mieux s'en pénétrer suivant leur esprit, et, ne répondit pas aux autres qui voulaient trop tôt savoir, comme les petits gloutons qui vident l'assiette pour avoir plus vite le dessert et ne savent pas goûter chaque chose en son temps.

Quand le feu des paroles se fut apaisé et cependant que chacun attendait la suite, un bambin, qui n'avait encore rien dit, demanda la voix perdue dans le rêve :

- Comment était Fariolo?... Ressemblait-il à l'un d'entre nous?

La suggestion plut au vieil homme et à son auditoire. Bachigaloupo promena son regard soudain aigu sur l'assemblée des jeunes têtes, et, un garçon sentit que les yeux du magicien se fixaient sur lui et le pénétraient :

- Le voilà, Fariolo, dit le poète... Viens près de moi, toi.

Et l'enfant obéit.

- Et vous autres écoutez encore, car là vraiment commence mon histoire…

… Faisant honneur à sa famille, Fariolo était donc devenu un grand et beau jeune homme qui aurait pu se flatter, par surcroît, d'être digne de la richesse dont il jouissait.

… Il avait plaisir, chaque fois que l'occasion se présentait, à causer avec la fille du chef de village qui lui offrait l'hydromel devant sa case ou lui permettait de s'asseoir à ses côtés sous les chênes quand elle amenait le troupeau de porcs dans la forêt. Parfois, quand ils étaient ainsi, il se levait et lançait avec force sous les feuillages le bâton dont se servaient les gardeurs pour faire tomber les glands sur lesquels se précipitaient les bêtes qui en sont très friandes.

Tout un chacun d'augurer, bien entendu, que la jeune fille serait bientôt la femme de Fariolo, surtout qu'on l'avait vu, et il ne s'en cachait point, acheter aux artisans industrieux les bijoux les plus estimés et les pièces de tissu aux couleurs les plus vives pour les lui offrir.

Or, un jour où le soleil donnait toute sa force, il s'alluma un feu dans la forêt, assez loin du village pour qu'on ne le vît que lorsqu'il eut pris du souffle.

Les troupeaux de porcs s'étaient enfoncés sous les chênes et les fayards qui à droite, qui à gauche, avec ceux qui les menaient à la glandée. Parmi ces gardeurs était la fiancée de Fariolo. D'abord nul ne s'aperçut qu'elle n'était point revenue comme ses camarades. Chacun à ce moment-là s'inquiétait surtout de ce qu'il possédait en regardant l'incendie qui se propageait furieusement, car le vent s'était levé, et, gagnant du terrain sous les arbres, avançait vers les cases du village.

Le feu, dont les habitants entendaient le crépitement, montrait de hautes flammes rouges de plus en plus nourries. La fumée âcre obscurcissait le ciel dont on ne distinguait plus le bleu.

Fariolo avait amené sa manade de chevaux dans les prairies qui sont sur la route de Cadenet et où l'on trouve, avec l'herbe grasse, le lupin aux fortes couleurs et la marjolaine. Quand il vit grandir la menace du feu il revint au village. Il resta quelques instants immobile sur son cheval à regarder l'incendie dévorant qui se rapprochait mettant en péril les demeures.

Les villageois affolés faisaient un baluchon de ce qu'ils avaient de plus précieux et s'enfuyaient.

Fariolo regarda parmi tous ces gens. Il se renseigna. Sa fiancée n'était pas parmi eux et personne ne l'avait vue. Alors Fariolo pressa les flancs de son bon cheval et la bête docile bondit.

Parents, amis, enfants, femmes, vieillards oublièrent quelques instants leur terreur, pour s'immobiliser au spectacle fantastique auquel ils assistèrent.

Fariolo criant le nom de sa fiancée avait disparu avec son cheval et, derrière lui, tout son troupeau dans un grand bruit s'était enfoncé dans le feu grondant et la fumée.

Longtemps dans l'incendie gigantesque on entendit le cri du cavalier et un vaste piétinement auquel se mêlaient les hennissements de douleur et de fureur d'une multitude de bêtes magnifiques. Les gens regardaient de leurs plus grands yeux et il leur sembla voir à travers la fumée, au loin dans une éclaircie, au milieu des arbres nobles de nos forêts se convulsant en torches de feu, Fariolo sur son cheval portant devant lui la fille du chef.

Puis tout disparut et le village fut détruit jusqu'à ses traces. Les habitants étaient allés plus loin le reconstruire.

On disait que Fariolo et son cheval et sa petite fiancée ont été sauvés des flammes par les Dieux qui leur ont trouvé refuge sur le Lubéron qui ne nous a pas donné tous ses secrets. C'est pour cela que dans ses flancs les ravins ont gardé de l'incendie les pierriers noirs, les torrents desséchés, et que le Lubéron protégeant Fariolo et sa famille souffle plus âprement au fur et à mesure que l'on monte vers le refuge.

Certains, même, ont vu quand la lune éclaire les Hauts se découper les silhouettes d'un troupeau de chevaux, dont un les dépassant d'une tête est monté par un homme immobile qui paraît surveiller la nuit. D'autres encore ont entendu dans le vent doux qui descend de vagues murmures et de vagues chansons inconnues.

Là se terminait la légende de Fariolo. Elle et tant d'autres contribuèrent à donner à une génération un peu de son caractère particulier. Fariolo était né. Fariolo était parmi eux et presque inconsciemment l'enfant ainsi marqué tint un rôle qu'il s'obligea à jouer parmi ses camarades.

Il ne s'appela plus parmi eux autrement que Fariolo. Bien peu aujourd'hui pourraient redire l'histoire qui leur fut contée, mais petits et grands savent que Fariolo représente le plus ce qui fut un passé commun.

Bachigaloupo, à quelque temps de là, s'installa à nouveau sur le bord du chemin et les enfants qui s'étaient dit sa présence se groupèrent encore autour de lui et lui demandèrent :

- Bachigaloupo, raconte-nous l'histoire de Fariolo ?

Sans doute parce qu'il en connaissait bien d'autres et qu'il n'aimait pas redire la même, il leur répondit :

- Les histoires sont comme les enfants des hommes. Elles se ressemblent et ne sont pas tout à fait les mêmes ; elles ne se répètent jamais exactement. Ce sont, elles aussi, des êtres qui vont avec le temps qui les porte, la saison qui les crée, la bouche qui les dit, l'oreille qui les écoute. Comment vois-tu, toi, cette fleur ?... Si tu n'écoutes ce qu'en dit ton frère, ta sœur ou ton camarade, tu la verras d'abord, spontanément autrement qu'eux. Peut-être la verras-tu blanche ?... Parce que c'est la couleur qui te frappe en premier lieu. Ton voisin la verra grande ou petite, parce qu'il voit d'abord la taille et la compare à une autre ; cet autre dira que son parfum est délicat ou sa tige fragile. Et bien ! vous avez tous un peu raison...

L'histoire, elle, aussi, se raconte par cent bouts et on ne peut la reprendre par le même.

Bachigaloupo se montra encore cet été-là. Il ne changeait jamais. Ses yeux, ses cheveux et sa barbe avaient toujours cet âge indéfinissable qui donne l'illusion que le temps n'avait plus de prise sur lui, qu'il en était en dehors… à moins qu'il fût lui-même Monsieur le Temps.

L'hiver qui suivit, nul ne le vit. On n'en parla guère : on se répétait simplement ses histoires, on ne savait plus bien si elles venaient de lui. Chacun les mêlait à sa manière, suivant son âme et une foule de héros chamarrés de toutes les époques se colloquaient superbement dans la grande comédie dorée que les enfants pleins de clarté se jouent dans les cieux de leurs rêves.

Bachigaloupo ne se montrait jamais l'hiver qui le faisait vivre dans un endroit ignoré de tous.

Le vieux troubadour ne devait vivre qu'avec les beaux jours. Mais le printemps chanta à nouveau et Bachigaloupo n'était pas par les chemins. L'été embrasa sans lui, puis tous les hivers, tous les printemps, tous les étés passèrent. Il ne se montra plus. Sa vieille barbe avait dû se reprendre dans la chaîne du temps. Bachigaloupo avait disparu. Les parents qui savent des choses tristes disaient prudemment que l'hiver ne l'avait pas réveillé. Les enfants se l'imaginèrent alors dormant toujours dans une grotte la tête appuyée sur son gros bâton. Mais il ne pouvait ainsi échapper à son petit monde qui, tout droit dans ses songes, le fit lever de sa couchée et monter dans leur ciel.

Puis, l'ayant revêtu de son haillon glorieux, fait de grandes pièces de couleurs, ils l'installèrent comme roi dont la cour était la multitude de personnages lumineux qu'il avait créés dans un palais de forêts de chênes, de rivières transparentes, de chemins infinis recélant l'or et le diamant des âmes.

C'est avec l'histoire de Bachigaloupo que part l'enfance de Fariolo, ses premiers souvenirs viennent de là et de l'automne quand octobre fait se lever dans la cour de l'école les branches dénudées des platanes vers le ciel gris. C'est le temps où les enfants rassemblent les feuilles jaunes sèches éparses et allument de grands feux qui déchaînent leurs cris et des jeux païens. Alors, filles et garçons, se donnant la main, font la farandole autour; d'autres sautent par-dessus les flammes et la fumée que le vent mou, mélancolique disperse en effluves odorantes qui vont se mêlant à celles du chai et du bois vert fraîchement coupé.

Déjà les chenets se chargent et commencent pour de longs mois la quiète chanson du suage.

Les livres neufs s'ouvrent sur une odeur d'encre et découvrent de nouvelles images qui plongent dans de nouvelles découvertes du Savoir.

Octobre. L'enfant n'est plus contraint par l'incompréhension souvent autoritaire de l'adulte; le regret du soleil des grandes vacances sera tôt enfoui, il a retrouvé son monde, son univers sur lequel vont fleurir ses souvenirs faits d'amitiés naissantes avec l'odeur des feuilles mortes, la chaleur des feux clairs, l'encre luisante de ses livres neufs et mille choses plongeant dans le passé.

Pour Fariolo et ceux de son âge, octobre était encore la grande époque des « Lunières », la châtaigneraie entourant le morne sur lequel s'érige la Tour Sarrasine.

La Tour Sarrasine se dresse, toujours mystérieuse et hautaine. À qui n'est pas de ces lieux, elle est un vestige quelconque du passé et aucun illustre personnage ne lui a fait l'honneur d'y reposer une nuit : on n'y dort pas, à la tour Sarrasine, elle ne s'attache à aucun nom remarquable comme un colifichet au poignet d'une mondaine en faveur. Son prestige est nu comme la pierre qui l'a faite. On n'y dormait pas. On y guettait jadis l'ennemi pouvant venir des horizons ou des montagnes. On s'y battit sans doute : le sang dut être la couleur de son premier âge sous le ciel bleu et le soleil brasillant de Provence, mais le sang des hommes n'y coule plus. Les grands eux-mêmes ont grandi, sinon leur sagesse. Le champ de bataille est le monde et leurs moyens génocides incalculables. Alors les petits ont pris ce joujou des vieux temps qui radotent et s'en amusent. Pour eux, la tour Sarrasine a son prestige et un passé. Quelques générations d'enfants lui ont refait une histoire qui va moins loin que l'horizon.

Dans ce décor somptueux pour leur petit monde, ils trouvent un terrain sur lequel s'exercent leur ingéniosité et leur vigueur.

Mireille y accompagnait Fariolo que ses « devoirs » de chef de camp appelaient. Ils faisaient la cueillette des châtaignes, creusaient des fours sommaires dans la terre et allumaient des feux. Sur des murs de pierres sèches, ils posaient des toits de branches.

Chaque camp avait ses guetteurs juchés sur les arbres et parfois sur des rochers, à la manière des Indiens. Mais il arrivait, malgré cette vigilance, et là était le grand jeu, que l'ennemi parvînt à surprendre le « paisible village » et à mettre le feu aux toits de feuilles sèches des cabanes et à détruire quelques fours au cours d'un « rezzou » héroïque. Quand l'heure s'y prêtait, le combat devenait général au milieu des cris et dans des mouvements de bandes où les coups pleuvaient. Parfois aussi, des combats singuliers avaient lieu : les deux chefs de camp, Fermin et Fariolo, donnaient l'exemple. Les garçons se défiaient à la lutte par couple de force généralement équivalente. Ces jours-là, les enfants faisaient cercle, les feux et les cabanes étaient abandonnés. Une hiérarchie de courage autant que de force se créait entre eux seuls. Les parents étaient au champ, à la maison, ignorant qu'à leur insu la génération qu'ils avaient créée s'exerçait en se jouant au rude métier de la vie avec des armes loyales, des mouvements purs, sans haine, car de cette vie enthousiaste et primitive les timorés s'éloignaient d'eux-mêmes.

Mais plus encore, et par toutes saisons, ces lointaines années sont chères à Fariolo par les randonnées qu'ils faisaient à deux avec Mireille.

Elle aimait à courir et rêver tout haut dans des lieux présumés ignorés de tous, mais très certainement peu fréquentés par ceux qui prennent les chemins les plus courts pour continuer au plus tôt le dialogue silencieux et grave de la terre aux trésors et des hommes rudes qui la lui demandent avec leurs forces ; les enfants, qui vont le plus souvent par groupes joyeux de l'école au logis, n'y passaient guère.

Et Fariolo courait avec sa compagne par la forêt qu'ils traversaient jusqu'à l'autre lisière où un nouvel univers vivant et inconnu se découvre avec d'autres aires, d'autres maisons, d'autres bois. Ils s'arrêtaient parfois dans les cavées humides où poussent les grands saules. Alors, à plat ventre, ils buvaient dans le creux de leurs mains l'eau fraîche d'un ruisseau auquel la fillette prêtait un pouvoir magique.

Ils reprenaient leur course jusqu'à ce que Mireille trouvât le coin faste à son inspiration.

Rien ne lui échappait de la poésie des choses et des êtres dont la vie se révélait à elle et qu'elle enchantait pour son plaisir et celui de son compagnon Fariolo.

L'abeille fouillant la corolle était un chercheur de trésor ; la courtilière surgissant de terre était un gnome ; la luciole des soirs légers était l'étoile de l'univers des infiniment petits. Et pendant qu'elle racontait sur les images de la vie à l'entour des histoires à elle, Fariolo, pour mieux l'écouter, se tenait à deux pas, à ses pieds. Il se taisait.

C'est de cette époque que date son goût pour les objets de bois qu'il lui confectionnait en suivant ses jolis contes qui se perdaient sur l'herbe et dans les feuilles. Chaque objet qu'il lui offrait avait ainsi sa légende.

Mireille s'attachait avec passion à la découverte. Elle enchantait un monde clair que les ans ont enveloppé d'une vapeur ne laissant en eux que des attitudes, des gestes et quelques faits fastes en soi : une ambiance étonnante de force et de lumière.

Fariolo a gardé intact dans son sentiment exclusif et viril cette leçon du passé riche de substance qui est devenue une entité autant physique que morale, qui a fait Mireille à la mesure de ses ambitions.

Il la reconnaît dans ses gestes, son allure, sa manière de songer, de sourire, de parler.

Elle s'est quelque temps engagée sur un chemin souriant, sans souvenir éclatant de matière neuve avec laquelle elle voulait bâtir un monde nouveau sans passé, différent de ce qui fut.

Sur ce chemin de l'aventure qu'elle foulait avec ivresse, le paysage factice a soudain glissé dans l'abîme. Elle a pleuré. Elle en est encore meurtrie. Cependant, elle ne peut demeurer devant cet écroulement. Le temps passe. Elle doit passer ou revenir en arrière. Elle refait seule un chemin surpris de la revoir. Tout se tait encore sur son passage, car elle n'écoute pas. Mais ses pas sont chancelants et une main doit se tendre vers elle pour l'aider à comprendre qu'elle n'est point seule, qu'elle ne l'a jamais été. Et surtout qu'elle n'est point reniée.

Que cette main qui lui est tendue peut être à son gré, uniquement celle de l'amitié de toujours, sinon l'amour. Mais l'amour est partout. Il est hier, il est aujourd'hui, quelque part dans le cœur ou dans l'espace, il sera demain. Où? Qu'importe, il sera. Puisque ses racines ont nom « jeunesse » et « passé » à la fois. Il sera peut-être avec le printemps qui chante, l'été de la moisson; au prochain automne doux et pluvieux, peut-être à l'autre hiver quand Noël fait se pencher les fronts sur un acte de foi, ou à l'An neuf qui nous redit l'espérance… Il sera :

« Car tu es jeune, Miréio, mais paix en ton âme. Console-toi et pense à celui qui fut un instant ton compagnon du premier geste, plein de lumière sur le chemin indifférent à ton enfance.

Même tristes, tes yeux noirs sont beaux ; même défaits, tes cheveux souples et abondants encadrent un beau visage au front lisse ; ton sourire, quand tu souris déjà, est jeune et tendre ; tes dents blanches brillent de santé ; sous ta peau mate coule le même sang de ton printemps exigeant et doux. Repose-toi de l'épreuve, Miréio. Un jour, tu te rappelleras que Dieu t'a faite à l'amour, à l'espace, à la vie. »

Miréio, étendue sur le dos dans l'herbe, regarde les nuages noirs amoncelés projeter leur ombre sur la terre. Dans ce ciel de marge gris et compact, et par une étroite éclaircie, un rayon de soleil arrive jusqu'à elle. Ce spectacle gigantesque lui suggère un in-pace profond dans lequel elle aurait oublié, perdu l'illusion, comme l'image même de sa vie. Le soleil est si haut !

Mireille demeure immobile, angoissée, impuissante, abandonnée à son destin, à sa solitude.

Soudain, une voix amie l'appelle, elle tourne la tête : elle n'est plus, elle n'est pas seule.

Fariolo, un genou à terre, s'est penché sur elle. Il l'a libérée. Suivant encore son évagation, elle sourit à sa libération providentielle.

- Tu devrais rentrer, Miréio. Tu vas prendre mal. La terre est humide. L'orage est proche.

Et son regard tranquille et droit se pose sur le sien. Sa main forte se tend pour l'aider à se remettre sur pied.

C'est la première fois que Fariolo revoit son amie d'enfance depuis son retour de Touraine. C'est la première fois depuis longtemps qu'elle lui a souri.

- Vois-tu, dit-elle, ces gros nuages qui ne bougent pas ?

Il lève les yeux. Il n'a pas peur. Ses pieds à lui sont bien sur terre. Il répond :

- Ils sont trop lourds… Ils vont crever.

Elle est sûre de lui. Elle l'a toujours été. Il ne dira rien qui la blesse. Il est tout équilibre. Elle accepte son aide et sa main blanche aux doigts longs se pose dans sa paume vigoureuse. Il la soulève. Elle est maintenant debout à ses côtés. Elle n'a plus devant les yeux l'horizon fermé d'un ciel, mais les oliviers aux feuilles argentées qui ont des éclats métalliques sous le ciel sombre. La terre vit. Le geste que Miréio et Fariolo ont fait est le premier qui les rend au passé, sans heurt, avec cette continuité qui fait la puissance.

- Je vais voir ton père de la part du mien... Une affaire à régler... Rentrons ensemble, veux-tu ?

Il n'est pas venu pour elle, pour la troubler. Il passait. Il l'a vue. Alors, comme autrefois, comme avant, bien avant l'événement, il s'est arrêté, l'a aidée, l'a remise sur son chemin d'un mouvement naturel de compagnon qui aime sans présomption et sans rien sacrifier, convaincu que leurs chemins sont les mêmes et que leur rencontre se fera en un point connu seulement de tous deux. Qu'importe où il se trouve, il suffit d'aller, il ne peut être loin. Ils le reconnaîtront ensemble quand le temps sera venu.

Par la mélancolie des crépuscules immobiles d'automne, quand les champs ont été dépouillés de leurs moissons, et les arbres de leurs fruits, et les vignes de leurs lourdes grappes et du pampre, l'homme demeure seul en face de son âme et de ses pensées. Les jours sont brefs. Les nuits tombent plus vite. Le feu s'allume, éclairant les regards, et, tandis que le silence imprègne déjà la terre nue, que les arbres laissent choir lentement leurs feuilles craquantes faisant jonchée avec le bois mort, l'esprit s'éveille sur le jardin secret du cœur semblable à l'intimité rassurante d'une lumière dans la brume.

Comme un coup de silence sur la détresse de Miréio, l'automne paisible l'entoure de sa grisaille.

Tandis que s'accumulent déjà les éboulis fantastiques de nuages, montant parfois dans le ciel comme des tours de Babel, la campagne se hâte aux vendanges, les transhumants se pressent sur les chemins.

Puis le mistral, soulevant les premières feuilles mortes, déplace sur les terres les grandes silhouettes courantes des hordes de nuages noirs qui noircissent la terre d'ombres et de marécages. Les oiseaux migrateurs se groupent par peuples affairés, et les familles du grand voyage, quittant leurs nids, suivent le soleil chaud qui s'en va. Le soleil et les oiseaux d'été s'en vont, les hommes restent. Alors, les vents se font plus impétueux. Ils passent dans les forêts, fracassant les bras morts des arbres effeuillés.

Un troglodyte brun se faufile dans une ronceraie ; un traîne-buisson, jaillissant d'un fourré, saute sur une branche et lance son cri acide. À quelques pas du bûcheron, un rouge-gorge familier donne son aubade cristalline, douce et triste comme le ciel. Des mésanges charbonnières, calottées de noir, montrent leur plastron jaune sous leur manteau bleuâtre ; une mésange bleue picore entre ses pattes, une dernière feuille d'arbre alourdie d'eau tombe sur le sol boueux…

Quand l'hiver vient et que l'on pose la bûche au feu, leurs yeux voilés près de la flamme qui pénètre leur cœur, réchauffe les vieux souvenirs des vieux. La jeunesse vigoureuse, prisonnière de la saison, ébauche de hardis projets de printemps.

Les vieux pensent que ce n'est point leur dernière neige, et les jeunes que bientôt sera peut-être les premières fleurs de leurs amours. D'autres encore, fidèles à un premier mouvement, sentent confusément que la sève puissante de leur jeune vie soulève à leur insu de nouveaux enthousiasmes, une confiance spontanée en la vertu de leur âge et de leur foi admirable en la beauté et en la justice.

Mais leur temps n'est point encore. La pénombre froide enveloppe l'âtre abandonné à la nuit avec ses bûches en croix, rongées et calcinées comme un abandon, une fin de vie fade et tronquée sur laquelle un attardé immobile pose le regard du souvenir.

Le vent ample et mugissant des grands espaces et des solitudes, comme une cavalcade invisible, soulevant des tourbillons de poussière blanche sur les roches dures des chemins, change de voix. Il ulule dans la forêt qui le disperse ; il siffle en coulis sous les portes une haleine glacée, glapit sous un volet ballant… Mais le temps passe, et soudain, un matin, le merle au plumage noir et au bec jaune lance ses tirades sonores et moqueuses, alors, au travers des vagues brouillards, le soleil du proche printemps diffuse sa clarté d'argent tombant sur la rosée abondante en reflets luisants, semblables à des gemmes par myriades sur les premières feuilles, les bourgeons délicats et précieux et le bois mort gisant à demi enfoui et noir…

Brigand des hauts parages à la voix de sépulcre, la corneille batailleuse, noire comme Belzébuth, termine son nid volumineux, fait de rameaux et de bûchettes et haut perché. Le choucas a repris possession d'une ruine.

Avant de se multiplier, de triompher, la vie crisse et perce prudemment, timidement, par endroits parmi les vestiges de l'anéantissement hivernal : ce sont sur des dépouilles qui fécondent les premiers secrets du renouveau. L'eau des plaques de pluie, parmi les surgeons, reflète des paysages encore étranges et flous d'irréel. Le solitaire se penche sur elle, prêt à saisir dans son cristal un contour, un symbole, mais soudain des gouttes s'élongent et choient : la nature, troublée, effarouchée dans sa gestation, efface la vision…

Une volée d'oiseaux se trémousse et gazouille dans son parage de hautes futaies, tandis qu'une caille dodue au double collier brun margote dans un champ.

Le soir vient, dans le calme du ciel crépusculaire, où, à travers les grands nuages de la nuit, les dernières stries de clarté donnent aux arbres et aux collines leurs silhouettes chargées ; à la rivière son air de mystère paisible et noble, et aux chemins défoncés cette trace indéfinie de rêve se perdant dans un lointain vague.

La bécasse mordorée aux beaux yeux est tapie au sol, c'est le moment de la pariade, du vol nuptial des mâles polygames. Ceux-ci, en allées et venues incessantes, la cherchent vainement, jusqu'à ce que la femelle soumise les appelle d'un doux sifflement. Le bois, à la nuit, a un frémissement de bêtes en amour. Dans le creux d'un vallon, les giboulées printanières ont fait un marais parmi les gaulis. Dame méfiante et craintive, la bécasse y vient faire ses ablutions matinales.

Puis, à l'aube, elle part se réfugier dans le taillis. Elle dort un moment la tête sous l'aile, tandis que la terre s'éveille. Elle se lève enfin et vagabonde encore dans la cépée humide...

Soudain, au jour qui se précise, un coup de feu claque, puis un autre, un chien accourt et aboie.

Une bête est tombée, les ailes à demi déployées et encore frémissantes. Le chien s'en est saisi et la retourne à son maître dont la voix et le pas se font entendre un instant, puis se sont éteints. La cépée, troublée un court moment, amplifie son réveil dans le jour qui s'avance.

Fariolo a mis la bécasse dans son carnier gonflé. La chasse est finie.

Il coupe à travers champs pour rejoindre le chemin qui ramène au village.

C'est dimanche, les cloches sonnent le premier angélus. Son chien est à ses talons. Soudain, celui-ci tombe en arrêt et file droit vers un boqueteau. Il aboie en courant et un autre chien le rejoint dans la lande. Les deux bêtes se font fête. Les deux chasseurs se croisent de loin.

Ils se font un geste de salut, se disent leur chasse en quelques mots, puis se quittent en se souhaitant une bonne journée.

Par-delà un mouvement de la prairie et au travers d'un saule aux branches courbées, le village se découvre en contrebas à la hauteur de son clocher que baigne la lumière luisante d'avril…

Fariolo, s'en revenant, a rencontré Miréio sur le chemin rocailleux. Alors, il a repensé ce matin de chasse.

Il était parti bien avant l'aube, et dans la nuit il avait traversé des champs et des bois. Lui et Miréio les avaient connus ensemble, rien ne leur était secret l'un pour l'autre, alors, en refaisant ces itinéraires d'autrefois, il s'est rappelé les histoires qu'elle contait à tel endroit.

Ce qu'ils y avaient vu, quel petit événement, quelle découverte avaient marqué cette promenade d'antan quand il était près d'elle à l'écouter. Dans le vallon, encore à quelque distance du marais giboyeux, il avait attendu immobile, appuyé à un arbre, attentif au moindre bruit la « passée », l'instant où la croule, dans un vol vertical, s'en revient au taillis.

Son chien à ses pieds, immobile comme lui, il avait attendu longtemps, comme figé. Dans cette fraîcheur et cette solitude, il avait médité et il avait deviné quelque chose de plus grand autour de lui dans la pénombre : les amours de tout ce qui est jeune et fait l'univers. Alors, voyant Miréio sur le chemin, son sang lui bat aux tempes, comme une angoisse, une chose qui doit inéluctablement se produire.

- Miréio, je voudrais… Et les mots ne viennent pas. Il a tant attendu. Elle sait ce qu'il veut dire. Elle se tait. Fariolo paraît le même. Il est le même. Simplement, le temps est venu. Ils vont côte à côte, silencieux. Ils ralentissent le pas. Alors, Fariolo parle de ce matin solitaire.

- Je suis passé à l'endroit que tu appelais la « couchée du Diable »… Il était plein d'eau.

Fariolo ne pense depuis des années qu'à leur enfance commune, et les premiers mots d'amitié qu'il lui dit sont pour renouer par-dessus les ans ce qui dans son cœur n'a cessé d'être.

Miréio est surprise, encore un peu lasse de sa dure épreuve qui ne lui a pas été apportée par ce passé.

- Cela paraît si loin, Fariolo. Te souviens-tu ?

- Je me souviens de tout… Quand je vais à la chasse, comme aujourd'hui, je passe toujours à des endroits où tu créais tes histoires : j'étais seul à les écouter… Tu changeais les noms des lieux quand ils en avaient un pour tout le monde… Quand j'y passe pour tirer le gibier, je dis toujours : la « Couchée du Diable », la « Vallée Creuse », le « Rocher de Mélusine », je ne leur connais plus d'autres noms que ceux que tu leur avais donnés… Alors, les histoires me reviennent, et toi aussi qui les contais…

Je ne pourrais faire autrement que d'y penser.

- Comme tout était beau, Fariolo, en ce temps-là ! Comme la vie se montrait facile.

- Oui, Miréio… Mais, l'âge mis à part, je crois qu'il n'est pas grand-chose changé.

- Nous avons grandi.

- Bien sûr… Mais nous voulions déjà tellement grandir… et bien !… ça y est.

- Il est maintenant bien difficile de s'imaginer tout cela !

- Oui… peut-être… parce que nous étions plus simples… plus près de la nature… nous disions sans nous gêner tout ce qui nous passait par la tête… des idées à nous qui nous venaient de personne… ça ne devait pas être si bête que cela, puisque nous y pensons encore.

- Tu parais le regretter, ce temps-là.

- Regretter ?… heu… non… Fariolo hésite. Il a la pudeur des mots et pourtant il éprouve la nécessité de dire ceux-là qui sont fragiles, qu'il pense réellement, mais qui sont si peu dans son rôle d'homme d'exprimer. S'il les dit cependant, c'est parce qu'il sait que ceux-là seuls peuvent le faire reconnaître de Miréio qui vient d'un autre monde, qui les a laissés s'endormir, mais qui doit les entendre de sa bouche à lui qui fut son compagnon des temps heureux.

- Pourquoi regretter ce temps-là, Miréio ?… Nous désirions tellement avoir plus de vingt ans. Alors que rien n'est changé autour de nous et que nous sommes là tous les deux, essayons de nous rappeler ce que nous voulions faire de notre jeunesse.

- Oh ! Il y avait tellement de contes, de belles choses que l'on voyait et qui n'existent pas.

Fariolo sent avec la tristesse de Miréio tout le désir qu'elle a de vouloir pouvoir y croire. Elle ne le peut toute seule. Son amour à lui doit être fait en premier lieu de protection, comme autrefois, Miréio est déjà sur la pente de la résignation d'une vie sans enchantement, où rien ne parle, il l'en sortira, la persuadera de vivre, de se reprendre doucement, car, en elle il reste dans un regret comme un espoir.

- Ces contes, ces personnages que tu avais créés, qui les avait faits naître en nous ? Ne suffit-il pas de vouloir s'en ressouvenir ?

- Tu as gardé le même chemin, Fariolo, et tu vois les belles années de notre enfance sous le même jour… Pour moi, c'est bien différent.

Le jeune homme la prend par les épaules avec affection et l'oblige doucement à s'arrêter en face de lui :

- Miréio, je suis un homme de la terre. Des années nous ont séparés, j'ai appris ce qu'était la vie rude de ceux qui cultivent la terre et élèvent les bêtes ; j'ai su ne pas rêver au temps des semailles et de la moisson. Mais le courage qui m'a été donné ne vient pas de moi et pas tout de mon père, il me vient aussi de toi, Miréio et de ce qui t'a fait, des paroles que tu disais, des personnages venant de toi et qui étaient toi puisque seule tu les avais imaginés. Toi tu existes et tu es belle. J'existe et pour toi j'ai été plus courageux à la tâche. Tout cela me fait croire que ce que nous avions « vu » enfants vit aussi, au moins en nous qui vivons… Le chemin que tu as choisi, où te mène-t-il ?… Que te rappelle-t-il ?… Enfin, où en es-tu ? Je n'ai pas changé envers toi, je voudrais que tu saches que je suis toujours là… comme autrefois…

- Je sais, Fariolo !

- Je suis prêt à te suivre partout où s'est faite notre amitié.

Alors, pour la première fois, il fait son aveu :

- Je t'aime, Miréio !

Elle le regarde avec une émotion intense. Il arrête les paroles sur les lèvres de la jeune fille.

- Ne dis rien, veux-tu ? Écoute-moi. Il fallait que je te le dise pour que tu saches que ce qui s'est passé l'été dernier ne m'a pas changé... Mais pour l'instant, je t'offre mon amitié et je te promets qu'il ne sera question de rien d'autre avant que tu ne m'y aies encouragé.

- Je ne pourrai jamais...

- Attends, Miréio, je n'ai pas terminé... Tu as tes secrets, des choses qui t'appartiennent en propre, je ne veux pas les forcer, garde-les pour toi... Mais il faut que tu saches encore ce que mon père a dit de toi : « Il faut que Miréio revienne à la maison, comme autrefois. » Tu sais qu'il a toujours voulu que ce soit toi qui viennes sous son toit... Alors, un jour, si tu veux... Ne me dis rien, je ne t'offre aujourd'hui que mon amitié.

Il lui lâche les épaules, mais ils restent immobiles face à face.

- Fariolo, mon bon camarade ! Et ses yeux qui le regardent montrent des larmes. Il lui sourit en disant plus doucement :

- Demain, si tu veux, nous irons à la même heure faire un grand tour en forêt, puis tu viendras chez moi. Tu verras mon père qui t'attend sur sa chaise roulante et ma mère qui se ressouviendra de ce que tu aimais.

Elle lui prend la main et son sourire apparaît. Il se dégage doucement et fouille dans son carnier et en retire les plus belles pièces.

- Tiens, ramène cela chez toi et dis que c'est de la bonne chasse de ton ami Fariolo.

Elle les accepte, se penche sur Fariolo et effleure la joue du jeune homme d'un léger baiser affectueux et s'en va en courant...

Ils se sont rejoints au même endroit le lendemain. Ils ne se sont rien dit. Ils ont marché côte à côte et la main robuste de Fariolo a cherché celle de Miréio qui ne s'est pas dérobée. Ils sont allés lentement vers le soleil. Et le clocher, et les toits, et les champs disparurent à leurs yeux, masqués par la corne du Bois Bleu. Un bois, un village anonyme qu'un touriste pressé regarde en passant, parmi d'autres clochers, d'autres villages et d'autres bois de la divine Provence, qui ont chacun leur passé, leurs rêves et leurs amours.

Paul Eugène BRUANT

FARIOLO

ROMAN

Les Presses du Midi

© Éditions les Presses du Midi
Impression PDM

121 avenue d'Orient - 83100 Toulon
Tel. : 04 94 16 90 20 - Fax : 04 94 16 90 29
Dépôt légal octobre 1999
ISBN : 2-87867-212-7